MW00353069

Las campanas no doblan por nadie

Charles Bukowski

Las campanas
no doblan por nadie

Relatos de Charles Bukowski
Edición y prólogo de David Stephen Calonne

Traducción de Eduardo Iriarte

EDITORIAL ANAGRAMA
BARCELONA

Título de la edición original:
The Bell Tolls for No One
City Lights Books
San Francisco, 2015

Ilustración: © Regards coupables

Primera edición: abril 2019
Segunda edición: mayo 2019

Diseño de la colección: Julio Vivas y Estudio A

© De la traducción, Eduardo Iriarte, 2019

© Del prólogo, David Calonne, 2015

© Herederos de Charles Bukowski, 2015

© EDITORIAL ANAGRAMA, S. A., 2019
    Pedró de la Creu, 58
    08034 Barcelona

ISBN: 978-84-339-8032-8
Depósito Legal: B. 6978-2019

Printed in Spain

Black Print CPI Ibérica, S. L., Torre Bovera, 19-25
08740 Sant Andreu de la Barca

PRÓLOGO: LA FICCIÓN GRÁFICA Y PULP DE CHARLES BUKOWSKI

Charles Bukowski estuvo entregado a la «ficción gráfica» desde el comienzo mismo de su carrera: uno de sus primeros textos, «La razón detrás de la razón», publicado en 1946 en *Matrix,* va acompañado de un animado dibujo que muestra al antihéroe Chelaski con las piernas en el aire y los brazos tendidos, en un cómico intento de atrapar una pelota de béisbol en pleno vuelo.[1] Durante los años que estuvo cruzando América de aquí para allá entre 1942 y 1947 –un periodo en el que en ocasiones tuvo que empeñar la máquina de escribir por falta de dinero, Bukowski también le envió a Whit Burnett, editor de la célebre revista *Story,* una serie de relatos breves ilustrados y autoimpresos, incluido «Una cara amable, comprensiva», lo que demuestra que a menudo concebía texto e imagen al unísono en una relación complementaria. En noviembre de 1948, le escribió a Burnett desde Los Ángeles: «Me pareció que los dibujos salieron especialmente bien

1. «La razón detrás de la razón», *Matrix,* vol. 9, n.º 2, verano de 1946, en *Ausencia del héroe,* ed. David Stephen Calonne, Anagrama, 2012.

7

en este y espero que no lo pierdas.»[1] Burnett instó a Bukowski a que reuniera sus dibujos en un libro y también le pidió repetidamente que se planteara escribir una novela. El 9 de octubre de 1946, desde Filadelfia, Bukowski también compuso una carta ilustrada para Caresse Crosby, editor de *Portfolio*. Ya había desarrollado ese estilo de trazos limpios de sus encantadores dibujos minimalistas al estilo de Thurber que no podía sino congraciarlo con futuros editores famosos como Crosby y Burnett. En esta carta un hombre aturdido con líneas por ojos bebe y fuma tumbado en la cama con una bombilla sin pantalla en el techo, una cortina sujeta por un cordón y botellas por el suelo. Más adelante añadiría sol, pájaros volando, perros amigables. Psicológicamente, está claro que estos dibujos más bien cómicos eran una de las maneras que había desarrollado para lidiar con sus considerables heridas de infancia: el maltrato físico por parte de su padre, el brote de *acne vulgaris,* su condición de intruso germano-americano. Ahí tenía un medio con el que jugar y divertir, objetivos a los que también aspiraba con su escritura.

El relato autobiográfico «Una cara amable, comprensiva» (1948) empieza con un epígrafe que describe cómo una araña tullida está siendo desmembrada viva por hormigas y establece el tema para muchos relatos posteriores: la naturaleza de uñas y dientes ensangrentados. El protagonista, Ralph, como el joven Bukowski, elude el reclutamiento obligatorio, tiene ambiciones periodísticas y vaga por el país desde Miami a Nueva York pasando por Atlanta. Aunque Ralph es en algunos aspectos un *alter ego* del autor, en la

---

1. Carta de Charles Bukowski a Whit Burnett, caja 19, carpeta 13, Princeton University Library.

historia su padre y luego su madre han fallecido, mientras que la madre de Bukowski, Katherine, murió en 1956 y su padre, Henry, en 1958. El relato describe una serie de sucesos extraños, disyuntivos, concluyendo con tres misteriosas citas cuyo origen concreto no se menciona: una de *Gargantúa y Pantagruel* de Rabelais, libro 5, capítulo 30, «Nuestra visita a Santinland»; otra de «Ultimate Religion» (1933) de George Santayana, y, por último, una referencia a René Warcollier (1881-1962), el ingeniero químico francés que desarrolló un método para obtener piedras preciosas sintéticamente y publicó también *Experiments in Telepathy* (1938).[1] Dado que hay una referencia a copular y defecar en público, es posible que para entonces Bukowski ya se hubiera cruzado con los escritos de Diógenes el Cínico (412 a. C.-323 a. C.). Puesto que la narración en sí es curiosamente disociativa, estas tres alusiones dejadas en la nota de suicidio del joven Ralph parecen una especie de enigma fragmentario o mensaje oculto que el lector debe armar y desentrañar: ¿qué conexión hay, si es que hay alguna, entre Diógenes, la extraña mantícora, el tono elevado de Santayana y la elaboración de joyas a partir de escamas de pescado? Uno no puedo por menos de pensar en Vladimir Nabokov: «La vida humana no es más que una serie de notas a pie de página en una inmensa obra maestra oscura e inacabada.» El ámbito de estas alusiones más bien rebuscadas indica la hondura de las lecturas de Bukowski, y que aparezcan una tras otra puede sugerir lo absurdo de la búsqueda de sentido, así como lo indescifrable de una vida oscura e inacabada.

1. François Rabelais, *Gargantúa y Pantagruel*, pág. 667; «Ultimate Religion», en *The Essential Santayana*, ed. Martin A. Coleman, Bloomington, University of Indiana Press, 2009, pág. 344.

Desde el comienzo de su carrera, Bukowski describió el terrible encuentro del ser humano con lo Otro: por muchos de sus primeros poemas y relatos pululan insectos (en este caso, arañas y hormigas) en particular. Su obra también muestra la influencia de los halcones y las garzas reales de Robinson Jeffers, así como la de D. H. Lawrence, cuyos *Pájaros, bestias y flores* resuenan en el título del primer poemario de Bukowski, *Flower, Fist and Bestial Wail* [*Flor, puño y aullido bestial*]. En otros tres títulos de poemarios aparecen ruiseñores, caballos salvajes y perros. En los relatos de este volumen, hay un aterrador encuentro con un cerdo, mientras que otro cuento ubicado en Bolivia describe a un hombre, una mujer y un mono involucrados en una extraña batalla psicológica, un tema que Bukowski retomaría en su relato posterior «El invasor» (1986).[1] Y en «Las campanas no doblan por nadie», la narración termina con una nota formidable: «Entonces vi un animal delante de mí. Parecía un perro grande, un perro salvaje. Tenía la luna a mi espalda y relució en los ojos del animal. Tenía los ojos rojos cual brasas candentes.»

En el mismo número de *Matrix* que «La razón detrás de la razón», apareció el poema de Bukowski «Suaves y gordos como rosas de verano», en el que se relata el triángulo amoroso formado por una camarera, su marido y el amante griego de esta, lo que sugiere que probablemente Bukowski había leído *El cartero siempre llama dos veces* (1934) de James M. Cain, con una trama muy similar, aunque en ese libro el propietario del restaurante es griego y el otro hombre le roba la mujer. Cain tuvo un célebre influjo en el estilo de *El extranjero* de Albert Camus —los existencialistas franceses están en deuda con los de-

1. *Ausencia del héroe*, pág. 306.

tectives americanos caracterizados por su dureza y su sangre fría– y Bukowski también reconocería el estilo de Cain como una influencia considerable en su propia obra.[1] Al igual que Cain, Bukowski suele adoptar un punto de vista objetivo y clínico respecto del crimen y el estilo de sus numerosos relatos criminales *hardboiled* sería el *noir* de Los Ángeles, culminando con su homenaje al género que es su última novela, *Pulp* (1994).[2] Cuando Irene, en uno de nuestros relatos, le dice al personaje de Bukowski que es «el más grande desde Hemingway», este contesta: «Soy más bien una mezcla de Thurber y Mickey Spillane»; el héroe de *Pulp* lleva el revelador nombre de Nick Belane, eco evidente de Mickey Spillane. Naturalmente, el don de Bukowski para los diálogos, el vocabulario anglosajón monosilábico y la prosa escueta, esquelética incluso, se deriva de Hemingway, aderezado con elementos que en más de una ocasión dijo echar de menos en Hemingway: el sentido del humor, así como dosis considerables de argot, palabrotas, escatología y obscenidad. Mientras que el título «Las campanas no doblan por nadie» es una referencia evidente a la novela de Hemingway *Por quién doblan las campanas,* en otro relato un marido pornógrafo y su mujer mantienen un divertido diálogo sobre Hemingway.

1. Véase David Stephen Calonne, *Charles Bukowski,* Londres, Reaktion Books, 2012, págs. 31-32; véase asimismo la nota a pie de página 8, pág. 185.
2. Véase Erin A. Smith, «Pulp Sensations», en David Glover y Scott McCracken, *The Cambridge Companion to Popular Fiction,* Cambridge University Press, 2013; sobre Bukowski y *Pulp,* véase Calonne, *Charles Bukowski,* págs. 171-173; Paula Rabinowitz, *American Pulp: How Paperbacks Brought Modernism to Main Street,* Princeton University Press, 2014, págs. 296-297.

Bukowski se remontaba a menudo con nostalgia a los legendarios forajidos de la década de 1930 y, en el poema «La Dama de Rojo», recordó: «la mejor época de todas / fue cuando John Dillinger se escapó de la cárcel, y uno de los / momentos más tristes de todos fue cuando la Dama de Rojo lo señaló y / lo abatieron saliendo de aquella película. / Pretty Boy Floyd, Baby Face Nelson, Machine Gun Kelly, Ma / Barker, Alvin Karpis, los adorábamos a todos.»[1] Para Bukowski, como para un autor opuesto a él en todos los sentidos como William S. Burroughs (uno de cuyos títulos preferidos era la autobiografía de 1926 de Jack Black en la que hacía la crónica de sus aventuras en el mundo del hampa, *Nadie gana),* la estructura de poder americana era criminal hasta los tuétanos y tenía una imagen especular en las violentas figuras que se oponían a ella.[2] Cain, Spillane, Dashiell Hammett y Raymond Chandler describieron un universo duro y amoral que carece de piedad y proveyeron a Bukowski de una tradición en la que dramatizar su autobiografía mitificada. Su encuentro con Jane Cooney Baker en el Glenwood Bar de Alvarado Street en 1947 se convierte en una historia interminablemente relatada y vuelta a relatar, adaptada y pulida. En un relato de 1967 para *Open City* cuenta que Jane «tenía unas piernas deliciosas y un coñito bien prieto y un rostro de dolor maquillado. Y me conocía. Me enseñó más que los libros de filosofía de todas las épocas», otorgando a Jane el papel de la *femme fatal* del *film noir.* Y la violencia de su mundo

1. Charles Bukowski, «The Lady in Red», en *Dangling in the Tournefortia,* Santa Barbara, California, Black Sparrow Press, 1981, pág. 13.
2. Jack Black, *Nadie gana,* prólogo de William S. Burroughs, Madrid, Escalera, 2010.

quebrantado es continua. Wallace Fowlie escribió una vez acerca de Henry Miller: «Creo que lo que primero me atrajo de los escritos del señor Miller fue la violencia. No la violencia de las cosas que decía, sino la violencia de la manera en que se decían. La violencia de sentimiento se ha convertido en su obra en una violencia de estilo que ha fusionado todas sus pasiones dispares y experiencias dispersas en una experiencia del lenguaje.»[1] De una manera similar, Bukowski desarrolló su propio «lenguaje» original y minuciosamente modulado para retratar un mundo moderno en el que el poder redentor del amor estaba siempre amenazado.

«Nada es verdadero, todo está permitido» era una frase de Hassan-i Sabbah (1050 d. C.-1124 d. C.), el ismaelita fundador de los *hassasin,* repetida como un mantra por William Burroughs. En *Los hermanos Karamazov,* Dostoievski proclama: «Si Dios no existe, todo está permitido» y, en «Una sucia treta contra Dios», se cita a los Karamazov. Otro de los autores preferidos de Bukowski, Friedrich Nietzsche declaró en *La genealogía de la moral:*

> Cuando los cruzados cristianos se toparon en Oriente con la invencible orden de los *hassasin* o asesinos, aquella orden de espíritus libres *par excellence,* cuyos grados inferiores vivían en una obediencia que ninguna orden monástica ha alcanzado, obtuvieron por algún camino también un indicio de aquel símbolo y contraseña que estaba reservado a los grados superiores como su *secretum:* «Nada es verdadero, todo está permitido.» Sí, esto sí que era libertad de espíritu, con ello le quedaba retirada la fe a la verdad

1. Wallace Fowlie, «Shadow of Doom», en *The Happy Rock: A Book About Henry Miller,* Berkeley, California, Bern Porter, 1945, pág. 102.

misma. ¿Acaso se ha extraviado alguna vez un espíritu libre europeo, un espíritu libre cristiano, en esta tesis y en sus laberínticas conclusiones?, ¿conoce por propia experiencia al minotauro de esta cueva? Lo dudo.[1]

«Las laberínticas conclusiones» de una filosofía semejante se convierten en el tema de los repetidos retratos que hace Bukowski de los encuentros de sus personajes con el Minotauro de la cueva del caos implacable. El crimen se convierte en la metáfora de un universo injusto en el que a menudo la recompensa y el castigo no parecen guardar relación alguna con la virtud: el riguroso, brutal y poderoso relato «Un allanamiento» contiene un discurso explícito sobre lo injusto de la sociedad y, en Bukowski, el narrador acostumbra a observar lo que ocurre sin poder hacer nada, sin comentarlo. Es al mismo tiempo cuasiparticipante y observador.

Sin embargo, estos relatos también dejan constancia de la amplia variedad de registros de Bukowski; puede ser ingenioso, despreocupado, íntimo y zalamero y prueba suerte con diferentes géneros: ciencia ficción, una parodia de *western,* relatos sobre *jockeys* y jugadores de fútbol americano. Aunque se entrega a la crónica del *Sturm und Drang* de su vida íntima y afectiva, la agitación política y social del segundo lustro de la década de 1960 también sale a relucir a menudo, como ocurre en «Salva el mundo», que describe su relación con su compañera Frances Smith. Aunque se ríe de la devoción de Frances por las causas liberales, Bukowski había conocido –y tomado

---

1. Friedrich Nietzsche, *La genealogía de la moral,* Alianza Editorial, 1972, introducción, traducción y notas de Andrés Sánchez Pascual, cap. 24.

14

aprecio– a Dorothy Healey, a quien regaló ejemplares dedicados de los poemarios *Cold Dogs in the Courtyard* y *Crucifix in a Deathhand [Perros fríos en el patio y Crucifijo en una mano inerte]*. Le escribió a Will Inman, editor de *Kauri*: «Dorothy Healey, portavoz del Partido Comunista, vino a verme. Fue un honor. No tengo opiniones políticas, pero, aun así, fue un honor.»[1] Un relato fantasea con la apocalíptica victoria presidencial de George Wallace en 1968 y el vicepresidente que elige, el general de las Fuerzas Aéreas Curtis Le May; otros hacen incisivos comentarios sobre el regreso de los prisioneros de guerra norteamericanos tras el fin de la guerra de Vietnam y aluden al interrogatorio al que fue sometido el propio Bukowski a manos del FBI durante el periodo en que fue investigado por publicar textos supuestamente incendiarios en la prensa *underground*.

El fermento político de la época –aproximadamente de 1967 a 1973– se corresponde exactamente con una de las fases más brillantes y prolíficas de Bukowski. Cabría argumentar que la erupción de una energía sexual dionisiaca estaba directamente relacionada con la postura antibélica del momento: haz el amor y no la guerra. El progresivo relajamiento de las restricciones impuestas por la censura brindó a escritores y artistas una nueva libertad de autoexpresión. Radicado en el distrito de Haight-Ashbury de San Francisco, el *comix underground* había despegado bajo la guisa del famoso *Zap #1* en 1968.[2] El propio

1. *Kauri* 15, julio-agosto de 1966, pág. 4; acerca de Healy, véase también «Eyes Like the Sky» en Bukowski, *Erecciones, eyaculaciones, exhibiciones. Relatos de la locura cotidiana*, Anagrama, 1978.
2. Hillary Chute, «Graphic Narrative», en Joe Bray, Alison Gibbons y Brian McHale, eds., *The Routledge Companion to Expe-*

Bukowski siguió dibujando y pintando de manera prolífica y con el tiempo llegaría a conocer en persona o a tener relación profesional con las tres figuras más importantes del cómic *underground:* Robert Crumb, Spain Rodriguez y S. Clay Wilson.[1] Robert Crumb, admirador de los escritos de Bukowski, demostró su genialidad captando la esencia tragicómica de estilo expresionista alemán en sus ilustraciones para *Tráeme tu amor, No hay negocio* y *El capitán salió a comer y los marineros tomaron el barco.*[2] El propio Bukowski empezó a hacer caricaturas para sus relatos en *Open City* y la revista *Los Angeles Free Press.* También creó varias tiras cómicas independientes como «Dear Mr. Bukowski» –un desternillante relato de un día de su vida más disparatado incluso de lo habitual– que apareció en el número del 27 de junio de 1975 de *Free Press* y del que luego se imprimieron cincuenta ejemplares serigrafiados y firmados en 1979, así como una serie titulada «The Adventures of Clarence Hiram Sweetmeat», que se publicó en los números del 24 de octubre de 1974 y el 19 de septiembre de 1975. El episodio que apareció en el núme-

rimental Literature, Londres y Nueva York, Routledge, 2012, pág. 410. Véase también Patrick Rosenkranz, *Rebel Visions: The Underground Comix Revolution, 1963-1975,* Seattle, Fantagraphic Books, 2015.

1. En relación con las reproducciones de las ilustraciones de Wilson de los relatos de Bukowski, véase Patrick Rosenkranz, *Demons and Angels: The Mithology of S. Clay Wilson,* vol. 2, Seattle, Fantagraphic Books, 2015.

2. Crumb comentó acerca de Bukowski: «Me gusta su sentido del humor irónico y su actitud alienada con respecto al mundo en general. Los expresa en términos muy sucintos y elocuentes.» Véase D.K. Holm, ed., *R. Crumb, Conversations,* Jackson, University of Mississippi Press, 2004, pág. 208.

ro de *Free Press* del 3 de octubre de 1975 se editó en 1986 en forma de libro con el título de *The Day It Snowed in L. A. [El día que nevó en Los Ángeles]*.

Tal como lo hiciera Burnett en la década de 1940, John Martin —que había empezado a publicar *plaquettes* de la poesía de Bukowski en 1966— instó al autor a que escribiera una novela. Bukowski trabajó en un manuscrito titulado *The Way the Dead Love [Tal como aman los muertos]* que no llegó a terminar, aunque varios capítulos se publicaron en revistas.[1] Un capítulo, que fue publicado en *Congress* (1967), describía gráficamente unos tejemanejes sexuales en los que andaban implicados «Hank» (Bukowski), «Lou» y una joven en un sótano, poniendo de manifiesto el desenvuelto estilo erótico que acababa de descubrir Bukowski. A principios de la década de 1970, ahora le parecía natural empezar a escribir para revistas de hombres a fin de obtener ingresos extras. Cuatro relatos de este volumen —«El pabellón de chiflados», «Nina la bailarina», «Nada de polvetes rápidos, recuérdalo» y «Un trozo de queso»— fueron enviados a *Fling*, publicada por Arv Miller en Chicago. Bukowski ideó el título «Relatos del puño peludo» como rúbrica para la serie, y la frase probablemente procedía de un poema publicado en *Grande Ronde Review* 6 en 1966, «el puño peludo, peludo, y el amor morirá», una feroz y aterradora descripción de la derrota espiritual más absoluta: «tu alma / llena de / barro y murciélagos y maldiciones, y los martillos / acometerán /

---

1. Acerca de *The Way the Dead Love*, véase Abel Debritto, *Charles Bukowski, King of the Underground: From Obscurity to Literary Icon*, Nueva York, Palgrave MacMillan, 2013, págs. 127, 135-136.

17

habrá puños peludos / peludos / y el amor / morirá.»[1] Estos relatos, en cambio, son desenfadados y bulliciosos.

Bukowski había leído a Boccaccio y también puede apreciarse la técnica del *fabliau,* el cuento popular tradicional propio de Chaucer, en «Nada de polvetes rápidos, recuérdalo», en el que, igual que en un chiste, se repite una historia varias veces hasta que desemboca en un final sorprendente.

Bukowski empezó a escribir una serie de relatos sobre las mujeres que conoció durante el periodo comprendido entre 1970 a 1976 que al final adoptaría la forma definitiva de la novela *Mujeres,* y el periódico *Los Angeles Free Press* empezó a publicarlos en el número del 13-19 de febrero de 1976 con una nota del editor que describía la serie como una «novela en curso» con el título de *Love Tale of a Hyena* [*La historia de amor de una hiena*]. (El título se mantuvo en la edición alemana de la novela: *Das Liebesleben der Hyaene.)*[2] En ella se relata su relación con Linda King. Liza Williams aparece en varios relatos; en una de las fiestas celebradas por esta, Bukowski describe su encuentro con Robert Crumb (aunque rehúsa la invitación a conocer al editor de *The Realist,* Paul Krassner). La escritura y las mujeres constituyen un constante contrapunto en sus relatos. Se zambulle en el caldero del amor, la pasión, el sexo, intentando curar las heridas del pasado, intentando buscar en el amor romántico un bálsamo para los demonios que lo atormentan. Sin embargo, solo alcanza esa redención momentáneamente y luego se refugia en sí mismo y se distancia de su soledad convirtiendo sus experiencias en narraciones. Su vida existe principalmente a

1. El poema se puede consultar en *Pacific Northwestern Spiritual Poetry,* ed. Charles Potts, Walla Walla, Tsunami Inc., págs. 48-51.
2. *Los Angeles Free Press,* 13-19 de febrero de 1976, pág. 20.

fin de ser transcrita y transformada en palabras. Va a Arizona, describiéndose a sí mismo en pleno acto de escribir, y de inmediato hace referencia a Gertrude Stein y Hemingway, entreverando sus encuentros con mujeres y niños y con la vida que tiene lugar en su entorno inmediato en ese preciso momento. El sexo es una cuestión de éxtasis ocasional y frecuentes risotadas; el amor es una cuestión de vida o muerte: nos aporta ambas, alternativamente. Los relatos también ejemplifican la guerra de sexos del periodo, durante el que había empezado la liberación de la mujer. Bukowski tiende a invertir la situación para demostrar cómo la actitud «políticamente correcta» puede volverse del revés fácilmente. No obstante, también satiriza a los hombres y demuestra lo absurdo de todo el complejo ese del amor romántico. Patetismo, farsa, tragedia: a menudo, el humor salva la situación. Es capaz de desactivar el dolor riéndose amablemente de lo absurdas que son las relaciones amorosas. Salones de masaje, un pornógrafo que discute a altas horas de la noche con su esposa, librerías para adultos, mujeres mayores que ligan con hombres más jóvenes: toda la panoplia de la revolución sexual en declive queda expuesta a la sátira y el ridículo.

El cambio que hizo Bukowski al pasar a ser un «escritor profesional» en 1970 alteró en cierta medida su método de composición. Siempre había remodelado el mismo material en poemas y relatos, pero ahora también se dedicaba a escribir novelas, así como a enviar textos a las revistas para adultos. Varios relatos incluidos en este volumen dejan constancia de cómo trabajaba y volvía a trabajar este material. Crea la misma narración otra vez desde cero; no copia, sino que empieza de nuevo. Siempre está contando su autobiografía, pero escoge detalles diferentes, reinventando en lugar de reescribir. Por ejemplo, hay otra versión de «Una aventura de muy poca importancia» sobre Mercedes en *Mujeres*, pero la narración y el énfasis son distintos. Y el relato «Solo escribo poesía para acostarme con chicas», pongamos por caso, también existe como el episodio del «Viejo indecente» incluido aquí: mantiene parte de la trama, pero narra con un enfoque totalmente distinto su encuentro con Gregory Corso.[1] Es típico del método de Bukowski espigar episodios de su vida y reelaborarlos, añadiendo detalles específicos y por lo general adornando la realidad con elementos inventados de la trama. Está constantemente absorto en relatar y volver a relatar su vida, dándole una estructura de mito para que ambos se vuelvan inseparables. La estructura básica de su vida es mítica, una variación del viaje del héroe, del genio como héroe: su infancia abandonada, las primeras heridas causadas por su padre, su desfiguración epidérmica, su errancia por el desierto, el momento en que estuvo a punto de morir de alcoholismo en 1954 y su resurrección.[2]

Estos relatos del periodo comprendido entre 1948 y 1985 ponen de manifiesto la evolución de Bukowski como autor de cuentos. Pule poco a poco su oficio y aprende a combinar con naturalidad los registros trágico y cómico. En su última fase, Bukowski había dominado su estilo hasta el punto de lograr la prosa lacónica y elegantemente modulada de «Las campanas no doblan por nadie». Establece el tono rápidamente y no malgasta una sola palabra. Su objetivo en la ficción era entretener y aun así se veía empujado a explorar las zonas oscuras, la cueva nietzschea-

1. Véase *Ausencia del héroe*, pág. 137.
2. David Stephen Calonne, «Bukowski and the Romantic Conception of Genius», *Jahrbuch der Charles-Bukowski-Gesellschaft*, 13 de diciembre de 2011, págs. 217-218.

na con el monstruoso Minotauro. Como él mismo dijo una vez: «No puedo nombrarlo. Simplemente está. Esa cosa, eso, está. Tengo que ir a verlo. El monstruo, el dios, la rata, el caracol. Sea lo que sea, tengo que ir a verlo y mirarlo y soportarlo y quizá no soportarlo, pero es necesario. Eso es todo. La verdad es que no puedo explicarlo.»[1] El misterio innombrable, monstruoso, inescrutablemente violento y tierno en el corazón de la existencia no lo deja en paz.

DAVID STEPHEN CALONNE

1. *The Charles Bukowski Tapes*, DVD, dirigido por Barbet Schroeder, Detroit, Michigan, Barrel Entertainment, 2006.

Las campanas no doblan por nadie

UNA CARA AMABLE, COMPRENSIVA

Los padres murieron más jóvenes de lo que se suele morir, el padre primero, la madre poco después. Él no asistió al funeral del padre, pero estuvo en el último. Algunos vecinos lo recordaban de niño y lo consideraban un «buen chico». Otros solo lo recordaban de adulto, en esporádicas estancias de una o dos semanas en casa. Estaba siempre en alguna ciudad lejana, Miami, Nueva York, Atlanta, y su madre decía que era periodista y, cuando llegó la guerra y él no se alistó en el ejército, ella adujo una enfermedad cardiaca. La madre murió en 1947 y él, Ralph, se mudó a la casa y pasó a formar parte del vecindario.

Fue víctima de la atención del barrio, que era decentemente mediocre, formado por propietarios que vivían en sus casas en lugar de inquilinos de alquiler, de modo que uno era más consciente de la permanencia de las cosas. Ralph parecía mayor de lo que debería haber parecido, así que tenía un aspecto bastante cansado. A veces, no obstante, bajo tonos de luz favorables era casi guapo, y el párpado inferior izquierdo se le contraía a veces tras un ojo casi llamativamente iluminado. Hablaba poco y, cuando lo hacía, parecía bromear y luego se marchaba a paso demasiado ligero o con una suerte de contoneo desgarbado, las manos en los bolsillos y los pies planos. La señora Meers dijo que tenía «una cara amable, comprensiva». Otros opinaban que era desdeñoso.

La casa había estado bien cuidada: los arbustos, las extensiones de césped y el interior. El coche desapareció y, poco después, en el jardín de atrás había tres gatitos y dos cachorros. La señora Meers, que vivía al lado, se fijó en que Ralph pasaba mucho tiempo en el garaje retirando telarañas con una escoba. Una vez vio que les daba una araña tullida a las hormigas y se quedaba viendo cómo la hacían pedazos viva. Aquello, más allá del incidente, fue lo que dio rienda suelta a la mayoría de las primeras conversaciones. El otro fue que al bajar la colina se había encontrado con la señora Langley y le había dicho: «Hasta que la gente no aprenda a excretar y copular en público, no serán decentemente salvajes ni cómodamente modernos.» Ralph estaba muy ebrio y se dio por sentado que estaba llorando su pérdida. Además, parecía dedicar más tiempo a los gatitos que a los cachorros, casi como para tocar las narices, y eso, naturalmente, era raro.

Siguió llorando su pérdida. El césped y los arbustos empezaron a amarillear. Recibía visitas, se quedaban hasta las tantas y a veces se las veía por las mañanas. Eran mujeres, mujeres robustas de risa sonora; mujeres muy flacas y desaliñadas, mujeres mayores, mujeres con acentos ingleses, mujeres que una de cada dos palabras que decían hacían referencia al baño o la cama. Poco después había gente día y noche. A veces pasaban días sin que se viera a Ralph. Alguien puso un pato en el jardín trasero. La señora Meers se aficionó a dar de comer a las mascotas y una noche el señor Meers, furioso, conectó su manguera a los grifos de Ralph y le dio un buen remojón a toda la propiedad. Nadie se lo impidió, nadie se dio cuenta siquiera, salvo «un hombre delgado de aspecto horrible» que salió por la puerta mosquitera con un puro en la boca, pasó junto al señor Meers, abrió el incinerador, miró dentro, lo cerró, volvió a pasar junto al señor Meers y se metió en la casa.

A veces, por la noche, se peleaban hombres en el jardín trasero y una vez el señor Roberts (que vivía al otro lado) llamó a la policía, pero para cuando llegaron todo el mundo estaba otra vez dentro de la casa. La policía entró en la casa y se quedó allí un rato. Cuando se marcharon, lo hicieron solos.

Empezó a resultar casi excesivo cuando de pronto los vecinos se dieron cuenta de que la gente había desaparecido. El pato también había desaparecido. Las noches empezaron a ser tranquilas. De día solo había una mujer, enjuta de cara, con acento inglés y bastante esnob, aunque vestía con decencia y era más joven que las de antes. Veían a Ralph volver a casa con libros de la biblioteca y luego irse todas las mañanas a las siete y cuarto vestido con mono de trabajo. Empezó a tener mejor aspecto, aunque la señora Meers olió a whisky en el aliento de la mujer las pocas veces que habló con ella. Ralph empezó a regar y podar el jardín. Su párpado inferior izquierdo mejoró. Hablaba más. «La gente es buena. Todo el mundo es bueno. Espero que seamos buenos amigos –le dijo al señor Roberts–. Supongo que he sido un chaval toda la vida. Supongo que estoy empezando a madurar. Y no se preocupe por Lila. Es..., es de lo más...» No terminó. Se limitó a sonreír, movió una mano en el aire y dirigió la manguera hacia un arbusto.

A veces los fines de semana lo veían en estado de embriaguez, y a ella también, claro, pero él siempre iba a trabajar y era una persona amable, de lo más simpática. «Ojalá fuera ella como Ralph. ¡Bueno, ya sé que empina el codo! Pero es un chico estupendo..., ¡y ese trabajo que tiene, ya sabes! Es muy simpático. Pero supongo que la necesita.»

«UNA VEZ VIO QUE LES DABA UNA ARAÑA TULLIDA A LAS HORMIGAS Y SE QUEDABA VIENDO CÓMO LA HACÍAN PEDAZOS VIVA.»

Debía de necesitar a los otros también. Empezaron a volver, primero unos pocos y, luego, los demás. La mujer, Lila, parecía detestar a la mayoría. Se ponía hecha una furia pero Ralph se reía. Entonces llegó el pato. Cuando llegó el pato, Lila se sumió en el silencio. Los gatitos y los cachorros casi se habían hecho mayores y el pobre pato, que antes era el amo, lo pasó mal. Vieron que el «hombre delgado y de aspecto horrible que fue al incinerador» construía un corralito y entonces los vecinos llegaron a la conclusión de que el pato era propiedad del «hombre delgado y de aspecto horrible que fue al incinerador».

Uno de los perros murió. Trajeron un piano y lo tocaron casi sin cesar, día y noche, durante una semana y luego lo dejaron de lado. Enterraron el perro detrás del garaje y pusieron una cruz en el cuello de una botella de whisky medio hundida en la tierra. Pero no habían enterrado al chucho lo bastante hondo y empezó a oler. Una noche una mujer fornida invadió la tumba y quemó los restos en el incinerador, maldiciendo a voz en grito, violentamente, riéndose y luego vomitando y llorando. «No es la muerte lo que nos duele, es hacernos viejos, cada vez más viejos... las manos arrugadas, la cara arrugada... ¡Joder, hasta el trasero lo tengo arrugado! Joder, joder, la vejez: ¡la odio, la odio!»

Evidentemente vendieron el frigorífico. Todos intentaron ayudar a los hombres de la furgoneta a meterlo en el vehículo. Se rieron a gusto. El piano también desapareció. Corrió la voz de que Lila había intentado suicidarse y no lo había logrado. Durante varios días estuvo muy borracha, vestida con una faldita sumamente corta y tacones de aguja de diez centímetros. Habló con todo el mundo, incluso con los vecinos.

Parte del grupo se esfumó. Llegaron a la conclusión de que Ralph estaba cobrándoles alquiler. Cada vez estaba más delgado y callado. Compró semillas y plantó un jardín, vallando la tierra recién sembrada con estacas y cordel. Se le veía saliendo todas las mañanas vestido de traje y varias semanas después salía a las siete y cuarto con el mono de trabajo. El grupo seguía allí, pero no eran tan ruidosos. En cierto modo, el vecindario había aceptado la casa. El jardín creció bien, y no era insólito ver a Ralph, por las tardes, charlando con el señor Meers mientras ambos trabajaban en sus parcelitas. Los demás inquilinos parecían albergar cierto desdén y tener una actitud distante, pero Ralph era majo, incluso los fines de semana cuando empinaba el codo. Sencillamente tenía la manga muy ancha con esa gente y saltaba a la vista que quería mucho a Lila.

El piano volvió a aparecer. El frigorífico volvió a aparecer. Lila empezó a lavarle la ropa a Ralph, aunque la señora Meers seguía oliendo a whisky cuando hablaba con ella. Pero Lila tenía un no sé qué. Era una auténtica chica de clase alta, ideal para Ralph. Pese a todo, como decía la señora Roberts, no era como todos esos. Los dos tenían educación y eran de buena familia. Eso saltaba a la vista. Ralph había sido periodista...

Así pues, el suicidio de Ralph fue toda una sorpresa. Todos lo son, claro, aunque dicen que viene de lejos, no es nada nuevo. La nota parecía escrita en un momento de delirio agónico. Y en la parte de atrás de la nota había notas inconexas tomadas de sus lecturas, tan raras como había sido todo lo demás:

Vi unas mantícoras, unas criaturas sumamente extrañas, que tienen cuerpo de león, pelo rojo, cara y orejas de hombre, tres hileras de dientes que se traban, como cuando juntas las manos entrelazando los dedos: tienen un aguijón en la cola como el del escorpión y una voz de lo más melodiosa.
Rabelais.

El amor absoluto a cualquier cosa implicaba el amor al bien universal; y el amor al bien universal implica el amor a todas las criaturas.
Santayana.

Warcollier se estableció antes de la Primera Guerra Mundial gracias a un invento para la fabricación de joyería artificial a partir de escamas de pescado. Se inauguraron fábricas en Francia y Estados Unidos...

El jardín se fue al carajo.

SALVA EL MUNDO

Ella entró y me fijé en que chocaba con las paredes y tenía la vista como desenfocada. Era el día después de su taller de escritura y siempre parecía haber estado metiéndose algo. Igual se lo metía. Le zurró a la cría por derramarle el café y luego se puso al teléfono y tuvo una de sus interminables conversaciones «inteligentes» con alguien. Yo jugué con la niña que era mi hija. Ella colgó.

–¿Estás bien hoy? –pregunté.

–¿A qué te refieres?

–Bueno, se te ve un poco... distraída.

Tenía los ojos como los de los actores de cine que interpretan a un loco.

–Yo estoy bien. ¿Estás tú bien?

–Nunca. Siempre estoy confuso.

–¿Has comido algo hoy?

–No. ¿Te importa poner a cocer unas patatas en la cacerola? La cacerola está en el fregadero, a remojo.

Yo acababa de salir del hospital y seguía débil.

Entró en la cocina, se detuvo y miró la cacerola. Se quedó plantada, rígida, oscilando en el umbral como si la cacerola fuera una aparición. No pudo ser la cocina lo que la asustó, porque había sido la peor ama de casa de todas mis exmujeres.

–¿Qué pasa? –pregunté.

No contestó.

–A la cacerola no le pasa nada. Solo está metida en agua de fregar. Restriégala un poco y ponla al fuego.

Al final salió, deambuló un poco, tropezó con una silla y luego me tendió un par de revistas: PROGRAMA DEL PARTIDO COMUNISTA DE ESTADOS UNIDOS y DIÁLOGO AMERICANO. En la portada de DIÁLOGO había un bebé dormido en una hamaca hecha con un par de cintas de ametralladora con las balas asomando. La portada también indicaba el contenido: LA MORALIDAD DE NUESTRA ÉPOCA. SOBRE LA SUPERIORIDAD DEL NEGRO.

–Mira, chavala –dije–. A mí no me va mucho la política de ninguna clase. Eso no se me da muy bien, ya sabes. Pero procuraré leérmelo.

Me quedé allí sentado y lo hojeé, un poco, mientras ella hacía algo de carne en la cocina. Nos llamó a la cría y a mí y fuimos. Nos sentamos a comer.

–He leído lo de la superioridad del negro –dije–. El caso es que soy un experto en negros. En mi trabajo la mayoría son negros...

–Bueno, ¿por qué no eres un experto en blancos?

–Lo soy. El artículo hablaba del «sistema muscular magnífico, resistente. El hermoso e intenso color, los rasgos anchos y carnosos y el pelo elegantemente rizado del negro» y de que cuando la naturaleza llegó al hombre blanco ya estaba casi agotada, pero le apañó los rasgos e hizo lo que pudo.

–Una vez conocí a un niño de color. Tenía el pelo cortísimo y muy suave, un pelo precioso, precioso.

–Intentaré leerme el programa del Partido Comunista esta noche –le dije.

32

—¿Te has inscrito para votar? –preguntó.

—Nunca.

—Puedes inscribirte en el colegio más cercano el día 29. Dorothy Healey se presenta a asesora fiscal del condado.

—Marina está cada día más guapa. –Me refería a mi hija.

—Sí, es verdad. Oye, tenemos que irnos. Se acuesta a las siete. Y tengo que oír un programa en la KPFK. La otra noche leyeron una carta mía en antena.

KPKF era una emisora de radio FM.

—Vale –dije.

Las vi marcharse. Cruzó la calle con la niña en el cochecito. Tenía el mismo modo de andar de siempre, acartonado, en absoluto fluido. Las vi irse. Un mundo mejor. Dios santo. Todo el mundo tiene una manera distinta de hacer las cosas, todo el mundo tiene una idea distinta, y están todos convencidos a no poder más. Ella también está convencida, esa mujer acartonada con ojos de loca y el pelo gris, esa mujer que choca con las paredes, enloquecida de vida y miedo, y nunca acabaría de creerse que no la aborrecía a ella y a todos sus amigos que se reunían 2 o 3 veces a la semana y se elogiaban mutuamente sus poemas y estaban solos y se lo montaban unos con otros y llevaban carteles y eran muy entusiastas y, claro, nunca creerían que la soledad, la intimidad que exigía yo, era solo para salvarme a fin de dilucidar quiénes eran ellos y quién se suponía que era el enemigo.

Aun así, era agradable estar solo.

Entré y me puse a fregar tranquilamente los platos.

TAL COMO AMAN LOS MUERTOS

La cabeza me dolía desde hacía semana y media. Tenía resacas así de estupendas. Lou empezaba a darle al vino y se disculpaba hasta que me entraban ganas de vomitar. Incluso trabajé un par de días cargando furgones. Lou se encontró una cartera en el cagadero de un bar con 35 pavos dentro. Así que seguimos dándole. Un rato. Pero tenía la sensación de que le debía algo a Lou. Creo que lo pillé una noche. Lou estaba hablando de su novia.

–¡Qué cuerpazo! ¡Qué pechos! ¡Y es *joven*, Hank, *joven!*

–¿Ah, sí?

–Solo que no puede dejar de beber. Está borracha todo el rato. No puede pagar el alquiler. Está en el sótano.

–¿En el sótano?

–Sí, ahí meten a los que no pueden pagar el alquiler.

–¿Está ahí ahora mismo?

–Sí.

Bebimos un rato. Luego dije:

–Lou, esta noche tengo que dejarlo temprano. Tengo que ocuparme de una cosa.

–Claro, hombre.

Se fue y salí y compré un quinto de whisky. Bajé al

sótano. Solo había una puerta. Llamé con los nudillos. La puerta se abrió y me encontré a una chavala en bragas y sujetador, con tacones altos y nada más que un salto de cama finito. La hice a un lado y entré. Ella gritó:

—¡Fuera de aquí! ¡Lárgate de aquí!

Saqué el quinto del bolso y se lo puse delante de los ojos.

—Fuera —dijo en voz más baja.

—Qué sitio tan bonito. ¿Dónde están los vasos?

Señaló. Fui y cogí 2 vasos de agua, los llené hasta la mitad y nos sentamos en el borde de la cama.

—Bebe. Vivo arriba.

Le dejé los pechos al aire. Los tenía bonitos. Le besé el cuello y la boca. Estaba en forma. Echamos otro trago, luego le quité las bragas y se la metí. Seguía estando bien. Me quedé toda la noche, disputamos otro asalto y luego lo volvimos a hacer antes de irme por la mañana. Me pareció que le caía bien. Y la tía tenía un buen polvo.

Estaba a las tantas en casa de Lou una noche y le pregunté:

—¿Has visto a tu novia últimamente?

—No, no, te lo iba a decir. La echaron. La echaron del sótano. No la encuentro por ningún sitio. He mirado en todas partes. Dios, estoy hecho polvo. ¡Qué polvazo tenía! ¡No tienes ni idea de cómo me siento!

—Sí que la tengo, Lou.

Los dos brindamos por ella en silencio.

He conocido a bastantes escritores, artistas, editores, profesores, pintores, ninguno de los cuales era un hombre natural de veras, un individuo interesante. Tenían mejor aspecto sobre el papel o en pintura y, aunque es innegable que tiene su importancia, sigue siendo muy incómodo estar sentado frente a esas mismas criaturas y oírlas hablar o mirarlas a la cara. La semilla vital, si es que la hay, se perdió en la obra. En busca de diversión y satisfacción, de elegancia y admiración he tenido que ir a otra parte. Y entre el enjambre de hombres, todos tan semejantes, siempre se puede encontrar al loco o el santo original. Me he encontrado con unos cuantos pero os voy a hablar de unos pocos.

Había un hotel en Beverly con Vermont. Estábamos empinando el codo, mi amiga y yo. A Jane le venía de casta y tenía unas piernas deliciosas y un coñito bien prieto y un rostro de dolor maquillado. Y me conocía. Me enseñó más que los libros de filosofía de todas las épocas. Veíamos a un hombre o una mujer andando por el pasillo y hedían a muerte y a peste y a vómito de claudicación, y yo lo sentía pero me quedaba en silencio a la sombra de alguna resaca matinal, otra vez partido por medio a causa de lo bajo que podía caer el ser humano sin el menor esfuerzo. Y estaba pensando en eso y entonces oía su voz: «¡Qué hijo de puta! ¡No lo SOPORTO! ¡Me pone enferma!» Entonces se reía y siempre se inventaba algún apodo para la criatura: algo así como Faucesverdes, Ojosdehormiga u Orejasmuertas.

Pero, para ir al grano, una vez estábamos en nuestra habitación bebiendo oporto y dijo:

–El caso es que creo que te gustaría conocer al FBI.

–Trabajaba de limpiadora en la pensión y conocía a los inquilinos.

–Olvídalo, guapa –le dije–. Ya he conocido al FBI.

–Bien, vale.

Cogimos la botella de vino medio vacía y las dos o tres llenas y la seguí por el pasillo. Era el pasillo más oscuro del infierno, con docenas de personas apoyadas en el papel pintado, todas con el alquiler por pagar, bebiendo vino, liando cigarrillos, viviendo a base de patatas hervidas, arroz, alubias, repollo, sopa de cabeza de cerdo. Anduvimos un poco y luego Jane llamó a una puerta con ese toquecito insistente que decía: No venimos a dar problemas.

–Soy Jane. Soy Jane.

La puerta se abrió y apareció una zorra gordita, tirando a fea, un tanto peligrosa, loca, pero aun así legal.

–Pasa, Jane.

–Este es Hank –me presentó.

–Hola –saludé.

Entré y me senté en una silla de respaldo recto y una de ellas fue llenando los vasos de agua grandes, hasta el borde, de un vino que hedía a muerte.

Mientras tanto, en la cama, sin presentar, estaba sentada, no, repanchigada, una criatura masculina diez años menor que yo.

—¿Qué tal, capullo? –le pregunté.

No contestó. Se limitó a mirarme. Cuando te encuentras a un hombre que no se molesta en trabar una conversación normal, tienes ante ti a un tipo salvaje, tienes ante ti a un tipo de pura cepa. Supe que me había metido hasta el cuello. Estaba allí REPANCHIGADO bajo la sábana sucia, con el vaso de vino en la mano, y lo que era peor, era bastante atractivo. Bueno, eso si crees que el buitre es atractivo y yo creo que lo es. Lo es. Tenía el pico y los ojos de los vivos y alzó ese vaso y se echó el vino al coleto, de un trago, todo ese vino que hedía a muerte, sin un parpadeo; puesto que yo era el bebedor más grande nacido en los dos últimos siglos, no me quedó otra que echarme el veneno asqueroso al estómago, aferrarme mentalmente a los lados de la silla y mantener la cara de póquer.

Volvieron a llenar los vasos. Lo hizo de nuevo. Lo hice de nuevo. Las dos señoras se quedaron sentadas, mirando. Vino asqueroso convertido en asquerosa tristeza. Tomamos un par de rondas más. Entonces empezó a balbucear. Las frases eran enérgicas pero de contenido lioso. Aun así, me hicieron sentir mejor. Y todo el rato, la intensa luz eléctrica en el techo y esas dos locas borrachas hablando de algo. Algo.

Entonces ocurrió: se acabó el estar repanchigado. Se incorporó en la cama. Los hermosos ojos de buitre y la intensa luz eléctrica se cernieron sobre nosotros. Lo dijo en voz muy queda y con una autoridad despreocupada.

—Soy el FBI. Quedáis detenidos.

Y nos detuvo a todos, su mujer, la mía y a mí, y eso fue todo. No ofrecimos resistencia y luego dimos paso al resto de la noche. No sé cuántas veces a lo largo del año siguiente me detuvo, pero siempre era el momento mágico de la velada. Nunca lo vi levantarse de la cama. No tengo ni idea de cuándo cagaba u orinaba, comía, bebía agua o se afeitaba. Al final, decidí que sencillamente no hacía esas cosas: ocurrían de otro modo, como el sueño, la guerra atómica o el fundirse la nieve. Ese sabía que la cama es el mejor invento del hombre: la mayoría nacemos ahí, dormimos ahí, follamos ahí, morimos ahí. ¿Para qué levantarse? Intenté liarme con su mujer una noche pero ella dijo que me mataría si llegaba a enterarse. Habría sido una manera de sacarlo de bajo las sábanas. Asesinado por un agente del FBI en ropa interior sucia. La dejé correr; no estaba tan buena.

Luego hubo otra noche en la que Jane me metió en otro lío. Estábamos bebiendo. La misma porquería barata, claro. Me había acostado una o dos veces con ella y no había mucho más que hacer cuando dijo:

—¿Te apetece conocer a un asesino?

—No me importaría —contesté—. No me importaría nada.

—Vamos.

Me lo explicó todo por el camino. A quién había matado y por qué. Ahora estaba en libertad condicional. El agente de la condicional era un buen tipo, le conseguía empleos de friegaplatos, pero él no hacía más que emborracharse y perderlos.

Jane llamó a la puerta y entramos. Del mismo modo que nunca vi al agente del FBI levantarse de la cama, nunca vi a la novia del asesino levantarse de la cama. Tenía el pelo de la cabeza *totalmente* negro y la PIEL tremendamente blancablancablancablanca como la leche desnatada. Se estaba muriendo. Al cuerno la ciencia médica: lo único que la mantenía con vida era el oporto.

Me presentaron al asesino:

—Ronnie, Hank. Hank, Ronnie.

Estaba ahí sentado con una camiseta sucia. Y no tenía cara. Solo tiras de piel. Venas. Ojillos de pedo. Nos estre-

chamos la mano y empezamos a darle al vino. No sé cuánto
rato bebimos. Una o dos horas, pero cada vez parecía más
furioso, lo que es bastante habitual con los bebedores ha-
bituales, sobre todo cuando le dan al vino. Aun así, seguimos hablando, hablando, no sé de qué.

Entonces, de repente, alargó el brazo y agarró a su mujer blanca y negra, la sacó de la cama de un tirón y empezó
a usarla como un rodillo. Se puso a golpearle la cabeza
contra la cabecera de la cama:

pum pum

      pum pum pum

pum pum pum pum

pum
Entonces dije:
—¡PARA YA!
Volvió la mirada hacia mí.
—¿Qué has dicho?
—Como le des otro golpe contra la cabecera, te mato.

Estaba más blanca que nunca. Volvió a dejarla en la
cama, le alisó las hebras del pelo. La mujer parecía casi feliz. Todos nos pusimos a beber otra vez. Bebimos hasta
que el tráfico alocado empezó a pasar de aquí para allá por
las calles allá abajo. Entonces el sol salió de veras. Intenso,
y yo me levanté y le estreché la mano. Dije: «Tengo que
irme. No me apetece nada irme. Eres un buen chico. Tengo que irme de todas maneras.»

Luego estaba Mick. Vivía en Mariposa Ave. Mick no
trabajaba. Trabajaba su mujer. Mick y yo bebíamos mucho juntos. Una vez le di 5 dólares para que me encerara
el coche. No tenía un mal coche por entonces, pero Mick
no llegó a encerarlo. Me lo encontraba sentado en las escaleras. «Parece que va a llover. No tiene sentido darle
cera si parece que va a llover. Voy a hacer un buen traba-

jo. No quiero que se eche a perder.» Estaba sentado en las escaleras borracho. «Vale, Mick.» La siguiente vez estaba allí sentado borracho y me vio.

—Estoy aquí sentado mirando, decidiendo qué voy a hacer. El caso es que tienes unos roces ahí. Lo primero que voy a hacer es pintar esos roces. Voy a buscar un poco de pintura...

—La hostia, Mick. ¡Olvídalo!

Lo olvidó, pero era un buen tipo. Una noche insistía en que yo estaba borracho cuando era él quien estaba borracho. Y se empeñó en ayudarme a subir 3 tramos de escaleras. En realidad, lo ayudé yo. Pero fue un trayecto pesado e incómodo y creo que despertamos a todo el mundo en el edificio de apartamentos con tanto maldecir y caernos contra las paredes, las puertas y las barandillas. Sea como sea, abrí la puerta y entonces tropecé con uno de sus pies enormes. Me desplomé cuan largo soy de bruces sobre una mesita de centro con una plancha de cristal de más de dos centímetros de grosor. La mesa entera se estrelló contra el suelo —rozo los 100 kilos— y las 4 patas se rompieron por debajo, el tablero se rompió en 4 pedazos, pero la plancha de cristal quedó perfecta, intacta. Me levanté. «Gracias, colega», le dije. «No hay de qué», respondió. Y me quedé allí sentado, oyendo cómo chocaba con puertas y se caía escaleras abajo. Fue como si estuvieran bombardeando el edificio entero. Consiguió llegar abajo, la gravedad estaba de su parte.

Tenía una buena esposa. Recuerdo que una vez me limpiaron la cara con algodón y una especie de esterilizador cuando la tenía toda magullada después de una mala noche por ahí. Parecían muy tiernos y preocupados y serios respecto de mi cara magullada y para mí fue una sensación muy rara, tantos cuidados.

Sea como sea, la bebida le dio alcance a Mick y a cada uno nos da alcance de una manera distinta. En su caso, el cuerpo se le hinchó, dobló su tamaño, lo triplicó en zonas diversas. No podía subirse la cremallera de los pantalones y tuvo que rasgar las perneras. Su historia era que no tenían una cama para él en el hospital de veteranos. A mí me daba en la nariz que no quería ir. Sea como sea, un día hizo una tontería y probó suerte en el Hospital General. Un par de días después me llamó.

–¡Dios santo, me están matando! No había visto nunca un sitio así. No hay médicos por ninguna parte y a las enfermeras les trae todo sin cuidado y no hay más que unos celadores amanerados que se pasean por ahí en plan esnob, encantados de que todo el mundo esté enfermo y muriéndose. ¿Qué coño es este lugar? ¡Sacan muertos a docenas! ¡Mezclan las bandejas de comida! ¡No te dejan dormir! Te tienen despierto toda la noche jodiéndote sin motivo y luego, cuando sale el sol, te despiertan otra vez. Te tiran un trapo húmedo y te dicen que te prepares para el desayuno y luego el desayuno, por llamarlo de alguna manera, llega hacia mediodía. ¡No había imaginado nunca que la gente pudiera ser tan cruel con personas enfermas y agonizantes! ¡Sácame de aquí, Hank! ¡Te lo ruego, colega, te lo ruego, sácame de este pozo del infierno! ¡Déjame morir en mi apartamento, déjame morir teniendo una oportunidad!

–¿Qué quieres que haga?

–Bueno, he pedido que me dejen salir y no me dan el alta. Tienen mi ropa. Así que ven aquí con tu coche. ¡Sube hasta mi cama y nos damos el piro!

–¿No crees que es mejor pedírselo a Mona?

–Mona no tiene ni puta idea. Como ya no me la puedo follar, le trae sin cuidado. Lo tengo todo hinchado menos la polla.

—A veces la madre naturaleza es cruel.

—Sí, claro. Oye, ¿vas a venir?

—Nos vemos en unos 25 minutos.

—Vale —dijo.

Conocía el sitio, porque había estado allí 2 o 3 veces ingresado. Busqué una plaza de aparcamiento cerca de la puerta del edificio y entré. Tenía el número del pabellón. Olí aquel pestazo infernal otra vez. Tuve la extraña sensación de que moriría en ese edificio algún día. Quizá no. Ojalá no.

Encontré a Mick. La indefensión opresiva lo impregnaba todo.

—¿Mick?

—Ayúdame a levantarme —dijo.

Lo puse en pie. Tenía más o menos el mismo aspecto.

—Vámonos.

Fuimos por el pasillo con sigilo. Llevaba una de esas batas de mierda, suelta por detrás porque las enfermeras no te las ataban, porque a las enfermeras lo único que les preocupaba era pillarse algún médico joven, gordo y subnormal. Y aunque los pacientes rara vez veían a los médicos, las enfermeras sí los veían: en los ascensores, un pellizquito por aquí, que si jijí, que si jajá, con el olor a muerte por todas partes.

Se abrió la puerta del ascensor. Había ahí sentado un chaval gordo con espinillas chupando una piruleta. Miró a Mick con la bata.

—¿Le han dado el alta, señor? Tienen que darle el alta para salir de aquí. Tengo instrucciones de...

—¡Me he dado el alta yo mismo, gilipollas! ¡Ahora lleva este trasto a la planta baja antes de que te meta esa piruleta por el culo!

—Ya lo has oído, hijo —le dije.

Bajamos, rápidamente, y cruzamos el edificio de salida donde nadie dijo ni palabra. Lo ayudé a subir al coche. En 30 minutos estaba otra vez en su casa.

—¡La hostia! —exclamó Mona—. ¿Qué has hecho, Hank?

—Quería volver. Creo que un hombre tiene que hacer lo que desee en la medida de lo posible.

—Pero aquí tampoco se puede hacer nada por él.

Salí, le compré un litro de cerveza y los dejé allí juntos para que se pelearan.

Un par de días después lo ingresaron en el hospital de veteranos. Luego volvió. Luego volvió al hospital. Luego volvió. Lo veía sentado en las escaleras.

—¡Joder, qué bien me vendría una cerveza!

—¿Tú que crees, Mona?

—¡Vale, coño, pero no debería beber!

Le llevaba un litro y se animaba como antes. Entrábamos y me enseñaba las fotos que había tomado cuando acababa de conocer a Mona en Francia. Iba de uniforme. La había conocido en un tren. Tenía algo que ver con un tren. Le había conseguido un asiento en el tren cuando los jefazos querían echarla de allí. Algo por el estilo. Eran las fotos de 2 personas jóvenes y hermosas. No podía creer que fueran las mismas personas. Me dolían las entrañas a morir. Me dieron cúmel, un vinacho que según dijeron Mick no podía beber. Me pimplé el cúmel a buen ritmo. «Eras un tipo muy guapo, Mick.» Estaba ahí sentado, inflado a fuerza de no creer en nada, sin la menor oportunidad. «Y Mona. ¡Qué belleza! ¡Sigo queriéndote!», dije. A Mick le gustó que lo dijera. Quería que yo supiera que había pillado a una de las buenas. Creo que fue una semana después cuando vi a Mona a la entrada del edificio.

—Mick murió anoche —dijo.

Me quedé mirándola.

—Joder, no sé qué decir. Incluso viéndolo tan hinchado no creía que fuera a morirse.

—Lo sé —dijo—. Y los dos te teníamos mucho aprecio.

No pude soportarlo. Me di la vuelta y entré al vestíbulo del edificio, pasé por delante del apartamento número 1 donde pasamos tantas buenas noches. Ya no estaba allí. Se había esfumado como las Navidades pasadas o un par de zapatos viejos. Vaya mierda. Fui escaleras arriba y empecé a darle. Qué cobarde. Bebí, bebí, bebí, bebí. Puro escapismo. Los borrachos son escapistas, según dicen, incapaces de afrontar la realidad.

Luego oí que ella se fue a Denver a vivir con una hermana.

Y los escritores siguen escribiendo y los artistas siguen pintando pero eso no tiene mucha importancia.

La política siempre me fue más bien indiferente, pero, antes de las elecciones, no pude por menos de ver a algunos de esos idiotas mientras iba a consultar los resultados de la carrera. De la carrera de caballos, quiero decir. Todos decían que Nixon iba a ganar. Lo que a mi juicio era un poco peor que Humphrey, pero, cuando ganó Wallace por una mayoría abrumadora, me quedé tan estupefacto como el que más. Y cuando juró el cargo, empezaron a ocurrir cosas. Le May afirmó que, a menos que se ganara la guerra en el plazo de un mes o el enemigo se rindiera, quizá tuviese que lanzar la bomba H sobre Vietnam, quizá sobre China. Quizá sobre Rusia. «¡Un hombre tiene que portarse como un HOMBRE! –declaró–. ¡Tiene que demostrar agallas! ¡El viejo Teddy Roosevelt sí sabía cómo vérselas con gentuza!» Wallace simplemente sonrió. Sonrió simplemente. «¡Así se habla, tío! –dijo–. ¡Vaya!»

Apostaron ametralladoras en los barrios negros y empezaron rápidamente a resolver el problema de la vivienda. «No soy racista –dijo Wallace–, pero supongo que si un hombre es pobre o negro, es por su culpa.»

Le May sonrió: «Sí.»

Empezaron a despedir a gente a diestro y siniestro. Un hombre tenía que hacer el trabajo de dos por la mitad del sueldo de uno. Las ayudas estatales se acabaron y las pensiones de jubilación se rescindieron. Se triplicaron las fuerzas policiales, se construyeron nuevos campos de concentración y cárceles. A cualquier hora del día o de la noche se oían disparos de metralleta. Solo se permitía salir a la calle a los negros entre el amanecer y la puesta de sol y tenían que ceñirse a áreas designadas. Salió al mercado un producto clandestino: WHITEWASH, un colorante blanco para disimular la piel negra. Una peluca de blanco y un poco de WHITEWASH y tenías mejores oportunidades. Pero la mayoría de los negros rehusaba utilizarlo. Los mexicanos y los indios fueron objeto de un trato similar, aunque no tan duro.

Había 30 millones de parados y viejos deambulando por las calles. Cuando un hombre, mujer o niño caía muerto de hambre o era asesinado por la policía o el ejército, tenían lo que se denominaban coches «A»: «A» de anormales que no sabían CÓMO buscarse la vida, tío. Los coches «A» patrullaban las calles constantemente, trabajando de una manera parecida a las máquinas barredoras. Solo que en vez de succionar hojas y papeles, desperdicios diversos, los coches «A» succionaban los cadáveres recientes de mujeres, niños, viejos y desafortunados diversos. «Tenemos que mantener la higiene de nuestras ciudades», declaró el presidente Wallace. Los cadáveres se quemaban igual que los libros de la biblioteca. No se quemaron todos los libros de la biblioteca, solo un considerable 85 por ciento. Se destruyó un considerable 95 por ciento de los cuadros y las estatuas porque eran «decadentes para una buena sociedad americana». Todos los editores de periódicos izquierdistas fueron torturados ante cientos de miles de espectadores en los estadios de béisbol y fútbol de

América. Y mientras los editores lanzaban gritos agónicos al sufrir cortes y ser despedazados lentamente, sonaba un disco por la megafonía: ¡DIOS BENDIGA AMÉRICA! Entre tanto, los torturadores les decían a las víctimas sin cejar en su trabajo: «¡Acordaos de Hungría! ¡Acordaos de Praga!» Y ministros evangélicos baptistas permanecían tras las cabezas de las víctimas, haciendo oscilar enormes crucifijos de plata ante sus ojos. No se cobraba entrada, tanto si el torturado era blanco como si era negro.

Naturalmente, yo me había quedado sin trabajo y solo me quedaba dinero para el alquiler del último mes. El final se abría paso hacia mí. Acababan de demoler el Hospital General del Condado de L. A., conque no tenía adonde ir. Había perdido más de veinte kilos, me moría de hambre, pero, aun así, cobardemente, pensaba, bueno, por lo menos casi TODO lo que he escrito se ha mantenido al margen de la política. Me dejarán morir de hambre en vez de asesinarme, pero, como dijo George, era culpa mía: sencillamente era incapaz de jugar una buena partida de ajedrez. Dios protege a quien se protege. Y todas esas chorradas.

Así pues, me sorprendí bastante cuando aparecieron 3 tipos y me enseñaron las placas. Se sentaron en torno a mí.

—Bueno, colega, tenemos que hacerte unas preguntas.

—¡Disparen! —dije.

Uno de los cabrones sacó una pistola y me apuntó, al tiempo que le quitaba el seguro con un chasquido.

—¡ESPERA, HOMBRE! ¡NO ERA MÁS QUE UNA EXPRESIÓN!

—¿Ah? —dijo, y volvió a enfundar el arma.

—¿Eres Charles Bukowski? —preguntó el grandullón.

—Sí.

—Trabajabas para ese hijoputa de Bryan, ¿no?

—Sí.

–Hemos revisado tus escritos. Sobre todo la mierda porno. Me gustó bastante. Sobre todo eso de que le metiste la polla por el culo a tu amigo porque estabas borracho y pensaste que estabas en la cama con tu chica. ¿Te pasó de verdad?

–Sí.

–Pues revisamos los 192 artículos que escribiste en 192 semanas y solo UNO era sobre POLÍTICA...

–El de los méritos y los deméritos de la Revolución. Sí, lo recuerdo.

–Pero no lo acabamos de entender. ¿Qué quería decir?

–Quería decir que a menos que tuvieras el alma y la mano en su sitio, la Revolución era inútil: no suponía más que sustituir una clase de Esclavitud Económica por otra. Quería decir que, si ibas a matar a alguien, más te valía tener algo por lo menos 5 veces mejor para sustituirlo.

Los tres se retreparon escribiendo en libretitas.

–¿De verdad sigue vivo Hitler en Argentina? –indagué.

–Ajá –asintió el grandote–. Va a venir el mes que viene de vacaciones a Las Vegas. No hace más que pedir fotografías de esas coristas. Ya sabes, lo último que se le pudre a un viejo alemán es la polla.

–¿Sí?

–Claro.

Todos dejaron los lápices y me miraron. Pasaron 5 minutos sin decir nada. Era parte de algún entrenamiento al que habían sido sometidos. Al final, el grandote dijo:

–¿Señor Bukowski?

–¿Sí?

–¿Le dejaría a su hija casarse con un negrata?

–Sí.

–¿CÓMO?

Se inclinaron todos un poco hacia delante.

—Bueno —dije—, en realidad, es cosa *suya*. Bueno, la cría solo tiene cuatro años. No creo que quiera casarse con nadie todavía.

Se me quedaron mirando un buen rato.

—¿Tenía aprecio a los jipis? (Los jipis habían sido exterminados hacía mucho tiempo.)

—La verdad es que no. Pero nunca me hicieron daño ni me molestaron. ¿Qué más se puede pedir?

—¿Está a favor de la guerra de Vietnam?

—Nunca he estado a favor de ninguna guerra. Ni siquiera estuve a favor de la guerra contra Hitler.

—¡Toma ya! —dijo el de tamaño mediano, que guardó el arma.

Volvieron a quedarse callados largo rato, solo mirándome.

—Bueno, me temo que tenemos que detenerte, Bukowski —dijo el grandote.

—Vale, por lo menos en la cárcel me darán algo de comer.

Eso les hizo reír a todos.

—No, el nuevo sistema penitenciario consiste solo en encerrarlos. Sin darles de comer. Ahorra un montón de pasta al Estado.

—Dios bendiga el Estado —dije— y, ya puestos, que bendiga también *The Saturday Evening Post*.

—Ah, no —dijo el grandote—. *The Saturday Evening Post* ha ardido hasta los cimientos.

—¿Por qué?

—Era muy izquierdista —dijo el gordo.

—Dios bendito —dije—, más vale que nos vayamos y acabemos con este asunto.

—Antes de llevarte allí y darte un buen repaso —dijo el gordo—, quiero someterte a un poquito de infelicidad mental.

—¡Dispare! —repuse—. No, quiero decir que me lo cuente.

Me pusieron las esposas. Y fuimos hacia la puerta. El mediano se tiró un pedo. Una señal de alegría.

—Puesto que se te va a dejar fuera de circulación, puedo decírtelo.

Miró el reloj de muñeca.

—Hemos tenido cuidado de que no haya filtraciones, así que te lo puedo decir. Un capullo como tú se merece ser infeliz.

—Bien. Dígame lo que sea.

Fuimos hacia la puerta. El gordo miró el reloj.

—Dentro de exactamente 2 horas y 16 minutos el vicepresidente Le May pulsará el botón que lanzará una lluvia de bombas H sobre Vietnam del Norte, China, Rusia y otros lugares escogidos. ¿Qué te parece?

—Creo que es un error táctico —respondí.

El gordo alargó el brazo para abrir la puerta. Cuando la abría, una cortina de color rojo y gris, verde y púrpura se propagó por todas partes. Hubo relámpagos. Y saltaron astillas de lirios. Saltaron por los aires cucharillas y mitades de perro, medias de señora, coños desgarrados, libros de historia, alfombras, cinturones, tortugas, tazas de té, botes de mermelada y arañas. Miré alrededor y el gordo había desaparecido y el de tamaño mediano había desaparecido y el mierdecilla había desaparecido y las esposas se me habían roto en las muñecas y estaba de pie en una bañera y bajé la vista y tenía un huevo, un pedazo de polla, y rodaban ojos por el suelo cual hormigas. Joder. Salí de la bañera. Encontré media silla. Me senté. Vi que se me arrugaba todo el brazo izquierdo de repente como un pedazo de celofán ardiendo.

¿Cómo ibas a lograr tenerlos controlados? Había desaparecido todo: Picasso, Shakespeare, Platón, Dante, Rodin, Mozart..., Jackie Gleason. Todas las chicas preciosas. Hasta los cerdos comiendo cualquier clase de bazofia, tan devotos. Hasta los polis con sus pantalones negros ceñidos. Hasta los polis que tanta pena me habían dado, atrapados en su mezquindad. La vida había estado bien, horrible pero bien, y unos cuantos héroes nos habían permitido seguir adelante. Quizá héroes mal escogidos, pero qué coño. Los sondeos se habían vuelto a equivocar: el mismo asunto de mierda de Harry Truman. Había ganado Wallace, en su escondite en la cumbre. Escupiendo dientes de paleto llenos de odio, ¡con 2 horas y 16 minutos de retraso!

A Hiroshima le pusieron el nuevo nombre de América.

Estaba en el bar King's Crow y un tipo sentado junto a mí preguntó:

–¿Tienes donde quedarte esta noche?

Y yo dije:

–Joder, no, no tengo ningún sitio donde quedarme. Así que me fui con él. Esa primera noche estuve en su sala de estar mientras Teddy y su mujer forcejeaban en el suelo. A ella se le subía el vestido una y otra vez hasta el culo y ella me sonreía y se lo bajaba. Ellos venga a forcejear y yo bebiendo cerveza.

La mujer de Teddy se llamaba Helen. Y Teddy no estaba siempre presente. Helen se comportaba como si la conociera desde hacía años en vez de una sola noche.

–No has intentado nunca follarme, ¿verdad, Bukowski?

–Teddy es mi amigo, Helen.

–¡Coño! Y él también es amigo tuyo –dijo, a la vez que se levantaba el vestido. No llevaba bragas.

–¿Dónde está Teddy? –pregunté.

–No te preocupes por Teddy. Quiere que te acuestes conmigo.

–¿Cómo lo sabes?

—Me lo dijo.

Fuimos al dormitorio. Allí estaba Teddy sentado, fumando un pitillo. Helen se quitó el vestido y se subió a la cama.

—Venga —dijo Teddy—, hazlo.

—Pero Teddy, es tu mujer.

—Ya *sé* que es mi mujer.

—Bueno, Teddy, es que...

—Te doy diez pavos por hacerlo —dijo—. ¿De acuerdo, Bukowski?

—¿Diez pavos?

—Eso es.

Me quité la ropa y me puse a ello.

—Métele un viaje de los largos —dijo Teddy—. Nada de polvetes rápidos.

—Lo intentaré, pero me ha puesto cachondo.

—Tú piensa en una buena mierda de caballo —sugirió Teddy.

—Sí, piensa en una buena mierda de caballo —dijo su mujer.

—¿Cómo de grande? —pregunté.

—Muy grande. *Gorda.* Cubierta de moscas —describió Teddy.

—*Miles* de moscas —exclamó Helen—, todas comiendo mierda.

—Las moscas son raras, eso seguro —dije.

—Tienes un culo gracioso —señaló Teddy.

—El tuyo también es gracioso —dije.

—¿Y *mi* culo, ¿cómo es? —preguntó Helen.

—Por favor —dije—, prefiero no pensar en tu culo o no voy a durar nada.

—Prueba a cantar el himno nacional —sugirió Helen.

—*Oh, ¿no puedes ver, a la luz de las primeras estrellas? Oh...*

—¿Qué pasa? —preguntó ella.

—No me sé la letra.

—Entonces canta cualquier cosa que te venga a la cabeza —dijo Helen.

—Me corro —dije.

—¿*Qué?* —preguntó.

—He dicho: «Me *corro.*»

—¡Ay, Dios mío! —dijo.

Nos aferramos y nos besamos, gimiendo. Me aparté de ella. Me limpié con la sábana y Teddy me alargó un billete de diez.

—La próxima vez —dijo—, procura durar más o solo te daré cinco pavos.

—Vale —dije.

—¡Ay, Teddy! —exclamó Helen desde la cama.

—¿Qué, cariño?

—Te *quiero...*

La segunda noche fue un poco distinta. Teddy y su mujer habían forcejeado en el suelo. Luego Teddy había desaparecido. Yo estaba bebiendo cerveza y viendo la televisión. Helen apagó la tele de un zarpazo y se puso delante.

—Eh, era un buen programa, Helen. ¿Por qué lo has quitado?

—No eres muy hombre, ¿verdad?

—¿Qué quieres decir?

—¿Te ha gustado el pollo frito de esta noche?

—Claro.

—¿Te gustan mis piernas, mis caderas, mis pechos?

—Claro, claro.

—¿Te gusta el color de mi pelo? ¿Te gusta cómo camino? ¿Te gusta mi vestido?

—Claro, claro, claro.

—No eres muy hombre, ¿verdad?

—No te entiendo.

—¡Pégame!

—¿Que te *pegue?* ¿Por qué?

—¿No lo entiendes? ¡Pégame! ¡Usa el cinturón! ¡Usa la mano! ¡Hazme llorar! ¡Hazme *gritar!*

—Mira...

—*¡Viólame! ¡Hazme daño!*

—Mire, señora Ralstead...

—¡Venga, por el amor de Dios, empieza ya!

Me quité el cinturón y le di en todo el muslo.

—*¡Más fuerte,* bobo!

—Señora Ralstead...

—¡Pórtate como un bestia!

Le di en todo el trasero con la hebilla. Gritó.

—¡MÁS! ¡MÁS!

Le di a base de bien con el cinturón. Por todas las piernas. Luego la abofeteé y la tiré al suelo, la levanté por el pelo.

—¡Arráncame el vestido! –dijo–. ¡Hazme jirones el vestido!

—Pero señora Ralstead: me *gusta* su vestido.

—¡Ay, bobo, *arráncame* el vestido!

Se lo rasgué desde el cuello por delante. Luego seguí rasgando hasta que se quedó sin nada.

—Y ahora, ¿qué hago?

—¡Pégame! ¡Viólame!

Le pegué de nuevo, la levanté y la llevé al dormitorio. Teddy estaba allí sentado fumando un cigarrillo. Helen sollozaba, lloraba.

—¡Precioso! –dijo Teddy–. *¡Precioso!*

—¡So bestia! –me gritó Helen.

—¡Tíratela! –dijo Teddy–. ¡Métesela!

Me puse encima de su esposa y le inserté el pene.

–Que dure –me advirtió Teddy–. Nada de polvetes rápidos.

–Pero me ha puesto como una moto –grité.

–Tú piensa en comer mierda –dijo Teddy.

–¿Comer mierda?

–Sí –dijo Helen–, con las moscas todavía encima.

–Si me acerco la mierda a la boca, las moscas se largarían –señalé.

–*Esas* moscas no –repuso Helen–. Esas moscas son distintas. Te las tragas con la mierda.

–Vale –dije.

–Nada de polvetes rápidos –dijo Teddy.

–*Muchacho triste* –empecé a cantar–, *ven a tocar la trompeta, la vaca está en el prado, la oveja en el maizal...*

–¿Aún no te has aprendido el himno nacional? –preguntó Teddy.

–No.

–No eres muy buen americano, ¿verdad, Bukowski?

–Supongo que no.

–Yo siempre he votado –aseguró Teddy–. Este es un país magnífico.

–*El pequeño Jack Horner* –canté–, *estaba en un rincón, comiéndose un pastel de calabaza...*

–*Y entonces llegó una araña y se sentó a su lado* –dijo Helen.

–Un momento –dijo Teddy–, ¿esa canción infantil es así?

–No sé –dije–. *Mary tenía una ovejita con la lana blanca como la nieve y allí donde iba Mary...* ¡Me corro!

–¿Qué...? –preguntó Helen.

–¡Me corro!

–¡Ay, Dios mío! –exclamó ella.

Nos aferramos y nos besamos, gimiendo. Me aparté

de ella. Me limpié con la sábana y Teddy me dio un billete de diez.

—La próxima vez —dijo—, intenta durar un poco más o solo te daré un pavo.

—Vale, Teddy —dije.

—¡Ay, Teddy! —dijo Helen desde la cama.

—¿Qué, cariño?

—Os quiero a los *dos...*

La tercera noche estábamos todos sentados viendo la tele. Me levanté y me puse detrás de Helen. La cogí por el pelo y la hice caer de espaldas del sillón. Me abalancé sobre ella y empecé a besarle las piernas. Entonces oí que Teddy se levantaba y me apartaba de su mujer.

—¿Qué pasa? —pregunté—. ¿Qué pasa, Teddy?

—¡Cállate! —me dijo.

Cogió a Helen por el pelo, la abofeteó y la tumbó de un puñetazo.

—¡Mala puta! —gritó—. ¡Eres una sucia puta! ¡Eres una puta asquerosa! ¡Me has engañado con este hombre! ¡Lo he visto con mis propios ojos!

La levantó, le arrancó el vestido, la abofeteó. Luego se quitó el cinturón y le dio un buen repaso.

—¡Zorra infiel! ¡Puta asquerosa! ¡Eres una vergüenza para todas las mujeres! —Se tomó un momento para mirarme—: ¡Y *tú,* cabrón, más vale que te largues ahora que puedes!

—Pero Teddy...

—Te lo advierto, Bukowski.

Recogió a Helen y la llevó al dormitorio. Cogí la chaqueta y salí, fui al bar King's Crow, me senté y me tomé una cerveza. Vaya con Teddy. Qué amigo de los cojones resultó ser.

Yendo al hipódromo de Los Alamitos una noche pasé por delante de una pequeña granja y vi una criatura grande plantada a la luz de la luna. La criatura tenía algo muy raro que me atrajo. Parecía un imán, una señal. Bueno, pisé el freno, me bajé y fui hacia la criatura. Siempre me desviaba pronto de la autopista y conducía por delante de esas granjitas. Me daba tiempo para relajar la mente. Desviarme así de la autopista y conducir por una carretera secundaria hasta el hipódromo aliviaba la presión de mi cabeza y me permitía apostar mejor. No he dicho ganar, he dicho apostar mejor. En realidad, no tenía tiempo para detenerme. Ya llegaba tarde para la primera carrera, pero allí estaba caminando hacia ese terreno cercado.

Llegué hasta la cerca y allí estaba: un cerdo inmenso. No es que sepa mucho de granjas pero tuve la sensación de que tenía que ser el cerdo más grande sobre la faz de la tierra, aunque eso no era lo principal. Ese cerdo tenía algo, algo que me obligó a detener el coche. Me quedé en la cerca mirándolo. Estaba la cabeza, y bueno, lo llamaré cara porque eso era exactamente lo que había en la parte delantera de la cabeza. Una cara. Nunca había visto una cara así. No sé con seguridad qué me había atraído hacia ella. La gente suele bromear sobre mi fealdad diciendo que soy el viejo más feo que han visto nunca. La verdad es que me enorgullece. Mi fealdad me costó mucho esfuerzo; no nací así. Era consciente de que suponía superar una serie de áreas. Me olvidé de las carreras, de todo menos de la cara de ese cerdo. Cuando un feo admira a otro, se da una suerte de transgresión, un roce y un cruce de almas, por así decirlo. Él, ese cerdo, tenía la cara más fea que había visto en toda una vida de vivir. Estaba cubierto de verrugas y arrugas y pelos, unos pelos largos y sueltos que sobresalían obscenamente y se ensortijaban, en todos los lugares donde no debería haber pelos. Me vino a la cabeza el tigre de Blake. Blake se maravillaba de cómo Dios había creado algo semejante, y ahora ahí estaba el cerdo de Bukowski y me pregunté qué habría creado *eso* y cómo y por qué. La intensa fealdad se reproducía en todas partes: era asombroso. Los ojos eran pequeños, mezquinos y estúpidos, vaya ojos, como si todo el mal y la estupidez que existía en todas partes se pusiera de manifiesto allí. Y la boca, el hocico era horrible: asqueroso, demencial, babeante, tenía un apestoso ojete por morro y boca. Y la piel de la cara estaba medio descompuesta, podrida, se le caía a pedazos. El efecto total de esa cara y ese cuerpo estaban más allá de lo que por lo visto podía asimilar mi cerebro.

Enseguida pensé otra cosa: es humano, es un ser humano. La idea me sobrevino con tal intensidad que la acepté. El cerdo estaba plantado a diez o doce pasos y entonces empezó a avanzar hacia mí. No pude moverme aunque su acercamiento me producía cierto terror. Aquí venía a la luz de la luna. Se aproximó al cercado y levantó la cabeza hacia mí. Estaba muy cerca. Sus ojos miraron los míos y nos quedamos así durante un rato, creo, mirándonos. Ese cerdo reconoció algo en mí. Y yo miré esos ojos mezquinos y estúpidos. Fue como si me estuvieran revelando el secreto del mundo, y el secreto era de lo más evidente y real y horrible.

Es humano, volvió a venirme a la cabeza, es un ser humano.

De repente me superó, tenía que acabar con aquello: me di la vuelta y me alejé. Me monté en el coche y fui hacia el hipódromo. El cerdo me rondaba la cabeza, en el recuerdo.

En el hipódromo empecé a mirar las caras. Vi una parte de tal cara que encajaba con la cara del cerdo y vi una parte de tal otra cara que encajaba con la cara del cerdo, y ahí había otra parte, y ahí había otra. Luego fui al servicio de caballeros y me vi la cara en el espejo. No soy de los que se miran al espejo mucho rato. Fui a apostar.

La cara de ese cerdo era la suma total de la muchedumbre en el hipódromo, de alguna manera. De las muchedumbres en todas partes. Ese cerdo la había encarnado y estaba ahí mismo. Estaba ahí mismo detrás de la cerca en la granjita a cuatro o cinco kilómetros. Fue una noche en la que no me acordé gran cosa de los caballos. Después de las carreras no me apetecía nada volver a ver ese cerdo. Tomé otra carretera...

Unas noches después le conté a un amigo mío lo del cerdo, lo que había visto y sentido, sobre todo lo de que el cerdo era un ser humano atrapado en ese cuerpo. Mi amigo era un intelectual, instruido.

—¡Los cerdos son cerdos, Bukowski, y no hay que darle más vueltas!

—Pero John, si hubieras visto la cara de ese cerdo, te habrías dado cuenta.

—Los cerdos son cerdos y punto.

No se lo pude explicar y él tampoco me convenció de que «los cerdos son cerdos». Desde luego ese cerdo no...

Recuerdo la primera noche que trabajé en el matadero. Mataban el novillo en otra sala y nos llegaba despellejado y destripado a través de una abertura en la pared, sin cabeza, colgado de las patas traseras de un rojo crudo, y teníamos que echarnos el novillo a hombros y colgarlo en los camiones que estaban esperando, esta vez por el cartílago cerca del lomo. Era un trabajo duro y los novillos no paraban de llegar, todo un laberinto de novillos, venga a llegar. A medida que transcurrían las horas y estaba cada vez más cansado, toda la masa de novillos recién asesinados que llegaba y de trabajadores se me mezcló un poco en la cabeza; me caía el sudor a los ojos y empecé a verlo todo borroso. Estaba tan cansado que me sentía borracho. Me reía por cualquier tontería. Me dolían los pies, la espalda, todo. Me vi empujado hacia una zona de cansancio increíble y me sentía como si estuviera perdiendo la identidad. Ya no recordaba dónde vivía ni por qué, lo que hacía ni por qué. Los animales y los hombres se mezclaban y, entonces, pensé, ¿por qué no me asesinan? ¿Por qué no me matan y me cuelgan en un camión? ¿En qué me diferenciaba de un novillo? ¿Cómo eran capaces de *distinguirme?* El pensamiento tenía mucha fuerza porque ya no podía diferenciar a los animales de los hombres salvo por acordarme de que los animales estaban colgados de las patas.

Cuando salí esa noche sentí que sería mi última noche y lo fue. Así que no tuvieron oportunidad de colgarme en los puñeteros camiones... Te quedaste sin filete de Bukowski, querida. Los novillos son novillos, claro, pero unas semanas después, cuando iba a los mercados de carne, no podía por menos de pensar que estaba viendo carne humana asesinada, transformada...

Y es absurdo, claro, pero hay sitios, restaurantes y mercados con carteles en las puertas: NO SE PERMITE LA ENTRADA DE ANIMALES. Los carteles suelen ser una placa de estaño con el fondo blanco y las letras en rojo. NO SE PERMITE LA ENTRADA DE ANIMALES. El cartel suele estar cerca de donde se apoya la mano para abrir la puerta. Cuando veo ese cartel ahí siempre hago una pequeña pausa. Titubeo. Luego empujo la puerta. Nadie dice nada. Siguen ocupándose de sus asuntos.

Una vez, solo para poner a prueba las reacciones de los demás, me quedé delante de la puerta de un supermercado con uno de esos carteles en rojo. Miré a la gente. Sencillamente entraban sin vacilar ni demorarse. Tenía que ser maravilloso poseer una mente masificada: alguien te dice que eres un ser humano y tú te lo crees. Alguien te dice que un perro es un perro y tú vas y gestionas una licencia y compras un poco de comida para perros. Todo está pulcramente organizado. No hay espacio para duplicaciones ni confusiones... NO SE PERMITE LA ENTRADA DE ANIMALES EN NUESTRO ZOO...

Supongo que la mayoría de la gente ha visto esos cerdos asados en escaparates de restaurantes, sin ojos, con el morro hacia el ventanal, una manzana en la boca y rodajas de piña dispuestas sobre el lomo. Una vez estaba en Nueva York, muerto de hambre y hecho polvo, caminando por la acera, cuando me encontré con el escaparate de un restaurante con un cerdo de esos como frontispicio. Me detuve. Donde habían arrancado los ojos había ahora dos largos agujeros que entraban en el cráneo. Los agujeros tenían un aspecto como quemado y despedían el sabor de algo traicionado y mutilado más allá de la sensatez común. A pesar del hambre que tenía, no pude imaginarme clavando un tenedor en el costado de aquello y cortando un trozo de carne. Estaba en una bandeja de plata, obediente y emitiendo rayos de horror. Los neoyorquinos seguían su camino a paso ligero o estaban dentro comiendo y limpiándose la boca. Mi alianza con la raza humana empezó a mermar cada vez más. Nunca sopesaban nada; simplemente lo aceptaban. Vaya pandilla estaban hechos: sin honor ni sensibilidad y con los sentimientos que tuvieran restringidos únicamente a sí mismos. Ese cerdo –el mero hecho de exhibir semejante atrocidad como algo valioso a sus ojos– era la clave de sus tejemanejes, era la puerta que se abría y me mostraba lo que eran. Me despedí de mi cerdo y me abrí paso entre la multitud...

La semana pasada vino a verme una joven de Costa Mesa. Dijo que era lectora de mis libros. Era una chica bien parecida, de unos 21 años y, puesto que era un escritor siempre en busca de material, la dejé entrar. Se sentó en una silla al otro lado de la habitación y me miró, sin hablar. El silencio duró unos minutos.

–¿Cerveza? –pregunté.

–Claro.

–Vaya, o sea que hablas.

–Ajá. Voy a ir a México a estudiar escritura creativa. Voy a asistir a un curso de seis semanas –añadió.

–La mejor manera de estudiar escritura creativa es vivir.

–Creo que un curso va bien.

–No, estorba. Provoca rigidez. Demasiados malos elogios y malas críticas. Una mezcla excesiva de personalidades similares. Es destructivo. Incluso si quieres conocer hombres, es el peor sitio para conocer hombres.

No contestó.

Bebimos un poco más de cerveza y hablamos. Luego se acabó la cerveza.

—Me gustan los bares —dijo—, vamos a un bar.

Fuimos calle abajo y entramos. Pedí dos whiskies con agua. Cuando se fue al servicio, el camarero se acercó.

—Dios santo, Bukowski —dijo—, has pillado a otra. Son todas jóvenes. ¿Cómo lo haces?

—Es todo platónico, Harry. Además, es cuestión de investigar.

—Y una mierda —repuso Harry, y se largó. Harry era un tipo grosero.

Ella volvió y nos tomamos otro después de ese. Seguía sin hablar. ¿Qué coño quiere?, pensaba.

—¿Por qué has venido a verme? —le pregunté.

—Ya lo verás...

—Vale, guapa.

El whisky con agua en un bar hace que la cuenta suba rápido. Sugerí que compráramos un quinto y volviéramos a mi casa.

—Vale —dijo ella...

Le llené el vaso mitad de whisky y mitad de agua. Hice lo mismo con el mío. Le hablé de esto y de lo de más allá, un poco cohibido por su continuo silencio. Me seguía el ritmo bebiendo. Entonces, tras la tercera o cuarta copa, empezó a cambiar. Le cambió la cara. Su cara empezó a adoptar una forma extraña. Los ojos se le volvieron más pequeños y distintos, la nariz pareció tornarse más afilada, los labios parecían mostrar dientes. Lo digo en serio.

—Quiero contarte una cosa —empezó.

—Adelante —dije.

—Voy a ir al grano —continuó—. Soy una rata en el cuerpo de una mujer. Las ratas me han enviado a verte.

—Ya —dije.

—El caso es que las ratas son más inteligentes que las personas. Hemos estado siglos esperando para adueñarnos del mundo. Ahora nos estamos preparando. ¿Lo entiendes?

—Espera —dije. Fui y puse dos copas más—. Cuéntame más.

—Es sencillo —continuó—: las ratas me han enviado a verte para que nos ayudes a conquistar el mundo. Queremos tu ayuda.

—Es un honor —dije—. Hace tiempo que la gente no me cae muy bien.

—Entonces, ¿nos ayudarás?

—Bueno, tampoco aprecio mucho a las ratas.

—Bueno —dijo—, pues tienes que escoger un bando. ¿Qué bando prefieres? Las ratas van a ganar. Si eres listo, te pondrás de nuestra parte.

—Déjame pensarlo.

—De acuerdo —respondió—. Te escribiré desde México.

Se levantó.

—¿Ya te vas?

—Sí —dijo—, he cumplido mi misión.

—De acuerdo —contesté. La acompañé a la puerta, de hecho, la acompañe al Cadillac nuevo de su madre, un Cadillac blanco, y se montó y se fue.

Ahora estoy esperando su carta. No estoy seguro de cuál será mi respuesta. Esas ratas se están acercando: beben whisky, conducen Cadillacs blancos y asisten a cursos de escritura creativa en México. Supongo que la guerra final será entre las ratas y las cucarachas. Supongo que llevan ventaja a la raza humana; dudo que se concentren en matarse entre sí...

Ayer mi novia trajo a su perro y vino a verme. Vivo en un apartamento con patio delantero y hay muchos gatos de gente que vive en otros patios. Un gato vino y se plantó en mi porche. El perro montó un escándalo ladrando, no podía hacerlo callar. El tipo de la puerta de al lado, que era el dueño del gato, vino a recogerlo.

–¿Qué clase de perro es ese? –preguntó. El tipo estaba borracho.

–No es más que un chucho, un chucho callejero.

–Suéltalo. Mi gato se puede ocupar de él.

–Igual. Igual no. El perro no es mío.

–¿De quién es?

–Es de una amiga.

–Suéltalo.

–No –dije–. Me gustan los animales.

–Tienen mucho más sentido común que las personas –repuso.

–Joder, desde luego –convine.

Y no es una manera muy profunda de terminar esto, pero supongo que es lo bastante buena. Aguanta, observa y probablemente te envíe instrucciones de cara al futuro.

EL PABELLÓN DE CHIFLADOS

Cuando llegaban las estudiantes de enfermería, algunos tipos se masturbaban bajo la bata, aunque uno o dos sencillamente se lo quitaban todo y lo hacían a plena vista. Las estudiantes de enfermería llevaban uniformes muy cortos que dejaban ver su cuerpo. Así pues, no se les podía echar en cara nada a esos tipos. Ese lugar era un sitio interesante. Luego venía el médico. Se llamaba doctor McLain, un tipo muy elegante. Se paseaba por ahí, nos miraba y decía: «Sí, 140 cm³ para este, y, ah, denle a este..., ah, 100 cm³ de...» Y luego me miraba a mí y decía: «¡Ja, ja! ¡Droga! ¡Droga! ¡Vamos a corrernos una juerga! ¿Dónde está la juerga, Bukowski?», me preguntaba.

Yo estaba..., bueno, me habían encontrado después de sufrir una sobredosis y estaba intentando quedarme allí una temporada porque había pasado unos cuantos cheques sin fondos y estaba esperando a que se tranquilizara la cosa.

—Tengo la juerga justo debajo de los cojones, doctor. ¡La oigo ahí abajo!

—Debajo de los cojones, ¿eh, amigo mío?

—Sí, justo debajo. Hasta alcanzo a oírla ahí abajo.

Por lo general seguíamos dale que te pego así.

Por la noche, nos traían el zumo. Siempre montábamos una buena con el zumo.

–Creo que vienen con el zumo –comentaba alguien.

–¡Sí, viene el jefe con el zumo!

Entonces me levantaba de la cama de un salto.

–¿Quién tiene el zumo? –preguntaba.

–¡El zumo! ¡El zumo! ¡Nosotros tenemos el zumo! –gritaba Anderson.

Me volvía hacia Anderson.

–¿Qué has dicho? ¿Has dicho que el zumo lo tienes *tú?*

–¿Qué?

Señalaba a Anderson.

–¡Mirad, tíos, *ese* es el que tiene el zumo! ¡Ha dicho que tiene el zumo! ¡Danos nuestro zumo, tío!

–¿*Qué* zumo?

–¡Te he oído decir que tenías el zumo! ¿Qué has hecho con nuestro zumo?

–¡Sí, danos el zumo!

–¡Eh, tío, danos el zumo!

Anderson reculaba.

–¡No tengo el zumo!

Yo seguía.

–¡Oye, te he oído decir que tenías el zumo! ¡Te he oído decir claramente que tenías el zumo! ¿Qué has hecho con nuestro zumo, tío? ¡Danos el zumo!

–¡Sí, sí! ¡Danos el zumo!

Entonces Anderson me gritaba:

–¡Maldita sea, Bukowski: yo no tengo el zumo!

Entonces me volvía hacia los demás:

–¡Fijaos, tíos, ahora está mintiendo! ¡Dice que no tiene el zumo!

–¡Deja de mentir!

–¡Danos el zumo!

Anderson y yo hacíamos lo mismo una noche tras otra. Como decía, era un sitio muy agradable.

Un día me encontré una azada rota en el patio. La azada en sí estaba bien pero alguien había roto el mango casi a la altura de la plancha. Me llevé la azada al pabellón y la escondí debajo de la cama. También encontré un cubo de basura que utilizaban para tirar los frascos de medicamentos vacíos. Una y otra vez hurgaba allí, me escondía lo que pillaba bajo la bata y lo llevaba a mi taquilla. Lo escondía todo en la taquilla. Eran unos descuidados. Algunos frascos aún tenían una quinta parte del contenido. Te podías pillar unos buenos colocones.

Entonces encontraron la azada debajo de mi cama. Me llamaron al despacho del doctor McLain.

–Siéntate, Bukowski.

Sacó la azada y la dejó encima de la mesa. Miré la azada.

–¿Qué hacía esto debajo de tu cama? –me preguntó.

–Es mía –dije–. La encontré en el patio.

–¿Qué ibas a hacer con esta azada?

–Nada.

–¿Por qué la cogiste del patio?

–Le encontré. La guardé debajo de la cama.

–Ya sabes que no podemos dejarte que tengas cosas así, Bukowski.

–No es más que una azada.

–Ya *sabemos* que es una azada.

–¿Para qué la quiere, doctor?

–Yo no la quiero.

–Entonces, devuélvamela. Es *mía*. La encontré en el patio.

–*No* te la puedes quedar. Ven conmigo.

El doctor iba acompañado de un enfermero. Se acercaron a mi cama. El enfermero abrió las puertas de la taquilla.

—¡Vaya! ¿Qué tenemos aquí? —comentó el médico—. ¡Bukowski tiene toda una farmacia! ¿Tienes receta para todo esto, Bukowski?

—No, pero lo estoy guardando. Es mío. Lo *encontré*.

—¡Tíralo, Mickey! —ordenó el médico.

El enfermero acercó una papelera y lo tiró todo. Me quedé sin zumo durante las tres noches siguientes. A veces eran de lo más injustos, me parecía a mí.

No me resultó muy difícil largarme. Salté un muro y caí al otro lado. Iba descalzo y en bata. Fui a la parada de autobús, esperé y, cuando llegó el bus, me subí. El conductor dijo:

—¿Dónde tienes el dinero?

—No tengo dinero —respondí.

—Es un chiflado —señaló alguien.

El autobús ya estaba en marcha.

—¿*Quién* es un chiflado? —pregunté—. ¿Quién ha dicho que soy un chiflado?

No contestó nadie.

—Me quitaron el zumo por culpa de una azada. No pienso quedarme allí.

Fui por el pasillo y me senté al lado de una mujer.

—¡Vamos a montárnoslo, guapa! —dije.

Se apartó. Alargué la mano y le toqué la teta. Gritó.

—¡Oye, tío!

—¿Me ha llamado alguien?

—Yo.

Me volví. Era un tiarrón.

—Deja en paz a esa mujer —me advirtió.

Me levanté y le pegué en toda la boca. Cuando se derrumbó del asiento, le pateé la cabeza dos o tres veces y, aunque no llevaba zapatos, no me corto nunca las uñas.

–¡Ay, Dios todopoderoso, ayuda, ayuda! –gritó.

Tiré de la cuerda del autobús para solicitar parada. Cuando el autobús se detuvo, me bajé por la puerta de atrás. Fui a una tienda. Cogí un paquete de tabaco del mostrador, busqué cerillas y me encendí un pitillo. Había una niña, de unos siete años, con su madre.

–¡Mira qué hombre tan gracioso! –le dijo la niña a su madre.

–Deja tranquilo a ese hombre, Daphine.

–Soy Dios –le dije a la niña.

–¡Mami! ¡Ese hombre dice que es Dios! ¿Es Dios, mami?

–Me parece que no –dijo Mamá.

Me acerqué a la niña, le levanté el vestido y le pellizqué el culo. La niñita gritó. Mamá gritó. Me fui de la farmacia. Era un día caluroso de principios de septiembre. La niña llevaba unas braguitas azules muy monas. Me miré el cuerpo y sonreí de oreja a oreja mientras el cielo se desplomaba. Tenía todo un día antes de decidir si regresaba o no.

NINA LA BAILARINA

Nina era lo que podría decirse una coqueta, una vampiresa. Tenía el pelo largo, los ojos extraños y crueles, pero sabía besar y bailar. Y cuando besaba y bailaba, tenía una manera de ofrecerse a todos los hombres que pocas mujeres tenían. Eso compensaba muchas deficiencias y Nina tenía deficiencias más que de sobra.

Pero Nina era lo que era.

Era una calientapollas. Casi prefería calentar a un tipo que hacérselo con él. Lo que le faltaba a Nina era la capacidad de elegir: sencillamente no sabía distinguir a un hombre bueno de uno malo. La mujer americana, por lo general, padece esa misma fragilidad. Nina simplemente la padecía en exceso.

La conocí por causa de cierta circunstancia en Los Ángeles con la que no os voy a aburrir.

Estaba buena y era divertida y sabía hacer el amor en la cama. Ninguno de los dos queríamos casarnos (ya había estado casada) y pensé, al principio, que por fin había conocido a mi mujer milagrosa.

Me fijé en que a veces estaba ausente, repetía frases, contaba las mismas historias una y otra vez. La mayor parte de su charla y sus ideas eran prestadas, oídas de otras personas. Pero tenía cierta *elegancia* invisible que entonces no identifiqué como la capacidad de coquetear. Pensaba que simplemente me *quería*.

Pero en la primera fiesta a la que la llevé, levanté la vista y pensé, Dios bendito, ¿qué tengo aquí? No se limitaba a bailar, más bien copulaba delante de todo el mundo. Estaba en su derecho, naturalmente, de copular delante de todos. Naturalmente, no copulaba, solo aparentaba que lo hacía. Nina fue la atracción de la fiesta. Nina era la atracción de *todas* las fiestas.

Era la Puta Eterna que había llegado a atormentar los Genes. Discutíamos por su manera de bailar porque yo seguía amando una parte de ella.

—Soy mucho más lista que ellos —decía—. Cuando termina la fiesta y he puesto a los hombres como motos, me largo por la puerta de atrás y me desvanezco.

—Pero eso es un engaño. Te ofreces a los hombres y luego te largas. Eso es engañar. Estás intentando vengarte por algo.

—Oye —me dijo—, tú llevas una puta cadena amarrada a la pierna. Yo no. Voy flotando *libre*. Cuando bailo, ni me acuerdo de ti. Pienso en la música y pienso en cómo baila el tipo con el que estoy bailando, sea quien sea. Voy flotando libre: soy un enorme pájaro blanco en el cielo.

—Bueno, vale.

—Has dicho que cuando bailo, te traiciono. ¿Cómo es que te traiciono?

—Ya sabes cómo —repuse—. El baile puede ser más sexual que la cópula. Hay más movimiento y gente mirando. Están las miradas, el acercarse cada vez más. Te tengo calada, zorra. No eres ningún enorme pájaro blanco: eres la Puta de los Siglos...

—Eres un cabronazo, Charlie. Simplemente no lo entiendes.

No sé por qué le seguía el rollo. Igual quería oír una historia, igual quería escribir un relato. Supongo que la tragedia de que bailara era que creía que era una gran bailarina. Yo había visto bailar de verdad: cosas que la gente ensayaba durante meses, años, una vida entera antes de ser capaz de hacerlas.

Nina simplemente sacaba el sexo a relucir, eso lo hacía bien, pero no era precisamente bailar de maravilla.

Una vez vi a una blanca en un café turco una noche. Era uno de esos sitios en los que se come abajo y luego se sube a beber. Las chicas morenas estaban haciendo sus movimientos naturales y discretos solas y, entonces, la mujer americana, una rubia con buena figura, se subió al escenario e hizo lo suyo. Lo hacía bien pero era feo porque resultaba muy evidente. Les pidieron a la mujer y a su acompañante que se fueran y la americana blanca nos gritó obscenidades mientras bajaba las escaleras. Lo que esa no llegaría a entender nunca era la diferencia entre arte y naturalidad. Entonces volví la mirada hacia las bailarinas morenas que discurrían cual ríos de autenticidad hacia el mar...

Fiestas aparte, Nina me dispensaba retazos de información, sobre todo en la cama donde hacíamos el amor, antes o después. Podrían denominarse confesiones o, quizá, en su caso, alegrías.

—Sí. Bueno, había una tienda de ropa. Entré para comprarle algo a mi marido. Allí había un tipo. Se puso muy sarcástico conmigo. Ay, siempre me pirro por esos tipos sarcásticos...

Me miró pero eludí sus ojos crueles.

—Me llevó detrás de una cortina y me besó. Había un

cuartito al fondo. Me siguió y llevaba la polla fuera y allí había unos tipos y todos se rieron. Luego volví y le dije: «No eres más que un maricón, ¿verdad? ¡No eres más que un maricón!»

–¿Lo era?

–Me parece que sí.

–Vale...

–El caso es que no engañaba mucho a mi marido –continuó–. Igual una o dos veces. Hubo un tipo, bueno, le dije a mi marido que le había sacado la polla y se la había besado pero no me lo había tirado. –Más historias: había puesto un anuncio en una publicación *underground* y recibido 50 respuestas. Un tipo dejó el número de teléfono, así que Nina lo llamó. Se citó con el tipo, joven y delgado, en una cafetería. Entonces él le pidió que lo llevara al parque porque había dejado su coche en el parque–. Lo llevé –me contó Nina–, pero tendría que haberme andado con más cuidado. Me puso como a cien, él sabía que me había calentado a base de bien y tenía una polla enorme y curva como una guadaña. No había visto nunca algo tan grande. Pero no quería decirme su nombre. Yo no quería quedarme embarazada, conque le dije que no. Se enfadó y me dijo: «Preferiría follarme a un tío. ¡Por lo menos no me tocan las narices con todas estas chorradas!»

–¿Y dejaste que se fuera?

–Sí, y tendrías que habérsela visto: ¡era enorme, curva, como una guadaña!

No sé. Pasamos por muchas batallas y muchas vueltas y revueltas. Yo me ganaba la vida como escritor, lo que suponía que no tenía mucho dinero pero sí mucho tiempo. Tiempo para pensar, tiempo para amar. Supongo que estaba enamorado de Nina. Aunque era 20 años mayor que ella.

Un fin de semana la llevé hasta Arizona, donde hizo una sesión especial de baile de tres horas en una casa de estilo ranchero con un homosexual. Ella llevaba un pijama rojo a rayas que se abría y le dejaba a la vista el vientre y el ombligo.

Yo me pasé casi toda la noche bebiendo en la sala de juegos, mirando animales muertos y disecados, a los que me unía una relación bastante reconocible.

Al cabo, entré en la sala de billar de la casa ranchera donde estaban bailando. Cogí al homosexual en volandas por encima de mi cabeza, pero decidí no romperle el cráneo contra el techo. Lo dejé en el suelo y luego ofrecí mi propia versión ebria del Baile: el Gran Pájaro Blanco en Pleno Vuelo.

Cuando terminé, el marica se me acercó y dijo:

–Perdón.

Le cedí el puesto y se puso a bailar con Nina y nadie puso objeciones, ni siquiera yo...

El tiempo y las cosas siguieron su curso, suelen hacerlo, ya se sabe.

Di unos cuantos recitales de poesía, me llegaron unos pocos pavos por los derechos de autor de una novela. Luego estaba allá en Utah con Nina esperando el gran baile del Cuatro de Julio.

«Es la única vez que pasa algo interesante por aquí», me aseguró.

Así que fuimos al baile ese tan importante de pueblo y Nina conoció a un vaquero grande y bobo. O igual no era grande y bobo.

Lo observé un poco y pensé, coño, podría ser escritor si algo le ocurriera y le rajara el alma de veras, le enseñara dónde estaba lo bueno. Pero nada lo había importunado gran cosa, así que digamos que tenía cierta clase de alma y Nina se dio cuenta. Ella volvía la mirada una y otra vez hacia mí mientras seguía ofreciéndoselo a él en el baile. Y pensé: Aquí estoy, un forastero en un pueblo de mierda. Ojalá pudiera largarme y dejar que Nina y los suyos se las apañen entre ellos, pero Nina seguía arrimándose cada vez y ofreciéndose.

Y fue entonces cuando llegué al límite, porque si ella lo quería a él, ya podía cepillárselo. Era así como pensaba: los dos que se deseaban debían tenerse mutuamente.

Pero ella no hacía más que traérmelo después de cada baile:

—Charlie, te presento a Marty. ¿Verdad que Marty baila bien?

—No sé gran cosa de bailar. Supongo que sí.

—Quiero que seáis amigos —dijo.

Entonces los que estaban en la pista se dispusieron en filas y bailaron al unísono, todos venga a dar palmas y reír y pasarlo bien. Me fumé un pitillo y hablé de impuestos con una mujer tetuda. Luego levanté la vista y Nina y Marty se estaban besando sin dejar de bailar.

Me dolió pero conocía a Nina. No tendría que haberme dolido. Mientras bailaban seguían besándose. Todo el mundo aplaudía. Yo también aplaudía. «¡Más, más!», pedía.

Bailaron una y otra vez.

Los del pueblo estaban cada vez más entusiasmados. Yo sencillamente perdí la esperanza, volví a poner los pies en el suelo y empecé a aburrirme terriblemente. Aburrimiento, esa es la única manera de describir ese estado. El ritmo de la música de baile tiene ese efecto. Capta mi atención un rato y luego tengo la sensación de que me hubieran machacado con martillos duros y absurdos.

Nina y yo habíamos estado viviendo en una tienda de campaña a las afueras del pueblo. Estaba sentado a solas apoyado en un árbol una noche cuando vino corriendo por la carretera:

—¡Charlie, no *quiero* a Marty, te quiero a *ti!* ¡Haz el favor de *creerme,* maldito seas!

Nina tenía el coche aparcado carretera abajo y a todas luces Marty venía persiguiéndola a la luz de la luna. El vaquero grande y bobo iba a caballo. La alcanzó en el sendero y la cogió con el lazo y ella se puso a gritar delante de mí en el suelo. Él le quitó los vaqueros y las bragas y se la metió. Nina alzó las piernas hacia el cielo negro como boca de lobo.

No podía seguir mirando, así que me fui por el sendero hacia la carretera general.

Tenía casi ocho kilómetros hasta la estación de autobuses más cercana.

Me sentía bien.

Sabía que habían terminado para entonces y que yo era libre. Pensé en la *Quinta Sinfonía* de Shostakóvich. Y mientras caminaba, supe que, por primera vez en años, mi corazón era libre.

La grava que crujía bajo mis pies me ofrecía el mejor baile de todos. Mejor que todos los besos y los bailes que pudiera ofrecerme Nina.

«No eres un auténtico vaquero hasta que no llevas un poco de mierda de novillo en las botas...»

PALL MALL MCEVERS, 29 de julio, 1941

Phoenix, 13 de enero, 1972

Bueno, ser escritor supone hacer muchas cosas para que la escritura no resulte pésimamente uniforme y plana y no hay que elegir siempre lo evidente –como París o San Francisco o una reunión del Comité de Editores de Publicaciones de Escasa Tirada–, conque aquí estoy, escribiendo a máquina de pie, al estilo de Hemingway, solo que encima de una bobina enorme de cable vuelta del revés en algún lugar del desierto de Arizona, con un monoplano amarillo de hélice pasando por encima –África y los leones muy lejos–, las enseñanzas de Gertie Stein ingeridas e ignoradas; acabo de detener una pelea entre un chucho mestizo y un pastor alemán –y para eso hace falta un poco de agallas– y el chucho está tumbado en la base de la bobina de cable a mis pies –agradecido, cubierto de polvo y mordisqueado– y me he dejado el tabaco en alguna parte; estoy bajo un árbol lánguido y llorón en Paradise Valley y huelo la mierda de caballo y recuerdo lo que era estar en mi patio desvencijado de Hollywood, bebiendo cerveza y vino con escritores de novena categoría y, des-

85

pués de sacarles el poco jugo que tenían, echarlos físicamente por la puerta.

Ahora una niña se me acerca y me dice:

—Bukowski, ¿qué haces, so tonto?

Ahora me llaman a comer un sándwich en la casa a mi derecha. La literatura puede esperar. Allí hay 5 mujeres. Están todas escribiendo novelas. Bueno, ¿qué se puede hacer con 5 mujeres?

Los sándwiches están bien y empieza la conversación:

—Bueno, una vez trabajé para un abogado y tenía una figura de un gurú en la mesa y me puse cachonda y me lo llevé al servicio de mujeres y la cabeza era perfecta, toda la figura encajaba de maravilla, y estuvo bastante bien. Cuando terminé, volví a dejarla en la mesa del abogado. Se le desprendió la pintura cuando lo hice y el abogado volvió, se fijó y dijo: «¿Qué coño le ha pasado a mi gurú?», y yo dije: «¿Qué pasa? ¿Le ha ocurrido algo?» Entonces llamó a la empresa donde había adquirido aquello y se quejó porque la pintura se había desprendido después de una sola semana...

Las chicas rieron: «¡Ay, jajaja ja, ay, jajaja!» Yo sonreí.

—Leí en *La mujer sensual* —comentó otra novelista— que una mujer puede alcanzar el orgasmo 64 veces seguidas, así que lo probé...

—¿Cómo te fue? —pregunté.

—Llegué al orgasmo 13 veces...

—Con tantos tipos salidos como hay por ahí —señalé—, debería darte vergüenza.

Aquí estoy, pensé, sentado con estas mujeres, acostándome con la más bonita y, ¿dónde están los hombres? Marcando el ganado, fichando en el trabajo, vendiendo seguros... ¿Cómo puedo quejarme de ser un escritor medio muerto de hambre? Ya me las apañaré... Mañana iré al hipódromo Turf Paradise a ver si los dioses son generosos. Seguro que soy capaz de apostar con más tino que estos vaqueros y estos viejos que vienen aquí a morir, ¿no? Luego está la poesía. Patchen murió el sábado por la noche de un infarto y John Berryman se tiró de un puente al Misisipi el viernes y aún no han encontrado su cadáver. Todo parece ir a mejor. Esos jóvenes escriben como Oscar Wilde con conciencia social. Hay espacio en lo más alto y en lo más bajo no hay nada. Me veo caminando por TIMES SQUARE con todas las chicas diciendo: «¡Fíjate, ese es Charles Bukowski!» ¿No es ese el sentido de la inmortalidad? ¿Además de beber por la cara?

Me acabo el sándwich, hago saber a la guapa que sigo queriéndola, en cuerpo y alma, y luego vuelvo al desierto de mi bobina de cable vuelta del revés y ahora estoy aquí sentado escribiendo. Aquí *de pie* escribiendo, contemplo los caballos y las vacas y, a mi izquierda, hay montañas con una configuración distinta a la de esas montañas sosas del norte de L. A., y volveré a L. A., es el único lugar para el buscavidas literario: al menos es donde mejor me busco yo la vida, es mi París, y a menos que me echen de allí como a Villon, tengo que morir allí. Mi casera bebe cerveza de litrona y me obliga a beberla también y me descuenta diez pavos del alquiler (mensual) porque saco los cubos de la basura de los inquilinos y vuelvo a meterlos. Es más ventajoso que un Curso para Grandes Escritores.

Pero he empezado a preocuparme por las chicas, bailan en plan sexi con los vaqueros en la taberna local y las miran con ojazos de vaca tipos rudos y bronceados que ni siquiera han leído a Swinburne todavía... No hay nada que hacer salvo beber cerveza y mostrarse estoico, indiferente, humano y literario.

Vuelve la niña:

87

–¡Hola, Bukowski, tonto! Sin pantalones, sin calzones, escribiendo desnudo al sol... Ni pelo, escribiendo con el culo al aire, ahogándote en el agua...

¿Sin pelo? La mujer, claro está, es el eterno problema siempre y, cuando eso, se sigue levantando. Y vivir 50 años no permite al hombre aproximarse a ninguna solución. El amor sigue llegando 2 o 3 veces en la vida para la mayoría y el resto es sexo y compañerismo y es todo problemas y dolor y gloria...

Y aquí viene *ella* atravesando el polvo, por valor de 31 años, botas camperas, pelo largo y rojo, ojos castaño oscuro, vaqueros ceñidos, jersey de cuello alto; está sonriendo...

–¿Qué haces, tío?

–Escribo...

Nos abrazamos y nos besamos; su cuerpo se ciñe al mío y esos ojos castaños reflejan aves, ríos y sol; son beicon caliente, son alubias con chile, son noches pasadas y noches futuras, son suficiente, son más que suficiente... Nunca sabré dónde aprendió a besar. Cuando nos separamos, hay algo erguido ante mí.

–Mañana iremos al hipódromo –dice.

–Claro –respondo–. ¿Y qué hay de *esto?*

Bajo la vista.

–No te preocupes. Ya nos ocuparemos de ello –asegura.

Damos una vuelta y nos volvemos a liar junto a la conejera. Qué apropiado.

–Eres el viejo más salido que he conocido nunca...

La despido pronto para poder terminar esta columna. Veo cómo mueve el culo cuando cruza el desierto hacia la casa. Se agacha para acariciar a un perro. Freud, todas las guerras tienen que ver con esto, ahí no te faltaba razón, aunque se le diera más bombo de la cuenta al asunto...

Interrumpo otra pelea de perros. Esta vez 2 chicas pasean un perro más grande. El pastor alemán lo ataca. Es una buena pelea. Me interpongo con un palo, cojo al perro grande por el collar.

«Gracias», dice una de las chicas.

Me recuerda a una que conocí, mal casada, que acostumbraba a llamar a mi puerta en busca de consuelo...

Charles Bukowski, su estilo de escritura...

Bueno, lo desarrolló bebiendo cerveza en litrona, liando tabaco Prince Albert en papel Zig Zag e interviniendo en peleas de perros...

Ahora veo que he recaído en una de mis malas costumbres: he escrito esto tanto en presente como en pasado. En vez de corregirlo, se lo echaré a los editores para poner a prueba su generosidad... Ahora vuelven dos chavales del colegio y el chico me tira una pelota. Hago gala de toda mi elegancia y la atrapo y se la devuelvo con una precisión diestra y despreocupada... Ernie habría estado orgulloso. Ahora, me gustaría hablaros sobre los prostíbulos de Phoenix..., pero para eso tendré que investigar un poco. Un escritor ciego me contó ayer que es el tercer mercado de droga más grande de Estados Unidos. El escritor ciego también me dijo que a su modo de ver los (escritores) que habían perdurado con el paso de los siglos estaban mal escogidos. Yo llevaba ya tiempo pensándolo. Qué tipos tan aburridos.

Ahora bien, si creéis que siempre he estado en el desierto plantado delante de una bobina vuelta del revés, mezclando tiempos verbales y haciendo el payaso, os equivocáis, colegas. Me he visto medio muerto de hambre en cuartuchos llenos de ratas, llenos de cucarachas, sin dinero ni para sellos. Me tumbaba borracho en mitad de callejue-

las a la espera de que un camión me pasara por encima...
Aquí están esos dos chavales...

—¡Hemos venido a darte la vara, tío!

—¿Ah, sí?

—¿Te gusta el 7-UP?

—Qué coño. Me gusta la priva fuerte.

Ahora la chica se encarama a mi preciosa bobina de cable, dándome la vara. Pero ya que me han traído un poco de 7-UP, voy a tolerar sus indecencias. Ahora el chico se sube a mi preciosa bobina y baila. Ahora vienen dos chavales más. Uno se sube a la mesa.

—¿Cómo te llamas? —pregunto.

—Genie —dice.

—Bueno, haced algo emocionante para que pueda escribir al respecto. ¡Luego LARGAOS A TOMAR POR CULO DE AQUÍ!

No hacen nada más que molestar, molestar, molestar... ¿Cómo se enfrentaría Ernie a esta situación? ¿De quién son todos estos? Ahí van...

No hay precisamente mucho sexo en esta columna... Pensaba que si me quedaba en el desierto tendría un poco de soledad. Esto es peor que Hollywood con todos esos borrachos levantándose de la cama a las 11 de la mañana para oír el ruido que hacen sus almas menguantes. No recomiendo escribir a la intemperie. Por lo menos los pájaros no se me han cagado encima. Uno de esos chavales del desierto me sugirió que escriba lo siguiente a caballo. Bueno, probé con Phoenix y Phoenix probó conmigo. Ahora se está poniendo el sol y tengo las piernas sumamente fastidiadas. Supongo que es demasiado evidente: escribir encima de una enorme bobina de cable vuelta del revés en este lugar. Probablemente traje algo de Hollywood conmigo. Como las carreras no vayan mejor que esto que estoy escribiendo, mañana fijo que pierdo. Mientras tanto, se trata de volver a cargar la máquina, sentarme y escuchar a las mujeres hablar de hacérselo con palos de escoba, pepinos y demás..., lo que me recuerda al tipo que me contó cómo la metió en el tubo de la aspiradora..., cua, cua, cua. Oigo patos. Agarro rápidamente la máquina y me dirijo hacia esa casa llena de sucias novelistas...

Desperté en un dormitorio desconocido en una cama desconocida con una mujer desconocida en una ciudad desconocida. Estaba pegado a su espalda y tenía el pene metido en su coño al estilo perro. Hacía calor y tenía el pene duro. Lo moví un poco y ella gimió. Parecía dormida. Tenía el pelo largo y moreno, bastante largo; de hecho, tenía un buen mechón sobre mi boca: lo aparté para respirar mejor y seguí dándole. Tenía resaca. Saqué la polla, me puse boca arriba e intenté reconstruir.

Había llegado en avión a la ciudad hacía unos días y había dado un recital de poesía..., ¿cuándo?..., la víspera por la noche. Era una ciudad calurosa. Kandel había recitado allí hacía 2 semanas. Y justo antes la Guardia Nacional se las había arreglado para pasar a la bayoneta a unos cuantos en el campus. Me gustaban las ciudades con marcha. El recital había ido bien. Había abierto una botella de medio litro y me la había ido pimplando. Los rectores y el departamento de inglés se habían echado atrás en el último momento y había podido asistir gracias a una colecta de los estudiantes.

Después de recitar había habido una fiesta. Vodka, cerveza, whisky escocés, vino, ginebra, más whisky. Nos sentamos en la alfombra y bebimos y charlamos. Había una mujer a mi lado..., largo cabello moreno, se veía que le faltaba un diente delantero cuando sonreía. Con ese diente de menos se había ganado mi simpatía. Eso era, y allí estaba yo.

Me levanté a tomar un vaso de agua. Era un sitio bonito. Grande. Vi a dos bebés gateando en una cuna. No, era un bebé. Uno estaba en la cuna, gateando. El otro estaba fuera paseándose desnudo. Un reloj decía que eran las 9.45 de la mañana. Bueno, no *decía* que eran las 9.45 de la mañana. Fui a la cocina, esterilicé un biberón y calenté un poco de leche. Le di al bebé el biberón y se lo tomó con ganas. Le di al crío que andaba por ahí una manzana. No encontré nada para el ardor de estómago. Quedaban 2 cervezas en la nevera. Me tomé otro vaso de agua y abrí la cerveza. Bonita cocina. Bonita joven. Le faltaba un diente. Era bonito que le faltara un diente.

Me terminé una cerveza, abrí la otra, rompí 2 huevos, les eché chile en polvo y sal y me los comí. Luego fui a la otra habitación y el crío dijo: «Se te ve el pito.» Y yo le dije: «A ti también se te ve el pito.» En la repisa de la chimenea vi una carta, la abrí, iba dirigida a la señora Nancy Ferguson. Volví al dormitorio y me acosté detrás de ella otra vez.

–¿Nancy?

–¿Sí, Hank?

–Le he dado al crío un biberón y al otro una manzana.

–Gracias.

–¿Tu marido?

Se me puso duro otra vez el pene. Se lo metí por el trasero.

–Estamos..., ¡ay!..., ¡cuidado con lo que haces ahí!..., estamos separados.

–¿Te gustó mi recital?

—¡Ay, maldita sea! ¡Ten cuidado! Sí, el recital fue estupendo. Me gustó más que el recital de Corso.

—¿Corso? ¿Lo has oído recitar? ¿Y qué me dices de Kandel?

—El de Kandel me lo perdí...

—Conocí a Corso hace unas noches —dije.

—Ah, ¿lo conociste? ¡Por favor! No es que sea desagradable, pero vete con cuidado... ¿Cómo era Corso?

—Estaba bien, bastante bien. Tenía entendido que era un bocazas, pero la verdad es que no lo era. Estuvo muy amable y divertido...

—¡Oye, no me rompas el culo!

—Llevaba un traje blanco con chorreras y lazos colgando. Llevaba cuentas, un amuleto...

—Eso está bien, así, así...

—¿Qué está bien?

—Tú lo estás haciendo bien, o igual me estoy acostumbrando.

—¿Ah, sí?

—¡Au! ¡Eso no!

—Corso echó las cartas. ¡Dijo que yo era la FUERZA!

—¡Eso sí me lo creo!

—Corso me preguntó por qué no llevaba cuentas ni anillos...

—¿Qué le contestaste?

—Yo...

—¡Oye, SÁCALA, me estás MATANDO!

La saqué. Se volvió. Estaba en lo cierto. Era la que le faltaba un diente. Bajó la vista hacia mí.

—¿Te importa si te la beso? —preguntó.

—No, la verdad.

—Dicen que soy el poeta más grande desde Rimbaud —dije.

95

–Adelante –dije–, adelante.

–Le he dado a un crío un biberón –dije–, le he dado al otro una manzana.

–Qué casa tan bonita tienes –dije.

–Adelante –dije–. No te preocupes por eso.

–¡Ay, Dios! –dije.

–Ah ah ah ah ah ah, oh ah oh ah –dije.

Se fue al cuarto de baño. Cuando volvió, se metió en la cama y me miró.

–Tengo todos tus libros, he leído todos tus libros.

–El más grande desde Rimbaud –dije.

–¿Por qué te llaman «Hank»?

–En realidad, Charles es mi segundo nombre.

–¿Te gusta dar recitales de poesía?

–Sí, cuando acaban como este.

Me levanté y empecé a vestirme.

–¿Me escribirás? –preguntó.

–Nancy, escribe tu dirección en este papel, por favor.

Le di papel y boli. Veinte minutos después estaba en un taxi de vuelta al domicilio de mi anfitrión. Él quería saber dónde había estado. Le dije que en la otra punta de la ciudad. Al día siguiente tomé el avión de regreso a L. A. Recordé a la mujer con cariño durante varios días, luego me olvidé de ella. No uso su nombre auténtico en este relato porque por entonces se acababa de separar de un poeta *underground* de cierto renombre. Bueno, la manera en que volví a acordarme de ella fue la siguiente. Una revista cerca de San Francisco había aceptado unos poemas míos y al editor le gustaba escribir cartas largas. Bueno, en una carta el editor dijo que estaba bebiendo con un poeta *underground* la víspera y el poeta les hizo reír a todos diciéndoles cómo se follaba por el culo a cierta señora en un hotel de Portland y que esa señora era uno de los miembros más influyentes del Fondo Nacional para las Artes, el que otorgaba ayudas. Bueno, le dije en mi respuesta a la carta, ya que a K. le gusta tanto reírse, dile que conocí a su mujer una noche después de un recital en la Universidad de... No volví a tener noticias del editor ni del poeta *underground* y no le escribí a esa mujer ni volví a encontrarme a Corso y, si alguno veis a Corso, decidle que no me gusta llevar anillos simplemente porque no me gusta llevar anillos y eso es suficiente y también es el final de esta historia.

Ella lo llevó por Sunset y desayunaron por la tarde en un garito con un camarero japonés con el pelo largo. Había melenudos y tipos con pintas de Hollywood por todas partes. Pidió Vicki. Invitaba Vicki. Vicki sugirió gofres y huevos, además del café. Él dijo: «De acuerdo, para mí salchicha y está bien esto de ser un gigoló.» Ella sugirió que tomaran una copa, algo que le resultaba nuevo: champán y zumo de naranja. Hank dijo que eso estaría bien.

—¿Se ha terminado lo vuestro? —preguntó ella.

—Sí.

—¿Qué vas a hacer?

—Continuar. Y comer gofres con mujeres simpáticas. Y charlar.

—¿Qué vas a hacer con respecto a mí? —puntualizó.

—No voy a intentar forzarte —dijo él.

—No podrías aunque quisieras.

Llegaron las copas.

—¿La querías?

—Joder, sí. Era mi segundo amor. He estado enamorado dos veces en 50 años. No está mal, ¿verdad?

—Lo único que te hace falta para superarlo —dijo Vicki— es tiempo, tiempo y hacer tu trabajo y conocer a otras personas.

—Eso estoy haciendo. ¿Qué tal te va a ti?

—Dos matrimonios. Diez años y cuatro años. Otros hombres, otros hombres más que de sobra, pero no durante mucho tiempo.

—Por lo visto, nada dura —señaló Hank.

—¿Has tenido alguna vez noticia de un matrimonio feliz?

—No, y tampoco de un rollo o una relación feliz.

—¿Qué sale mal?

—Bueno, yo diría que, suponiendo que todo lo demás esté más o menos en su lugar, la mezcla química siempre resulta inapropiada de alguna manera.

Se terminaron las copas. Había llegado el desayuno.

—Háblame de la mezcla.

—Siempre es lo mismo. Hay una persona que quiere mucho y otra persona que no parece querer o solo quiere a medias. El que no quiere demasiado es quien tiene el control. La relación termina cuando el que no quiere se cansa del juego.

—¿En qué situaciones has estado tú, Hank?

—En las dos situaciones. Esta última vez, la quería.

—Los gofres están bien, ¿verdad?

—Pero que muy bien.

Comieron tranquilamente, luego tomaron otra copa. Vicki pagó la cuenta. Nueve dólares. Coño. Él volvió y dejó propina. Fueron al coche.

—Vas a dejar de beber, ¿verdad?

—Claro. Son las primeras etapas de la separación, ya sabes. La compasión por uno mismo.

—Oye, desde que te conozco, siempre has estado en alguna clase de lío, ahí sentado con una copa en la mano.

—No me conoces.

—Te conozco. Solía ir a verte. ¿No te acuerdas?

—Creo que sí.

Vicki salió marcha atrás.

—¿Por qué todas las jóvenes se ligan a los viejos? ¿Por qué no me dejan algún viejo a mí?

—Acaban de dejártelo. El viernes pasado por la tarde. Dobló por Sunset.

—Bueno, ¿adónde quieres ir?

—Bueno, bueno..., ya sabes lo mal que lo estoy pasando. ¿Qué te parece más apropiado?

—¿Cómo vas de sentido del humor?

—Dicen que no está mal.

—¿Qué crees *tú?*

—Creo que no está mal.

Vicki siguió conduciendo. Hank iba sentado al sol pensando, bueno, ahora ya he salido. Si tengo un mínimo de inteligencia, conseguiré mantenerme al margen del asunto de las mujeres. Pero es difícil. Pasé cuatro años de perfecta soledad y fortaleza y luego una llamó a la puerta...

Vicki se desvió por un sendero de acceso y allí estaban, en el Cementerio de Hollywood. Siguió el sendero circular, luego aparcó y se apearon.

Echaron a andar. No había nadie más por allí. Tenían todo el cementerio para ellos ese domingo.

—Mira, ya hemos llegado...

Pasearon, mirando las piedras.

—Mira —dijo ella—. Tyrone Power es un *banco.* ¡Vamos a sentarnos en Tyrone Power!

Fueron a sentarse en Tyrone Power. Era un banco y estaba hecho de cemento. Se sentaron encima.

—Ay —dijo Vicki—, a mí me *encantaba* Tyrone Power y ahora se ha convertido en un banco y me deja que me siente encima. ¡Creo que es muy bonito!

Estuvieron sentados en Tyrone Power un rato y luego se levantaron y pasearon por ahí. Y allí estaba Griffith, uno de los pioneros, con una estaca bien grande apuntando al cielo.

Había muchas tumbas dispersas por encima del nivel del suelo, como casitas de cemento con verjas de acero cerradas. Hank se acercó y probó a abrir una puerta con sus llaves. No dio resultado. No se podían visitar.

Caminaron un poco más. Entonces vieron la tumba de Douglas Fairbanks. En realidad, de Douglas Fairbanks se deshicieron. «Adiós, Dulce Príncipe...» Todos sufrieron sobredosis con Adiós Dulce Príncipe.

Su tumba estaba por encima del nivel del suelo y Douglas tenía un lago privado, uno bastante grande. Subieron las escaleras hasta la tumba y luego fueron a la parte de atrás y se sentaron en un banco que había allí.

—Mira —señaló ella—, las hormigas se están metiendo en Douglas.

Era verdad. Había un agujerito en la tumba y las hormigas se metían por allí.

—Tendríamos que echar un polvo aquí atrás —dijo Vicki—. ¿No te parece que estaría bien echar un polvo aquí atrás?

—Me temo que no se me levantaría aquí atrás.

Hank alargó los brazos y la besó. Fue un beso largo y lento entre los muertos...

—Vamos a ver al jeque —propuso ella—, vamos a ver al marica.

—De acuerdo.

—¿Cómo se llamaba?

—Rodolfo Valentino.

Entraron en el edifico grande y empezaron a buscar a Rodolfo.

—La prensa solía armar mucho revuelo. La gente venía

aquí en el aniversario de su muerte. Junto con una dama de negro. Ahora ya no vienen. La gente muere. Pero el amor muere más rápido.

–Bueno, vamos a verlo.

Tuvieron que buscarlo un rato. Rodolfo tenía una parcela más bien económica, por lo visto. Estaba hacia el fondo y cerca del rincón, entre todos los demás cadáveres y debajo de ellos. Había algo dentro de los jarrones, algo muy marchito.

Dieron media vuelta para salir. Una chica joven con jersey naranja, pantalones de color púrpura y cara sonriente caminaba con una frágil anciana de pelo blanco.

–Estamos buscando al jeque –dijo la joven, riéndose.

–Está ahí abajo –señaló Hank–, en ese rincón oscuro.

Se acercaron y miraron.

–Ay, Dios mío –exclamó la anciana–, fíjate cuántos panteones vacíos. ¡Qué cerca estoy de todos estos panteones vacíos!

–¡Ay, Mary, todavía te queda mucho por delante!

–No, no me queda mucho. No me queda mucho.

–Mary...

–¡Vámonos de aquí!

Se cruzaron a paso ligero con Vicki y Hank.

–Peter Lorre está ahí, a la vuelta de la esquina –le dijo la joven a Hank cuando pasaban.

–Gracias.

Dieron la vuelta y echaron un vistazo a Peter. Tenía el mismo aspecto que los demás. Siguieron adelante. Pasearon despreocupadamente. Era agradable. Todo limpio y seguro y soso. Indoloro.

Vicki quería robar un jarrón de cristal pero quería uno tallado a mano. Hank la disuadió.

–Igual nos registran. Con una cara como la mía...

103

–Tienes una cara hermosa. Siempre te he admirado. Eres uno de los pocos hombres reales que he conocido...

–Gracias, pero deja el jarrón.

–Dime que soy guapa.

–Eres guapa y me gusta mucho estar contigo.

Se besaron en las tumbas. Luego fueron hacia la entrada. Había tres hombres. Estaban cerrando la puerta.

–Ay –dijo Vicki.

Corrieron.

–¡Eh! ¡Eh! –gritó Hank–. ¡Esperad un momento!

La puerta ya estaba cerrada. Golpearon la puerta. Los hombres se volvieron. Uno se adelantó y metió la llave para abrir la puerta.

–Es hora de cerrar –dijo.

–Bien, gracias...

Los guardas se marcharon y Vicki y Hank fueron hacia el coche. Se montaron y Hank gorroneó un cigarrillo.

–Ahora ya es tarde, claro –dijo–, pero ¿te imaginas que nos hubieran dejado encerrados? ¿No habría sido maravilloso?

–Bueno, te lo puedes plantear así. Supongo que hemos salido ganando... No nos han dejado encerrados pero *casi* nos dejan encerrados.

–Igual tienes razón.

Estaban otra vez en la calle.

–Oye, Vicki, vamos a pasar por mi casa...

–¿Por qué? ¿Quieres ver si te ha dejado una nota? ¿Quieres esperar por si te llama?

–Eso se acabó, te lo aseguro. Es historia, está más muerto que la tumba de Douglas Fairbanks. Solo quiero dejarle una nota a Marty. Marty dijo que iba a pasarse esta noche. No quiero dejarlo colgado. Solo quiero dejar una nota en la puerta.

–Aún la tienes en la cabeza.

–No quiero dejar colgado a Marty, eso es todo. Venga, no fastidies una buena tarde.

–Ha sido una buena tarde, ¿verdad?

–Sí.

Fueron a su casa. Hank tenía un apartamento con patio delantero.

–Deja el coche en el césped.

Vicki aparcó y entraron.

–¡Dios, qué sucio está! –exclamó–. ¿Tienes una escoba?

–Es un trauma –repuso él–, olvídalo. Siéntate.

Le dio a Vicki tres o cuatro libros y ella se sentó. Hank abrió el grifo de la bañera. La oyó reír. Bueno, eran libros bastante buenos. Los había escrito él.

Se metió en la bañera. En el borde de la bañera estaba el número 44 de *The Wormwood Review*. Se puso a leer la primera página:

De una carta de Henry Green a G.W., fechada el 9 de junio de 1954 en los archivos de W.R.:

Un hombre se enamora porque tiene alguna carencia. No es tanto cuestión de salud como de clima mental: del mismo modo que, en invierno, uno echa en falta la primavera...

Continuaba, y terminaba:

Es el horror que nos tenemos a nosotros mismos, a estar a solas con nosotros mismos, lo que nos empuja al amor, pero ese amor debería darse solo una vez, y no repetirse nunca. Si hemos aprendido la lección, como deberíamos haberlo hecho, que consiste en que estamos, todos y cada uno de nosotros, perpetua y definitivamente solos.

Hank salió de la bañera y se secó con la toalla. Vicki seguía riéndose.

–Qué estilo tan crudo tienes. Eres la bomba, coño.

–Gracias, tía...

Fue al dormitorio y se puso ropa limpia. Se calzó y luego echó un vistazo al apartamento. Decidió ver si estaba cerrada la puerta mosquitera de atrás. Salió al porche trasero. Había algo allí en medio. Un trasto de hojalata y encima un frasco de pastillas y debajo del frasco una nota garabateada en el reverso de un sobre viejo:

Hank:
Te dejo esta neverita
por los quince dólares
que te debo;
las pastillas para tu sangre
cansada;
las bragas para que las huelas
mientras te masturbas.

Carol

Hank echó el cierre de la mosquitera, pasó el pestillo de la puerta del porche y fue a la parte delantera.

–Vámonos.

–¿Adónde?

–Tu casa estaría bien.

–Vale, pero ¿no quieres esperar una llamada?

–No va a haber ninguna llamada.

–¿Por qué no?

–Ya te lo he dicho: uno quiere, el otro decide.

–No seas tan dramático.

Se montaron en el coche y se fueron. Vicki dobló por Normandie.

–Espera –dijo Hank–, tengo unas bragas en el bolsillo. Me pregunto si te irán bien.

–No te pongas vicioso conmigo –le advirtió ella.

–No me pongo vicioso.

—Ya sé que no.

—Fíjate, ni siquiera nos hemos acostado y ya estamos discutiendo —observó Hank.

—Fíjate —repuso ella—, hace una noche preciosa.

—Sí.

Fueron por Franklin hasta Bronson y luego hacia el norte por Bronson.

—¡Y mira, han montado un mercadillo en el jardín trasero de esa casa! Vamos al mercadillo. Tú me compras algo y yo te compro algo —propuso Vicki.

Se apearon y enfilaron el sendero de acceso. Había un tipo con pinta de jipi y una chica joven sentados al final del sendero. Cuando pasaban junto a una hilera de arbustos, se sacó las bragas del bolsillo y las tiró a la maleza. Se engancharon en una rama baja. Eran amarillas y se mecieron suavemente empujadas por la brisa.

Él le cogió la mano. Era atractiva, como una mujer que sabía lo suyo o como una mujer que quería saberlo. Supuso que ya lo averiguaría.

Joe fue a darse una ducha y cuando salió desnudo había otro tipo en la cama y el tipo iba vestido y se estaba besando con Julie. El tipo miró a Joe y luego siguieron besándose. Julie se había vestido, conque estaban los dos vestidos y besándose mientras Joe estaba ahí plantado mirándolos.

El tipo tenía la polla dura y Julie alargó la mano para tocársela, se la agarró. Luego le bajó la cremallera y se la sacó y empezó a lamérsela. A Joe se le empezó a poner dura. Julie se había metido el pene del tipo en la boca, se lo estaba trabajando. El tipo gemía, ahí tumbado. El sol que entraba por la ventana relucía sobre la cabeza de Julie conforme subía y bajaba. Joe empezó a masturbarse. Entonces el tipo se corrió, Julie se lo tragó y luego Joe le apartó la cabeza de su tranca y le metió la polla en la boca y entonces se corrió y Julie también se lo tragó.

Julie fue al cuarto de baño. Cuando salió, el tipo se había subido la bragueta y estaba sentado en una butaca fumándose un pitillo. Joe estaba vestido salvo por los zapatos.

Julie dijo:

–Joe, te presento a Artie. Artie, Joe.

Se estrecharon la mano.

–Por fin llovió el otro día –comentó Joe–. Estuvo bien que lloviera. Era la primera vez en casi un año.

–Sí –dijo Artie–, nos hacía falta que lloviera.

–Tengo hambre –terció Julie–, vamos a comer algo por ahí.

Joe se calzó y salieron a la calle. Fueron hacia el sur y luego a la derecha y llegaron al paseo marítimo. Un joven negro caminaba hacia ellos. Julie se desvió como si no lo viera y tropezó con él.

–Perdona, no te había visto –dijo Julie.

–No pasa nada –respondió el negro.

Julie acercó mucho la cara a la suya. Tanto como pudo sin rozarlo. Su cuerpo también estaba muy cerca.

–Tendría que mirar por dónde voy –rio. Se quedó allí y miró con intensidad la cara del negro.

Ninguno de los dos decía nada. Simplemente estaban ahí plantados.

Cuando Julie volvió con Artie y Joe, el negro la siguió. El negro dijo que se llamaba Lawrence. Fueron al Happy Hunting Ground y se sentaron a una mesa. Joe le pidió unas cervezas de barril a la camarera. Julie estaba a la izquierda de Joe. Se inclinó hacia delante y le susurró al oído:

–Oye, Joe, te quiero. Te *quiero* de verdad. Pero tienes que dejarme espacio, mucho, pero que mucho *espacio*.

–Claro –accedió Joe.

Se tomaron las cervezas y charlaron de cosas intrascendentes. Luego Julie se levantó y dijo: «¡Voy a liberar este bar!» Se acercó a la gramola y echó dinero. Después se apartó y cogió al tipo que acababa de salir del cagadero. «¿Quiere bailar conmigo, caballero?»

Bailaron.

Julie lo hacía de maravilla. Bailaba como si se estuviera follando a ese tipo en la pista. Solo que era mejor que follar porque hacía más movimientos. Todos los hombres miraban. Julie se meneaba y hacía oscilar el culo. Daba la sensación de que estaba fuera de control. Julie sabía bailar de verdad. Mientras tanto, tenía los ojos puestos en el tipo con la mirada más incitante que quepa imaginar. Cuando terminó el baile, el tipo se acercó y se sentó a su mesa. Se llamaba William.

–Ojalá pudiera bailar como quiero –dijo Julie.

–¿Cómo es eso? –se interesó Lawrence.

–¡Me refiero a bailar en plan SALVAJE! ¡Es que no me atrevería a bailar como me siento en realidad! ¡A veces tengo la sensación de que voy a echar a volar! ¡Ay, me siento tan SALVAJE! ¡Si pudiera dejarme ir!

–Lo haces muy bien –aseguró Artie.

Julie se levantó para bailar con Lawrence. Pareció más salvaje que antes, eso desde luego. Al final del baile, Julie y Lawrence se escabulleron al servicio de caballeros y cerraron la puerta. Mientras estaban allí, Artie pidió tres rondas de cervezas.

–Vaya novia tienes, Joe –comentó Artie.

–Está loca por el sexo –dijo Joe– y me quiere. Acaba de salir de un matrimonio de diez años. La liberación de la mujer le dio la fuerza suficiente para romper las cadenas. Es una mujer liberada. Inteligente. Tiene mucha alma.

–Desde luego –convino William.

Un rato después, Julie y Lawrence salieron del servicio. Se sentaron a la mesa.

–Lawrence *esculpe* –dijo Julie–, ¿no es maravilloso?

–¿Se te da bien? –le preguntó Joe a Lawrence.

–Bastante bien.

–¿Y qué hay de la pasta?

–Bueno, aún no he ganado nada, pero ya me llegará.

Luego Julie bailó con el camarero. Hacia el final de la canción se le acercó mucho y se restregó contra su entrepierna. Cuando se separaron, el camarero la tenía dura. Se fue detrás de la barra y se puso un whisky doble con agua.

—De donde yo vengo en el campo —dijo Julie—, bailar es lo más natural. El problema de algunos tipos de ciudad es que creen que bailar es una guarrada. Allá en el campo bailar es natural. ¡El Cuatro de Julio se celebra un baile todos los años y es *divertidísimo!* Un viejo va por ahí saltando como una especie de rana.

—Bailar está bien —dijo Joe—. No tengo nada contra el baile.

—Yo tampoco —aseguró Lawrence.

—Lo que pasa —continuó Julie— es que hay hombres que no saben bailar y se ponen celosos cuando yo bailo.

—Sí —dijo Joe—, seguro que es eso.

Entonces Julie se acercó a otra mesa y le pidió a un chaval rubio que bailara con ella. Se habían estado lanzando miradas. Julie empezó a bailar y lo puso como una moto. Todos los hombres del garito estaban empalmados. Pasó un gato y hasta el gato estaba empalmado. Julie estaba liberando el bar.

—Podría pasarme horas bailando —dijo Julie después—. Podría bailar día y noche. Me encanta bailar.

Nadie dijo nada. Joe pidió otra ronda de cervezas.

—Hemos venido a comer, pero al cuerno —comentó.

—No te estarás cabreando, ¿verdad, Joe?

—¿A qué te refieres?

—A que no te importa que baile con todos estos hombres, ¿verdad?

—No, no pasa nada.

—Bueno, si no te gusta cómo me comporto, igual puedo buscarme un hombre al que le *guste* cómo me comporto.

—Seguro que puedes.

—¿A qué te refieres con eso?

—Ay, joder...

—¿Qué pasa ahora? ¿Por qué maldices?

—Ay, Dios...

—Mira, Joe, estás *celoso* y nada más. ¡No he conocido nunca a un hombre tan celoso! ¿Te crees que no *percibo* que estás celoso?

—No sé lo que percibes.

—Oye, Joe, a ti te *pasa* algo. Tendrías que ir a ver a un loquero y que te resuelva esos líos. Corren tiempos modernos. Te comportas como un tipo de 1900. Mira alrededor y fíjate en lo que ocurre. Corren tiempos modernos...

—Joder...

—¿Lo ves? ¿Lo ves? Si no me quieres, Joe, igual puedo encontrar...

Joe se levantó de la silla y fue hacia la salida. Luego estaba en el paseo marítimo. Fue a la tienda y compró medio litro de whisky y un cartón de seis cervezas. Después se fue a su casa, descorchó la botella y abrió una cerveza. Mañana iría al hipódromo y el jueves al boxeo. Tenía que dejarlo correr. Igual era un tipo de 1900. Igual había una razón para ser un tipo de 1900.

Sonó el teléfono. Era Julie:

—Oye, Joe, si alguna vez superas esos celos tan estúpidos, ya me lo dirás. Quizá entonces tengamos una oportunidad. Pero ahora mismo, ni soñarlo.

Joe no contestó. Ella colgó. Entonces fue al frigorífico y se preparó un sándwich de salami y queso. Se lo comió con una cerveza. Luego echó un trago. Después se tumbó en la cama y observó las grietitas del techo. Las grietas formaban dibujos. Descubrió un elefante, un caballo y un oso. Y luego todos se pusieron a bailar.

Pete Fox es una joya. Mis amigos se preguntaban cómo es que puedo reírme de, con y durante Pete Fox. Pete es 1930. Pete es 1940. Pete es un Bogart gordo. Pete es el Edward G. Robinson de los primeros tiempos. Pete es James Cagney. Pete es soso como la orina caliente y más gracioso y más trágico. Pete es yo mismo cuando estoy borracho, muy borracho. Pete es todas las peores partes de mí expuestas donde alcanzo a verlas.

Pete suele llegar en torno a medianoche con algo de beber. Se tumba en mi sofá casi horizontal, solo con la cabeza levantada para mirarme.

–¿Dónde está Linda?
–Se ha ido. Ella es Liza.
–Ay, Liza. *¡Liza!* Ah...

Me mira.

–Hank, no te importa si intento ligar con Liza, ¿verdad? Con Linda no pude hacérmelo. Intenté hacérmelo con Linda. ¿Te importa si intento ligar con Liza?

–Pete, ninguna mujer es propiedad de un hombre, ni ningún hombre es propiedad de una mujer.

115

—Pero Linda era tan *guapa*... ¿Qué pasó entre Linda y tú? Hay que *ver*...

Echo un trago y no contesto.

Mira a Liza desde donde está tumbado boca arriba.

—Linda..., esto, *Liza,* jajaja..., ¿te importa si intento ligar contigo?

—Sí, me importa *mucho*. No quiero.

—¡Ay, joder, no tienes por qué ponerte así! ¡Solo intento que seamos amigos! ¡No te enfades!

Se incorpora en el sofá y se sirve otro vino.

—Esto está cojonudo, ¿verdad, Hank?

—Está bien.

—Debe de estarlo. Me sigues el ritmo un vaso tras otro. Eso es lo que me gusta de ti... Puedo beber contigo y hablar contigo. Con la mayoría de la gente no puedo hablar. Oye, ¿sabes lo que pasó cuando me fui de tu casa la última vez?

—No.

—Me choraron.

—¿Te choraron?

—Sí. Fui a Cahuenga Boulevard, lo llaman el Barranco Cutre. Sea como sea, estoy borracho, ya sabes, y voy por la acera y se me acerca una chavalita, está bastante buena, ya sabes, y se me ofrece, diez pavos, dice. Conque le digo que vale. Bueno, nos montamos en mi coche y le doy los diez y ella me la empieza a chupar. Es bastante buena, ya sabes.

Me mira y asiento. Naturalmente, los dos somos tipos que pillamos tanto que sabemos reconocer cuándo el otro tiene entre manos algo bueno. Así que asiento.

—Bueno, ella está dale que te pego, ya sabes. Se está tomando mucho tiempo, lo está haciendo bien. De pronto se aparta. «¿Qué coño te pasa?», le pregunto. «¡No quiero hacerlo!», dice. «¿Qué quieres hacer?», le digo, «¿dejarme con

116

la polla como una *roca?* ¡No me puedes dejar con la polla como una *roca!* ¡Te voy a dar de hostias!» «¡Me da igual», dice, «no pienso hacerlo!»

»"¡Vale, tía", le digo, "entonces, devuélveme los diez!"

Me devuelve los diez y la dejo bajar. Joder, no habían pasado ni cinco minutos... Busco el fajo, siempre lo saco del billetero, y tal. Lo tenía sujeto con unas gomas. Pues, ¿sabes qué? Lo encontró. Y lo tenía todo ahí, el carné de identidad, el de conducir y el dinero. Lo encontró.

—Una auténtica profesional —señalo.

—Me han chorado docenas de veces —dice Pete.

—A mí también, Pete.

Bebemos el vino y esperamos algo. Entonces Pete mira a Liza:

—Linda..., esto, Liza, jajaja... Joder, Hank, sí que sabes escogerlas, una detrás de otra... El caso es que conocí también a Frances. Bueno, estaba un poco canosa, y ahora que se ha arreglado la dentadura, está bastante bien...

Se sirve otro vino.

—¡Lo que quiero decir es que podría montármelo contigo, guapa!

Liza y Pete están los dos sentados en el sofá. Pete se tumba de lado, apoya la cabeza cerca de la pierna de Liza, levanta la vista...

—Guapa...

Me echo a reír y Liza se enfada.

—Eres un puto mierda —le dice ella a Pete—, ¡aparta!

Pete se incorpora.

—Oye, estaba aquí cuando Hank le partió todos los dientes a Linda de un puñetazo. ¡Estaba toda ensangrentada! Tendrías que haberla visto. Yo no le he pegado nunca a una mujer. ¡Soy un HOMBRE de verdad!

No volvemos a verlo en dos o tres noches y después se

presenta un día hacia medianoche. Va en bermudas y camiseta, trae una botella de vino y viene acompañado de una mujer y una niña.

—¡Hola! –dice.

Los dejo pasar. Hay presentaciones. La mujer es Tina. Tiene una cara muy adusta. Le han hecho daño una docena de hombres. Ahora va a la Iglesia unitaria y está repleta de motivación y por fin sabe qué clase de hombre quiere pero ya es tarde porque el cuerpo se le ha estropeado y el encanto y la originalidad han desaparecido. Tiene el pelo blanco. Sería una buena monja. Su hija está llena de vitalidad. Su hija no ha conocido aún a ningún hombre. Su hija tiene 7 años. Liza le dice a la hija que hay unos juguetes en el rincón. La hija se llama Nana.

Abro la botella de Pete y empiezo a llenar los vasos. Pete ya ha estado bebiendo.

—El caso, Hank –dice–, es que te oí por la ventana la última vez que me fui. Oí que le decías a Liza: «¡Liza, los dioses me han enviado a ese hombre! ¡Qué suerte tengo!» Lo dijiste, ¿verdad?

—Sí.

—Sabes que Nana conoce a Marina, ¿verdad?

(Marina es mi hija de 7 años.)

—No, no lo sabía.

—Bueno, pues se conocen.

—Qué bien.

Entonces mira a Tina, tan severa, sentada muy recta en el sofá, aferrada al vaso de vino con la mano crucificada. Luego vuelve a mirarnos a Liza y a mí.

—¡Estoy intentando ligarme a Tina desde hace mucho tiempo!

Pete bebe un poco de vino, mirando el vaso, luego levanta la vista.

–Sí, ja, ja, ja, estoy intentando ligarme a Tina desde hace mucho tiempo..., pero no acabo de conseguirlo, ¿verdad, Tina?

La mira. Tina no contesta.

–De todas maneras, ni siquiera se me *levanta*, claro. ¡No se me levanta la puñetera tranca! Así que, por mucho que me la ligue...

Pete vuelve a beber vino.

–Esto está cojonudo, ¿verdad?

–Claro, Pete.

–Me he fijado en que me sigues el ritmo. Tiene que ser bueno. Me gusta hablar contigo, Hank. Aunque le partiste los dientes a Linda... –Mira a Liza–. Te conté que le partió todos los dientes de un puñetazo a Linda, ¿verdad?

–Me lo contaste –dice Liza.

–Sí, llevo intentando ligarme a esta mujer... –dice mirando a Tina– mucho tiempo. Pero, coño, no se me levanta. Dudo que se me vaya a poner dura...

–Oye –dice Tina–, tengo que irme. Tengo que acostar a Nana.

–¡Anda, qué coño, guapa! –exclama Pete.

–No, tenemos que irnos.

Nana y Tina se van. Pongo unos tragos más.

–Eres un tipo duro, Hank. Pero yo también soy un tipo duro. ¿Te he contado alguna vez cómo es que tengo estas orejas de boxeador?

–Sí, Pete.

–Bueno, has oído alguna que otra historia, pero no las has oído todas. ¿Cómo es que tú no tienes orejas de boxeador, Hank?

–Prefiero dar que recibir.

–Linda, esto, Liza, ¿te has fijado en mis orejas de boxeador?

119

–Sí.

–Pero no las has mirado de bien cerca, ¿verdad?

Pete se pone a cuatro patas y empieza a gatear por la alfombra. Liza está sentada en una butaca junto a la chimenea. Gatea hacia ella.

–Fíjate que orejas de boxeador, Lisa.

Pete gatea hacia ella. Es un tipo muy corpulento, anda cerca de los ciento veinte kilos, todo gordura por la cerveza y gordura por el whisky y la vida regalada que le permite llevar algo de pasta. La alfombra le hace daño en las rodillas resecas y pone el culo en pompa de una manera muy extraña. Tiene el rostro devorado por las tardes aburridas y las comidas grasientas. Nunca se ha planteado el suicidio o que la vida pueda carecer de sentido. Le gusta el fútbol americano, la poesía mala, Iceberg Slim y tener más que suficiente para beber. Gatea hacia delante.

Sé lo que va a pasar. Es el desarrollo de una película en cámara lenta que no se puede parar. Es exquisitamente genial. No puedo detenerlo. No quiero detenerlo. Es Cary Grant. Con el hoyuelo en la barbilla, para siempre. Es todo lo triste, lo maravilloso y lo horrible. Lo es todo, las cosas chungas que he hecho sin sentirlas y todas las cosas chungas que haré en el futuro sin sentirlas y todas las cosas chungas que nos harán, de este modo, a vosotros y a mí y a todos nosotros. Pete gatea hacia ella, el caracol en el armario de la porcelana, el santo grial lleno con 1,96 pavos de vino barato...

–¿Ves cómo tengo orejas de boxeador? ¿Ves esta?

Vuelve la cabeza de lado. Es una montaña de hombre que parece un crío. Es infinito y distante y, aun así, como una herradura o un nabo.

–Esa es una. Ahora fíjate en la otra.

Liza permanece ahí sentada mirando la otra. Y entonces eso que todos sabemos que va a ocurrir, ocurre. Yergue la cabeza, abre los ojos de par en par y luego mete la cabeza entre las piernas de Liza. Es la bomba, de verdad; es tan maravilloso y horrible, tan hermoso y absurdo que parece increíble. Me echo a reír. No puedo parar. Pete mantiene la pose. Liza se levanta de un brinco.

–¡Hijo de puta! ¡No tengo por qué aguantarte eso!

–Pero Liza...

–Te lo advertí la última vez.

–¿Qué coño te pasa, Liza, cariño?

Pete se vuelve y me mira por encima del hombro, por encima del culo embutido en las bermudas.

–¿Qué coño le pasa a esta? –me pregunta a mí.

Se marcha poco después. Pero seguro que volverá. Nuestro maravilloso Cagney. Nuestro Alan Ladd. Nuestro héroe de 1937. Lo elevo por la presente a los altares. Que se sepa. Alguien debe ser sacrificado. ¿Recordáis los minúsculos granos de arena en los relojes antiguos? Pasaban de una esfera a otra, poco a poco. Y cuando una esfera estaba vacía, habían transcurrido una hora, 12 horas o 24 horas o las que fueran según lo hubieran fabricado. Pero yo siempre hacía trampas. Volvía las esferas de aquí para allá, entorpeciendo la maquinaria... Pete Fox es algo parecido. Lo uso. Lamento si lo he usado y me doy cuenta de que no está muy bien, pero me gusta reírme siempre que puedo y Pete nunca lo sabrá y, si acabara por averiguarlo, se sentiría orgulloso.

Las cosas valiosas y sagradas carecen al cabo de la gloria precisa.

Había roto con Jane y ella había sido la primera mujer a la que había amado y tenía las tripas colgando de una cuerda y empecé a beber, pero era igual, era peor, beber no hacía más que agravar el dolor, pero también estaba furioso porque se había acostado con otro hombre, un idiota de cuidado además, como para castigarme, y eso acabó con parte del amor pero no con todo y, para asegurarme de no encontrármela en algún bar de la ciudad y que volviera a empezar todo el sufrimiento, esa tarde cogí un autobús (me habían retirado el carné por conducir borracho) a Inglewood y me puse a beber en un bar lleno de paletos, un bar decorado como Hawái y, puesto que Hawái me parecía el lugar más falso del mundo, entré en el bar y me puse a beber, con la esperanza de buscarme una buena pelea con un paleto, con la esperanza de buscarme una buena pelea con quien fuera, pero no me molestaron y Jane se me seguía apareciendo, escenas suyas en las que cruzaba la habitación, se ponía las medias o reía, y bebí más rápido, puse canciones y conversé como loco con la gente, sin la menor sensatez, pero se reían y, cuanto más reían, peor me sentía.

Al final, a las tantas de la noche, estaba hecho polvo e iba por la acera preguntándome cómo demonios podía uno quitarse a una mujer de la sangre y de las entrañas y encontré otro bar y bebí tranquilamente hasta la hora de cerrar; era sábado por la noche, bueno, era domingo de madrugada y salí y eché a andar sin saber muy bien adónde iba.

Entonces vi un enorme depósito de cadáveres, una de esas estructuras coloniales con largas hileras de peldaños muy bien iluminados por un montón de luces y subí hasta el penúltimo escalón, me tendí y me dormí.

Desperté de resultas de lo que parecía ser un embotellamiento en la calle más abajo. Los coches tocaban la bocina, la gente gritaba y se reía y, cuando me senté para mirarlos, oí risas y silbidos y vi que dos polis subían a toda prisa las escaleras hacia mí...

Cuando desperté había olvidado lo ocurrido. Las paredes estaban cubiertas de tapices. Era un lugar muy elegante. Quizá por fin alguien se había dado cuenta de qué buena persona era y me iban a recompensar. Un lugar con clase.

Entonces miré hacia la puerta. Barrotes. La ventana. Barrotes. Estaba en la cárcel. Fui a la ventana y allí estaba el océano.

Luego me enteré de que me encontraba en Malibú. Me recordó en cierto modo aquella vez que me despertó una música ambiental y había una larga fila de tipos plantados en la arena todos amarrados a una cadena de esposas. Había un par suelto colgando al final. Me acerqué al par suelto y tendí las manos. El poli me miró y se rio. «Tú no, colega, tú no eres más que un borracho. Toma, un par especial para ti.» Me las puso. Como siempre, demasiado apretadas, joder.

Vinieron dos polis y me cogieron. Me metieron a empujones en un coche patrulla y me llevaron a los juzgados de Culver City. Cuando salí del coche, uno de los polis me quitó las esposas, entró conmigo en los juzgados y se sentó a mi lado. Yo era el tercero o el cuarto.

–Se lo acusa –dijo su señoría, después de informarme de mis derechos– de ebriedad y de obstruir el tráfico. ¿Cómo se declara?

–¿Señoría?

–¿Sí?

–La ebriedad fue deliberada. Lo de obstruir el tráfico, no.

–¿Se da cuenta de que esa gente pensó que era usted un cadáver tirado en las escaleras del depósito?

–Supongo.

–¿Se da cuenta de que provocó el mayor embotellamiento de la historia de la ciudad de Inglewood?

–No, señoría.

–¿Cómo se declara?

–Culpable, señoría.

–32 dólares o diez días.

–Pagaré la multa, señoría.

–Haga el favor de ir a ver al alguacil...

Me bajé del autobús en Alvarado, enfrente del parque, y entré en el primer bar que vi y allí estaba Jane sentada en el extremo de la barra. Se encontraba entre dos tipos, había dejado un largo pañuelo o fular de seda encima del bolso y estaba bebiendo vodka o ginebra y fumando un cigarrillo sin hablar y, cuando me vio, los ojos se le dilataron mucho y me acerqué a ella lentamente. Luego me puse a su lado.

–Oye –dije–, intenté hacer de ti una mujer pero no aprenderás nunca a ser más que una maldita puta.

–Si quiero... –empezó a decir.

Supe lo que iba a decir. Se me escapó la mano. No pude retenerla. La mano izquierda, con la palma abierta. Se cayó al suelo, gritó. Uno de los tipos la ayudó a levantarse. Había un silencio tremendo en ese bar. Me fui hacia la salida. Luego me volví y les planté cara. Había doce o trece tipos allí.

—Bueno, a ver —dije—, si hay alguien aquí al que no le *guste* lo que acabo de hacer, ¡QUE LO DIGA!

Esperé. Era un silencio de lo más silencioso. Me di la vuelta y salí por la puerta. En cuanto pisé la calle, oí el barullo allí dentro, estaban todos hablando.

Tiene razón, pensé. Si quiere ser una puta, es asunto suyo. No tenía derecho a pegarle. Me enamoré de una puta. Ella no me lo pidió.

Fui al siguiente bar y allí estaba Judy Edwards. Judy haría cualquier cosa por cinco dólares. Judy haría cualquier cosa por un trago. La invité a un whisky escocés y le dije que iba a comprar un quinto y subir a mi habitación.

—¿Qué hay de Jane? —preguntó.

—Nos hemos separado —dije.

—¿Para siempre?

—Para siempre.

Subimos a mi habitación y Judy se sentó en un sillón, cruzando las piernas y doblando los tobillos. Estaba preparada.

—¿Seguro que lo vuestro ha terminado?

—Sí, cielo —dije—, sí, cielo, a ti no te mentiría.

La levanté del sillón y le di un beso largo y lento, viéndome hacerlo en el espejo de cuerpo entero. Judy me apartó.

—¿Seguro que se ha ido?

—Sí. Acabo de tumbarla de un sopapo en Shelby's.

Judy se acercó al armario y abrió la puerta.

—Su ropa sigue aquí. Me matará si me encuentra aquí.

—No soy de su propiedad.

126

—¿Seguro?

—Claro que seguro.

—¿Cuánto tiempo has estado con ella?

—Cinco años.

—Eres de su propiedad.

Volví a agarrarla. Parecía estar resistiéndoseme. Caímos de espaldas en la cama. Me puse encima de ella.

—Obstruí el tráfico en Inglewood, me encarcelaron en Malibú y me juzgaron en Culver City. No es de extrañar que paguemos tantos impuestos.

—Tienes los ojos abiertos —dijo—. Tienes unos ojos preciosos. Nunca los había visto cuando los abres. ¿Por qué no abres los ojos más a menudo?

—No lo sé.

Entreabrí sus labios con los míos y luego pegué mi boca a la suya. Sacó la lengua y entonces se abrió la puerta. Era Jane. Judy dio un salto. Empezaron a gritarse. Sus voces eran cada vez más agudas, pero parecían oírse y responderse mutuamente.

Fui y me puse una copa bien larga, me la bebí, me puse otra, me senté en el sillón y escuché y miré. Cada vez se acercaban más.

De pronto una alargó el brazo, no sé cuál, y entonces se abalanzaron la una sobre la otra, venga a arañarse y morderse, a tirarse del pelo, dar patadas y gritar. Se cayeron al suelo y rodaron de aquí para allá. Las dos sabían vestirse, con largos tacones de aguja, ligueros y todo eso tan femenino y maravilloso: pulseritas en los tobillos, pendientes y toda la pesca.

Por fin he conseguido algo de verdad, pensé. Provoqué el mayor embotellamiento de la historia de la ciudad de Inglewood.

Sus largas y preciosas piernas lanzaban patadas al aire,

una lámpara se cayó de una mesa y se rompió. Entonces me bebí media copa y alargué la mano y puse la emisora de música. Estaba de suerte. Shostakóvich. Hacía mucho tiempo que no oía a Shostakóvich.

UN TROZO DE QUESO

Rena iba caliente, nada más. Tenía un apartamento en la planta baja en mitad de una hilera de apartamentos adosados. Eran todos de una sola planta con vigas en el techo, chimeneas, camas y almohadones por todas partes; al menos había camas y almohadones por todas partes en casa de Rena. El apartamento estaba impregnado de sexo, incluso había un teléfono rojo, una bata roja, almohadas rojas, bueno, y allí estaba Rena y, aunque no era roja, iba caliente, nada más.

Yo también estoy obsesionado con el sexo. A mí me pasa algo, eso seguro, pero lo mejor para un hombre obsesionado con el sexo es una mujer obsesionada con el sexo. No he dicho una ninfómana. Una ninfómana puede matar a un hombre. Rena iba *caliente,* nada más.

Era verano, conque iba a casa de Rena por la noche. Haciendo ejercicio durante el día se sudaba demasiado. No era más que una ronda de sexo tras otra pero distaba mucho de ser trabajo, era casi gracioso. Era como estar en trance, solo que era un trance muy agradable.

Decidíamos refrescarnos después de descansar de uno

de los buenos y nos metíamos en la ducha y empezábamos a enjabonarnos y frotarnos las partes íntimas, riéndonos, el agua primero demasiado fría, luego demasiado caliente, luego yo apropiándome del chorro. Y antes de darnos cuenta, ya se la había metido otra vez, por detrás o por delante, en cualquier parte. Y es más difícil de pie, pero se puede hacer.

Lo hacíamos en todas partes. En el parque grande detrás de los arbustos, en el coche, en la cocina, en la sala de estar, en el dormitorio, donde nos viniera en gana.

Una noche me pasé por allí un poco borracho y me senté en la sala de estar a beber una buena botella de vino francés que había llevado. Rena y yo empezamos a besarnos y Rena sabía BESAR. Me hacía cosas con los labios y la lengua que no me había hecho ninguna otra mujer.

Rena tenía empuje e imaginación. Yo tampoco ando mal de imaginación. Enseguida los dos estábamos desnudos y le estaba pasando la lengua por todas partes y viceversa.

Poco después me entró hambre y Rena me sacó un sándwich de queso. Se subió a la mesita de centro. A Rena le gustaba subirse a las mesitas, desnuda. Su raja quedó más o menos a la altura de mi cara cuando me incorporé. Se la miré. Luego cogí la loncha de queso, la enrollé y se la metí por ahí. Después me levanté y empecé a mordisquear el queso lentamente.

Le causó a Rena un efecto considerable.

Le gustaba probar cosas nuevas. Rabió y maldijo, se puso tan caliente que se enfureció, los labios se le cubrieron de gotitas de saliva y se le sonrojaron la cara y el cuello; no paraba de maldecir, le temblaba el cuerpo.

Cuando llegué al final del queso, seguí devorando. Entró en erupción como un puñetero volcán, luego me tumbó de espaldas en el sofá y se abalanzó sobre mí.

Fue como una violación. No me importó. Después de eso ya no nos quedaba nada.

Me vestí, me fui a casa y leí uno de los muchos libros que hay sobre la vida de Ernest Hemingway y me pregunté si Ernie haría con las mujeres todas las cosas que hacía yo. De ser así, debió de dejar de hacerlas o no se habría volado los sesos con una escopeta. Las cosas eran demasiado buenas para abandonarlas por voluntad propia.

Sonó el teléfono. Era Rena.

—Bukowski, tengo miedo.

—¿Qué pasa?

—Creo que hay un hombre delante de mi ventana. Un mirón. Le estoy viendo la cabeza por la ventana. Estoy en el dormitorio. Estoy asustada. Puede entrar aquí.

—¡Ahora mismo voy! —Colgué.

Me subí al coche, me salté dos semáforos en rojo y no hice ningún caso de las señales de stop. Cuando aparcaba, efectivamente, vi que había un tipo con camiseta blanca detrás de un arbusto cerca de la ventana de Rena con la cabeza asomada. Bajé del coche de un salto.

—¡Eh, hijoputa!

Era un chaval, de unos 19 años, rubio, guapo. Pero parecía asustado, muy asustado. Y cuando eché a correr hacia él salió de detrás del arbusto y se fue zumbando calle abajo. Lo perseguí pero su miedo y su juventud eran demasiado para mí y enseguida me quedé sin aliento.

Prácticamente el único ejercicio que hacía era machacar la máquina de escribir, además de las sesiones de sexo con Rena.

Poco después había doblado la esquina y se había esfumado.

Regresé.

No tenía sentido que un chico así tuviera que dedicarse a espiar. Lo que ocurría era que para algunos no había mujeres, les resultaba difícil conseguirlas. Sencillamente no era justo.

Yo había decidido hacía mucho tiempo no pasar por todo eso, pero simplemente había tenido suerte toda mi vida. Las mujeres tienden a encariñarse con los hombres que tienden a pasar de ellas. Era psicológicamente afortunado.

Llamé al timbre.

−¿Quién es?

−Bukowski, Rena.

Me dejó pasar.

−¿Se ha ido?

−Sí, le he perseguido y se ha ido cagando leches. No he podio cogerlo.

−Sal un momento −me dijo−. Quiero enseñarte una cosa.

Llevaba una bata gruesa encima del pijama. Salí con ella.

−Mira −dijo.

Rena señaló las cortinas que cubrían las ventanas de la sala de estar. Desde dentro, las cortinas parecían lo bastante gruesas como para ocultarlo todo. Las luces estaban encendidas dentro. Pero se veía a través de las cortinas. La sala de estar, la mesita de centro, el sofá. Era como un escenario.

−¡Dios mío! −exclamé.

−Ese tipo ha podido ver todo lo que hemos hecho ahí y hemos hecho de todo.

Miré el alto edificio de apartamentos que había delante de las ventanas de la sala de estar. Me pareció que todas las persianas estaban echadas hasta abajo, dejando solo una pequeña franja para mirar. La gente podía haber invitado a sus amigos si querían.

—Hemos hecho que se empalmen la mitad de los vecinos —comenté— y hemos convertido a ese chaval en un mirón. Nuestras almas deberían pudrirse en el infierno.

—Mañana —repuso Rena— voy a ir a la tienda a comprar tela para hacer unas cortinas nuevas.

—O eso, o empezamos a cobrar la entrada —me reí.

—Por favor, Bukowski, quiero que te quedes aquí conmigo esta noche. Tengo miedo.

—Claro —accedí—, vamos a ducharnos juntos antes de ir al catre.

—De acuerdo —dijo, y entramos. El tipo que inventó la ducha debía de andar muy salido...

La noche siguiente, con las nuevas cortinas, probé a hacer el numerito del queso de nuevo. Solo que esta vez le metí dos lonchas.

Estaba a punto de acabarme la segunda loncha cuando oí un sonido como de roces fuera y luego alguien que corría. Me vestí tan rápido como pude y salí. Había allí plantado uno de los chicos del apartamento calle abajo. Tenía unos 12 años.

—Eh, señor —gritó—, he salido al oír que venía la camioneta de los helados y he visto a un hombre mirando por su ventana. Al verme, se ha ido corriendo.

—¿Era un tipo joven, rubio, con camiseta blanca?

—Sí, ese.

Miré las cortinas que había arreglado Rena. *Todavía* se veía el interior. Volví a entrar.

—No podemos montárnoslo en la sala de estar, Rena, tenemos que hacerlo en la oscuridad o algo así.

—¿Puedes hacer lo del queso en la oscuridad? —preguntó.

—Supongo.

—Pero me gusta más cuando te puedo ver —dijo.

–Vale, ya pillaremos una linterna o algo por el estilo.

–De acuerdo.

Tuve que ausentarme de la ciudad una semana. Fui a ver a Rena una noche sin telefonearla. Me hizo pasar. Había un joven sentado en el sofá. Aparentaba unos 19 años, rubio, casi guapo.

–Este es mi amigo Arnold –dijo Rena.

–Hola, Arnold, ¿cómo va eso?

–Ah, muy bien –contestó–. Todo va bien, de maravilla.

–Oye, Rena –susurré–, este tipo es el mirón.

–Quién, ¿Arnold?

–Sí, Arnold.

–Bukowski, qué celoso eres. No pienso tolerar que digas cosas así de Arnold.

–¿Cómo lo conociste? –repliqué.

–Arnold trabaja embolsando la compra en el mercado. Es un buen chico. Sacó una media de sobresaliente en secundaria. No pienso tolerar que hables mal de él.

–Maldita sea, es el tipo al que perseguí por la calle esa noche.

–Hijo de puta, no pienso tolerar que hables así. Haz el favor de irte.

Rena estaba muy enfadada. Fui a la puerta, la abrí, la cerré y me largué. Me monté en el coche y estaba ya a mitad de camino de casa por la autopista cuando caí en la cuenta de que me había dejado el abrigo en su apartamento.

Tomé un desvió y volví a coger la autopista en la otra dirección para regresar allí. Aparqué y me bajé.

Volví al apartamento y estaba a punto de llamar al timbre cuando vi algo a través de la cortina. Arnold y Rena se estaban besando, un beso largo e intenso. Él la tenía tumbada en el sofá, con el vestido levantado hasta las caderas, un pecho fuera, y ella le agarraba el pene con la mano.

Era excitante. Me quedé mirando.

Ella empezó a sobarle la tranca. Él levantó la cabeza, le chupó el pecho y luego saltó del pecho a la boca, al tiempo que desplazaba una mano para bajarle las bragas. Entonces oí que venía alguien por la acera, me aparté enseguida de la cortina y volví al coche. Me resbaló por el cuello una gotita de sudor.

Puse en marcha el coche y me largué. Joder, ya cogería el abrigo por la mañana, también podían quedárselo. Cuando me iba, no obstante, tuve la sensación de que me gustaría haber visto el resto de la escena. Seguro que era buena.

Ese chaval, Arnold, tenía mucha técnica. No me extraña, después de haberme visto tantas noches con Rena.

–Todos esos tipos –dijo–, paseándose por ahí solo con los calzoncillos, no desnudos sino en calzoncillos, unos con la polla tiesa, otros medio empalmados, blandos, paseándose por la sala, en plan: «Soy un tipo duro. Odio a esos putos maricas. Les daría de hostias a esos maricones, me cago en todo.» Tenían una fijación con la mierda –dijo–, a todos les gustaba cagarse en algo. Otra cosa que les gustaba era cruzar la calle desnudos, corriendo de casa en casa. Una vez un tipo cruzaba la calle desnudo, medio empalmado y gritando y había un tipo sentado en su coche y el pavo se subió de un salto al capó y se cagó en el parabrisas. El otro tipo se quedó ahí sin saber qué hacer.

–Bueno –dije–, supongo que podría haber puesto en marcha los limpiaparabrisas.

–Otra vez había un tipo que era defensa de la liga profesional de fútbol americano y se estaba follando a una chica con las cortinas abiertas y había unos veinticinco o treinta tipos mirando. De pronto paró, se le puso encima y se cagó en ella.

–Vaya –dije–, supongo que tiene algo de sexual. También hay tipos que pagan a mujeres para cagarles y mearles encima. Luego están los tipos a los que les gustan que les caguen y les meen encima, espiritualmente. A mí no me va eso. Ya he tenido suficiente. A una mujer le pido ternura, pero la mayoría de las mujeres americanas son incapaces de ofrecerla, por lo menos si no llegan a los cuarenta. Los hombres tampoco son capaces, si a eso vamos. Pero las mujeres son más frías que los hombres porque a ellas les resulta más sencillo que se las liguen, se las follen, quizá que las amen. Supongo que muchos hombres se vuelven maricas sencillamente por puro asco.

—El prostíbulo —señaló— ha hecho mucho por salvar el espíritu del hombre.

—Amén —convine—, pero ¿adónde puede ir una mujer? Aunque para ellas es más fácil, no siempre es más fácil. Tendría que haber prostíbulos para mujeres también. Tipos musculosos con la polla gigante que les laman el clítoris. Pero supongo que todo tiene que ver con la oferta y la demanda. Si las mujeres tuvieran necesidad suficiente de prostíbulos, los habría.

—Es lo que tú dices, a ellas les resulta muy fácil. Una mujer puede entrar en un bar y seguro que hay doce tipos ahí sentados, listos para pasar a la acción, listos para pelearse por ella. ¿Dónde hay un bar en el que pueda entrar un tipo y encontrar a doce mujeres dispuestas a follárselo, a pelear casi a muerte por él?

—En ninguna parte en América —dije—. En ninguna parte en este país y en esta época.

—¿Qué puede hacer un hombre? —preguntó.

—Nada. La mayoría de los hombres se conforman con la segunda, la tercera o la cuarta mejor simplemente porque se sienten solos, simplemente porque están asustados, simplemente porque no tienen agallas para vivir solos. Aceptan todos los defectos de la otra persona sencillamente para tenerla cerca.

—¿Qué quieres decir con «defectos»?

—Me refiero a lo que te hace la gente simplemente porque no va con cuidado. El 98 por ciento de la gente en América viven en pareja pero no se aman. Es un apaño y una mentira.

—Sí —dijo—, y entonces empiezan los jueguecitos. Los flirteos, los engaños, los polvos de tapadillo, mientras cada cual se atribuye inocencia y amor.

—Sí, la palabra AMOR la usan sin el menor reparo, eso seguro. «¡Oh, te amo, ay Dios mío cómo te amo!» Por lo general lo dicen cuando les metes la polla después de una buena sesión de calentamiento. Pero no lo dicen de corazón.

—Y somos cerdos machistas, ya sabes, tenemos ideas completamente equivocadas sobre las mujeres.

—Claro —dije.

Nos quedamos en silencio, bebiéndonos la cerveza. Entonces él dijo:

—Sí, esos tipos de S.C. eran la bomba, sobre todo los de las familias con ingresos más altos. Tenían una cosa que aprendieron de los chicos de Yale, lo llamaban «progresar con diligencia». Nadie los veía estudiar nunca. Estudiaban a las tantas de la noche, entre las 3 y las 7 de la madrugada o así. Nadie los veía estudiar. Siempre andaban vagueando en las canchas de tenis o pelando la pava en los jardines. A los demás siempre les extrañaba.

—La vida se porta bien con algunos —dije—, pero el caso es que un hombre tiene que librarse de la presión de una manera u otra antes de poder ser inteligente de veras. Es difícil ser inteligente haciendo cola delante de la beneficencia para que te den unas alubias aguachinadas.

—Me pregunto qué hacen esos en cuestión de mujeres.

—Las olvidan. Al menos están en paz en ese sentido.

—¿Has oído el viejo chiste del tornillo en el ombligo... que si se cae también se te caen la polla y el ojete?

—No, no lo había oído —dije—. Cuéntamelo.

—No, no quiero contártelo.

—Anda, venga.

—No, no, no.

—O sea que se cae el tornillo —dije— y también se caen el ojete y la polla. Qué bueno. ¿Y los huevos?

—Los huevos también.

—¿Qué pasa luego?

—Olvídalo —dijo—. Ya sabes que cuando éramos chavales era difícil echar un polvo. Ahora folla todo el mundo. Pillan cacho hasta los imbéciles y los capullos. Pero cuando éramos chavales la cosa era distinta. ¿Te acuerdas de aquello del Dedo Apestoso?

—Sí, me acuerdo.

—Sí —continuó—, se te acercaba algún tipo y te ponía el dedo bajo la nariz y te decía: «Huélelo bien, chaval, ¿sabes dónde ha estado?»

—Aquello del Dedo Apestoso...

—Podías hacer que te oliera —dijo— frotándolo contra un trozo de carne de cordero. Había tipos que iban por ahí frotándose los dedos con carne de cordero. A eso huele, a carne de cordero.

—Desde luego —dije—. ¿Y te acuerdas de aquello del Polvo en Seco?

—Qué recuerdos —respondió—. Ya basta, vas a hacerme llorar.

—El Polvo en Seco —continué—. Las chicas no querían abrirse de piernas. Corría la voz y les fastidiaba las perspectivas de matrimonio. Antes las chicas querían casarse.

—Basta —insistió—, vas a hacerme llorar.

—La hierba se llamaba «té» y, si tenías té, a veces las chicas se dejaban porque aseguraban estar drogadas y eso no contaba. Sin embargo, era imposible emborracharlas y la mayoría no podíamos conseguir té.

—Sí, lo tenían sobre todo los músicos.

—Así que te lo montabas con una chica en el asiento de atrás. Te dabas el lote. Nos besábamos durante 5 o 6 horas. La ponías lo bastante cachonda como para lograr meterle el dedo bajo las braguitas ceñidas y luego endilgársela. O follabas en seco. De vez en cuando llegabas al orgasmo. Pero las más de las veces lo fingías. «¡Ay, DIOS, me corro!» Y la chica se reía, le hacía gracia. Y te ibas detrás del coche y fingías limpiarte con un pañuelo. Luego te montabas otra vez. A veces lo hacías 2 o 3 veces y a las chicas les gustaba mucho, pensaban que te habían puesto como una moto.

—¿Y aquello del asiento trasero exterior del coche y el banjo? —preguntó.

—No recuerdo los tiempos de Jack Oakie, el abrigo de mapache y el banderín universitario. Soy viejo, pero no tanto.

—Sí, ahora folla todo el mundo —dijo—. Es igual que respirar.

—Mejor —señalé—, sin *esmog*.

—¿Seguro que el *esmog* no entra ahí?

—Supongo que sí. Entra todo lo demás.

—Estás hablando de mi madre. Eso es sagrado.

—Claro —repuse—, pero siguiendo con el asunto, cuando encontrabas una chica atrevida de verdad, te hacía una paja. Te sacabas la tranca y ella te la meneaba. Era muy excitante cuando te corrías, con el semen saliendo a chorros y ella mirando.

–Aun así, me alegra que corran tiempos modernos –dijo.

–Sí –dije–, hemos follado tanto que ya ni nos hace falta. Nos cagamos en los parabrisas.

–Esas perversiones delicadas –sugirió–, cuero, cuero y más cuero, tangas, vibradores, coños automáticos, palizas, humillaciones, asesinatos...

–La vida es mucho mejor –aseguré.

–Es socialmente aceptable –dijo.

–Es socialmente aceptable –convine.

–Es la libertad –señaló.

–Es la libertad –dije–, estamos liberados.

Nos quedamos en silencio, bebiendo las cervezas.

«Todos hemos sido sinvergüenzas en nuestros tiempos.»

SIR LORD HENRY HAWKINS

Karen y yo nos peleábamos continuamente; era un desacuerdo de voluntades y comportamientos, sobre todo mi voluntad y su comportamiento. Sea como sea, había tenido algo que ver con un número equivocado, la llamada de un desconocido que a mi modo de ver se había excedido en duración e intimidad por parte de Karen, sobre todo teniendo en cuenta que acabábamos de hacer el amor, oral, normal y demás. A veces las trivialidades pueden ser más destructivas que las tragedias. Sea como sea, decidí salir un rato y Karen me dijo: «Si ahora te vas al puñetero hipódromo, no pienso estar aquí cuando vuelvas.»

Me monté en el coche y fui al hipódromo. Hice unos cálculos bastante buenos y me las arreglé para sacar 28 dólares. Cuando volví, Karen había desaparecido: la ropa, las pertenencias y toda la pesca. Me di un baño, me puse ropa limpia y conduje hasta la licorería para comprar un quinto de whisky y dos cartones de seis cervezas. Volví, puse la radio y procedí a emborracharme. Bebí durante una semana: días y noches, mediodías y tardes se confundían. Una mañana sonó el teléfono:

—¿Bukowski?

–¿Sí?

Era Karen.

–¿Cómo te va?

–Muy bien.

–Estoy en Wyoming –dijo–, ¿puedes enviarme mi correo? Yo lo haría por ti.

Me dio la dirección y colgué. Por primera vez en una semana salí al porche trasero. Había una nevera portátil con una nota y un frasco de pastillas. Leí la nota: «Aquí tienes la nevera y unas pastillas para tu sangre cansada. Me llevé tu reloj para compensar todas mis lágrimas. Brindo por una llamada equivocada muy importante. Y aquí tienes unas bragas para que te masturbes.»

Karen vivía en un apartamento con patio a tres puertas del mío, aunque yo dormía allí todas las noches. Habíamos estado juntos un año y medio. Lo que prácticamente encaja con mi teoría: casi todo lo que puedes esperar de cualquier relación se reduce a dos años. Cogí las pastillas, la vitamina E y las bragas, unas amarillas. Metí las bragas en un cajón y abrí una cerveza.

Busqué el número de teléfono de Lila Wiggins. La había conocido hacía unos años –aunque no de manera íntima– mientras trabajaba en *Open City*. Y al encontrarme recientemente con ella, por casualidad, le había pedido el número. Se había convertido en una jipi sofisticada. Ahora era directora de una discográfica. Su secretaria me pasó con ella. Le dije que estaba libre y desorientado. Lila dijo que trabajaba hasta tarde esa noche pero que me pasara por allí cuando quisiera.

Fui a la discográfica esa misma noche, borracho. Bastante. Lila Wiggins estaba al fondo con una cantante tirando a famosa. Estaban haciendo una grabación. Había dos acompañantes instrumentales masculinos. Lila hacía la segunda voz. Lo hacía bien. Me quedé allí sentado con una pinta y fumé y escuché. Interpretaban una y otra vez la misma canción intentando clavarla. Empezó a resultar monótono. Cuando comenzaron de nuevo, me sumé a ellos. No les hizo ninguna gracia. Me callé y escuché mientras Lila y la vocalista me regañaban. Luego las mandé a tomar viento y me fui hacia la salida. Lila me siguió. Nos besamos en el umbral.

–En otro momento –dijo...

La noche siguiente fue en su casa, en su dormitorio, su «dormitorio de estilo jaima», como lo llamaba ella. Colgaba del techo una alfombra grande. Había cordones trenzados y baratijas por todas partes. Había pastillas, droga, buen vino y champán. Y una televisión enorme en color.

–Qué dolor, qué dolor, qué dolor –dije–, esa zorra me hizo polvo al largarse. No tienes *idea* del dolor que siento. ¡Es inmenso, inmenso, como si un búfalo cargara contra mis entrañas! ¡Lila, sálvame, sálvame, no lo lamentarás nunca!

Se quedó mirándome.

–Y soy un gran amante, soy el mejor amante del mundo, ya lo verás.

Lila esperó. Esperó cuatro días y cuatro noches.

–Oye –me espetó–, me dijiste que eres el mejor amante del mundo y no has hecho nada de nada. ¿Cuánto tengo que esperar?

Me puse encima de ella, le eché un típico polvazo a la antigua usanza y me aparté.

–¿Eso es todo? –preguntó.

–No, qué va, ni de lejos –dije–, pero tendrás que esperar.

Esperó otras dos noches y entonces lo hice. Lila gritó y habló y gimió sin parar. «¡SÍ! ¡SÍ! ¡SÍ! ¡Ay, Dios mío! ¡Dios mío!»

Le había hecho todos los trucos y movimientos que

me había enseñado Karen y había añadido alguno de cosecha propia.

—Eres el mejor —aseguró—, eres el mejor con el que me he acostado..., de verdad...

—Apuesto a que se lo dices a todos los chicos.

—No, va en serio.

—Oye, ¿tienes más pastillas verdes de esas y pastillas amarillas de esas y un poco de champán de ese?

—Claro, cariño...

Después de aquello, cuando despertaba todas las mañanas tenía una nota de amor esperándome. Algunas me molestaban más de lo que me halagaban, como: «Esto es el sentido de todo, todos los días y todos los años han cristalizado en esto, esto es lo que significa, amor mío...»

Leía las notas, hacía la cama, ponía el cojín en forma de corazón contra la cabecera. Luego veía la tele un rato, me montaba en el coche, iba a mi casa, echaba un vistazo al correo, me cambiaba de ropa e iba al hipódromo, donde perdía pasta. Lila me preguntó:

—¿Tienes dinero para el alquiler?

—Claro —dije—, no te preocupes. Ya tengo.

Sabía que me estaba metiendo hasta el cuello, conque una mañana le dije:

—Oye, esto no es amor. Sigo enamorado de Karen, aunque eso se terminó. Quiero que sepas a qué atenerte.

—No pasa nada, lo entiendo.

Lila me llevaba a cenar y a conciertos de rock, me invitaba a largos fines de semana y a viajes de punta a punta de la costa y a la montaña. Quería mantenerme ocupado para que no llamara a Karen a Wyoming. Yo estaba harto de viajes y estaba harto de sus estrellas del rock, publicistas, agentes, autores, artistas. Conocía a todo el mundo.

146

«Voy a cenar con Paul Krassner —decía—, ¿quieres conocer a Paul Krassner?» «No», contestaba yo. Robert Crumb entró por la puerta una noche seguido de 17 admiradores. Crumb estaba bien pero toda la peña esa del mundo de la música rock eran ineptos, superficiales y aduladores. Contaban chistecitos sutiles y se pasaban la noche entera mencionando nombres y más nombres. Y ninguno tenía agallas para emborracharse. Yo los maldecía y clamaba contra ellos y me retiraba a la jaima con mi botella a ver la tele grande en color mientras ellos soltaban risillas, chismorreaban y se atragantaban con sus vidas en el salón. La tele era casi igual de mala, pero solo casi. Y cuando venían mis amigos con sus aires de estibadores rudos y francos, Lila se retiraba a la jaima. Así pues, en ese sentido estábamos empatados. Me las apañé para volver a mi apartamento y telefonear a Karen varias veces, pero ella seguía en sus trece. Tenía a su lado a sus hermanas para guiarla en la lucha contra la bestia que era Bukowski. Supongo que estaba recibiendo buenos consejos...

Un fotógrafo amigo de Lila vino y nos sacó unas 50 fotos a Lila y a mí por toda la casa. La situación se estaba poniendo delicada. Antes de darme cuenta Lila estaba de vacaciones y me tenía en una isla mirando por una ventana de la segunda planta el océano y los bañistas, los barcos y los turistas, mientras me agazapaba sobre su máquina de escribir eléctrica. Era incapaz de escribir. Estaba por ahí tirado, bebía cerveza y veía la tele pequeña en blanco y negro. Veía las series de médicos y las películas de vaqueros. Lila iba de compras, hablaba con gente, paseaba en barco, sacaba fotos. «Es un sitio ideal —decía—, podría vivir siempre aquí.» No había un hipódromo en 80 kilómetros. Comimos en todos los cafés, clubes nocturnos y restaurantes de la isla. Y el hombre de la licorería llegó a conocerme muy bien. Después de dos semanas de pasarlo de pena y hacer de tripas corazón, regresamos.

Pasamos por mi apartamento para recoger el correo. Había bastante. Lila se tumbó en la cama mientras yo lo leía. Sonó el teléfono. Fui a contestar. Por lo general, Lila desconectaba el teléfono cuando estábamos allí, por miedo a que llamara Karen. Le había dicho que no volviera a hacerlo. Fui al teléfono. Lila empezó a rezongar. Me enfureció. Contesté al teléfono. Era Karen.

–Sí –le dije–, claro que iré.

Las quejas de Lila subieron de volumen.

–Sí, te sigo queriendo, claro que te quiero. Nunca dejé de quererte.

Lila se quejaba cada vez más fuerte. Yo tapaba el auricular cuando podía; temía que Karen la oyera. El dramatismo de Lila me mosqueaba. Karen y yo hablamos un buen rato. Después de colgar, fui al frigorífico a por una cerveza y me senté en una silla a mirar por la ventana. Lila guardaba silencio. Terminé la cerveza y entré en el dormitorio. Lila parecía dormida. Tenía un aspecto muy extraño. Le levanté un brazo y volvió a caer casi como si no estuviera unido a su cuerpo. Le levanté el otro brazo, le moví el cuerpo, la cabeza. Tenía una pesadez rara y lánguida. «¡Lila! ¡Lila! ¿Qué coño has hecho?» Por fin la desperté. «Oye, ¿has tomado somníferos?» «Me he tomado el frasco entero», dijo. Tenía la voz densa, oscura, arrastrada. «Intentas asustarme. Estás fingiendo.» «No», aseguró.

Le metí la mano en la boca para provocarle el vómito. Vomitó, luego paró y volví a meterle la mano en la garganta una y otra vez. Siguió vomitando. «Más, más –le decía–, ¡sigue así!» Le volví a meter la mano en la boca y salió despedida una dentadura postiza superior que surcó el aire como una rana y fue a parar a las sábanas.

148

—Mis Dientes, ay, mis dientes... No quería que lo supieras..., ay, Dios mío..., mis dientes... No quería que supieras lo de mis dientes..., ay...

—¡Que les den! ¡Tus dientes me traen sin cuidado! ¡Sigue vomitando!

Lila cogió la dentadura e intentó ponérsela. Estaba muy ida. Le quité la dentadura y la dejé en un cenicero donde no pudiera cogerla. Volví a meterle la mano en la garganta.

—¡De acuerdo, no voy a ir a Wyoming! ¡Llamaré a Karen por la mañana y le diré que no puedo ir!

—Mis dientes, mis dientes... ¡No quería que lo supieras!

Estaba planteándome llevar a Lila al hospital para que le hicieran un lavado de estómago, pero a medida que seguía vomitando comprobé que ya no tenía el cuerpo tan pesado y lánguido. Al final decidí llevarla a su casa, de regreso a la jaima. Le lavé la cara, el cuello y las manos y nos quedamos allí sentados bebiendo un poco de vino y fumando hierba.

—Si se te ocurre escribir esa escena sobre mi intento de suicidio y lo de la dentadura, te mato —me advirtió.

—Oye, Lila —dije—, es posible que sea un hijo de puta, pero no soy tan hijo de puta.

Unos días después era mi cumpleaños y se me pinchó una rueda. Puse la de recambio, fuimos al Mark C. Bloome's de Hollywood y Lila me regaló dos neumáticos y dos amortiguadores por mi cumpleaños. La factura superó los 70 dólares...

En septiembre Karen había vuelto a Los Ángeles y había escolarizado a su hijo. Además, su exmarido vivía en North Hollywood y quería ver al chico todas las semanas. Averigüé dónde vivía y allá fuimos. Al principio no quería dejarme entrar. Me abrí paso y empecé a hablar. Recurrí a todo el encanto y la razón y el diálogo. No tenía ni idea de poseer nada semejante. Pero me hizo falta, y luego un poco más. Eso, en sí, es casi un relato distinto. ¿Un relato? Sea como sea, tres o cuatro días después estábamos otra vez juntos y en una semana volvíamos a vivir en pareja. Karen me confesó una aventura en Wyoming. No es que me hiciera gracia pero sirvió para equilibrar las cosas e hizo que fueran más posibles un pacto y un nuevo comienzo... Mientras tanto, ahí seguía Lila Wiggins, ejecutiva de una discográfica. Le dije a Karen que tenía que ir a verla y explicarle por qué todo estaba como estaba...

Llamé por teléfono y su amiga Judy estaba en su casa. Judy dijo que Lila estaba allí y le dije que procurara que no saliese. Iba hacia allí de inmediato. No estaba muy lejos y aparqué en el sitio de siempre, me bajé, crucé el jardín, fui hasta las puertas correderas de cristal del lateral de la casa y toqué con los nudillos. Había llamado a Lila hacía unos días para decirle que estaba otra vez con Karen y que lo nuestro se había terminado. Judy me hizo pasar y señaló en dirección a la jaima. «Está ahí atrás.»
Fui hacia el fondo. Lila estaba tumbada boca abajo en la cama. No llevaba más que unas bragas azules. Había una pinta de whisky vacía en el suelo y también una palangana llena de vómito. Flotaba en el aire un olor muy acre. Me senté en el borde de la cama.
—Lila...
Volvió la cabeza.
—Tú...
—Solo quería explicarte...
—Eres un cabrón de mierda...
—Lila, escucha...
—Eres un puto cabrón apestoso...

—Oye, Lila, a mí también me han dejado. Me ha dejado de la noche a la mañana más de una mujer..., sin nota, sin el menor ruido, sin una sola palabra... Me gustaría hacerlo de la forma más compasiva posible...

Lila se incorporó sobre las rodillas. Cruzó la cama en dirección a mí.

—¿Compasiva? ¿Compasiva? ¡Ya puedes irte con tu peste al mismísimo infierno!

Cerró los puños y empezó a lanzarme golpes. Me quedé ahí sentado. Unos puñetazos me alcanzaban en el pecho, otros fallaban, otros me daban por la cara. Ella seguía lanzando golpes y más golpes. Me sangraba la nariz y me cayó un poco en la camisa. Al final, le agarré las manos.

—Lila, ya te dije que no era amor. Te dije que quería a Karen...

Asomó la cabeza por el borde de la cama y vomitó en la palangana. Luego se tumbó en la cama.

—Abrázame. Abrázame un poco...

La abracé.

—Bésame...

La besé. Su boca sabía rancia, agria.

—No vuelvas... No vuelvas con ella. Quédate conmigo. El mundo es tan horrible... Estás loco, estás muy loco..., pero eres un gran escritor... Quiero protegerte de ese mundo.

—¿Un gran escritor? Eso no tiene nada que ver con nada.

—Siempre te he querido, desde la primera vez que te vi hace años. Estabas en *Open City* borracho y venga a reírte y maldecir...

—Eso no lo recuerdo...

—Yo sí lo recuerdo...

La abracé y no dije nada. De pronto se incorporó otra vez.

—¡Eres un cabronazo, ay, eres un cabronazo!

151

Empezó a lanzarme puñetazos otra vez. Me endilgó más de uno bueno.

—Oye, Lila, lo único que estás haciendo es darme hostias...

—¡Te lo mereces! Quédate quieto para que te pueda dar más.

Me quedé quieto mientras sus puños golpeaban mi cara. Luego paró.

—¿De verdad vas a volver con ella?

—De verdad. Oye, Lila, no intentarás hacer nada.

—¿Por qué? ¿Por ti? ¡No eres digno de algo así!

—Tienes razón. Bueno, oye, tengo que irme ya.

—No me olvidarás, ya lo verás, no me olvidarás nunca.

—Claro que no.

Me levanté, me aparté de la cama y eché a andar. La botella vacía de whisky me pasó rozando el hombro derecho. Entonces entendí por qué hay que dejarlas de golpe en vez de hacerlo de manera compasiva: era menos cruel.

Cerré las puertas correderas y crucé el jardín. Sus dos gatos estaban allí fuera. Me conocían. Se restregaron contra mis piernas y me siguieron cuando me alejaba.

La fábrica de propaganda de los prisioneros de guerra sigue bramando contra todas las sensibilidades. Perdimos la guerra, nos dieron una paliza hombres medio muertos de hambre y mujeres ni la mitad de grandes que nosotros. No pudimos someterlos a fuerza de bombas, tretas ni súplicas, así que tuvimos que largarnos y, mientras nos largábamos, alguien tuvo que idear una cortina de humo para que el público se olvidara de que nos habían dado una paliza. Vamos a fomentar la perspectiva de los prisioneros de guerra, dijeron, y así empezó el asunto. Bob Hope se mostró preocupado por los prisioneros de guerra; su rollo de Papá Noel en tiempos de guerra había perdido fuelle en los últimos dos viajes. Corrió la voz y el número se puso en marcha. La llegada de los primeros prisioneros de guerra se retransmitió por televisión. Ahí venía el avión. Y esperamos y esperamos y el avión seguía rodando por la pista. No se había visto rodar tanto por la pista ningún avión en ninguna parte del mundo. Las cámaras esperaron y se desangraron hasta morir. Entonces salió el primer gran prisionero de guerra y el patriotismo volvió a estar en boga.

Eran hombres que habían volado en bombarderos y lanzado miles de toneladas de explosivos sobre ciudades y personas. Eran asesinos a los que se rendían honores de héroes. Las punzadas de compasión, claro, eran para los pobres hombres cuyo aparato había sido alcanzado, obligándolos a lanzarse en paracaídas, siendo capturados y encarcelados donde se veían obligados a comer platos que no se elegían de un menú. Aquí en América hemos encarcelado a hombres por mucho menos, los alimentamos mal y no eran precisamente héroes cuando salieron.

George Wallace cayó en la trampa. El hombre que una vez juró mantener la segregación eternamente en Alabama fue fotografiado estrechando la mano del sargento Thomas W. Davis, exprisionero de guerra, que volvió a su ciudad natal de Eufaula, Alabama. El sargento Davis es negro.

Un prisionero de guerra es un hombre que fue a la guerra sabiendo lo que hacía, sabiendo que podía matar o morir, capturar o ser capturado, mutilar o ser mutilado. No hay ningún matiz especial de heroísmo en ello. Quedan muy pocos patriotas de verdad, ha habido demasiadas guerras inútiles y se han sucedido demasiado deprisa.

La mayoría de americanos en edad de ir a la guerra simplemente se la jugaron; supusieron que yendo tenían unas posibilidades bastante elevadas de no acabar muertos. Yendo y volviendo, tanto si creían en la guerra como si no, mantendrían un estatus digno de ciudadanos y podrían regresar a sus esposas y sus trabajos, sus casas y sus partidos de béisbol, sus coches nuevos. Rehusando ir se enfrentaban a ir a la cárcel y/o la clandestinidad.

La mayoría lo sopesó y llegó a la conclusión de que ir a la guerra era lo más fácil, sobre todo los que tenían educación universitaria y formación en el Cuerpo de Entrenamiento de Oficiales en la Reserva, que podían mantenerse muy por encima de la mugre y la sangre, limitándose a pulsar botones en un avión. Que algunos de esos se convirtieran en prisioneros de guerra fue una putada de las que hace la rueda al girar y ellos lo saben mejor que nadie. Y si ahora se les ofrece un polvo gratis o un automóvil gratis o aplausos o un buen trabajo, también van a aceptarlo. Hace unas noches, en los combates de boxeo del Olympic Auditorium, presentaron a un exprisionero de guerra que salió al cuadrilátero y recibió una ovación con la gente puesta en pie. Antes casi sentía admiración por los aficionados al boxeo. Ahora los veo de un matiz distinto como magenta lavanda pardusco...

Un amigo vino hace unas noches con unas historias sobre el Ártico. Habían estado allí filmando la vida de un borracho, dijo, que era igualito a mí. Sea como sea, ese borracho llevó un avión allí y lo utilizaba con regularidad para ayudar a la gente, transportar víveres, efectuar rescates, hacer vuelos acrobáticos y ganar dinero. Uno de los números de ese borracho consistía en hacer el pino y beberse un vaso de whisky escocés.

Sea como sea, para el típico hombre civilizado que no está en absoluto acostumbrado al espacio y el silencio y los seis meses de noche y los seis meses de día, es un territorio que hace perder el juicio al más pintado. Hay un término para ello que he olvidado. Sea como sea, afecta a la mayoría.

Había allí un cocinero y el cocinero freía huevos y más huevos para los hombres. Y ya se sabe lo que pasa con los huevos. Unos los quieren fritos, otros los quieren revueltos, otros los quieren pasados por agua (blandos, duros, tirando a duros, tirando a blandos), otros los quieren con la yema blanda, otros con la yema hecha. Por lo visto, a cada cual le gustan los huevos de una manera distinta y quiere que se los hagan justo así. En caso contrario, se mosquean muchísimo. Preguntádselo a la camarera o el cocinero de la cafetería de vuestro barrio. Han padecido inmensos enjambres de comedores de huevos molestos.

Estaba una vez sentado en un garito cuando entró un tipo con gorra de béisbol y un jersey negro con agujeros en las mangas y dijo: «Dos bien pringados.» Le pregunté a la camarera: «¿Qué quiere decir eso de "Dos bien pringados"?» «Bah –dijo ella–, no tengo ni idea. Ya se las apañará el cocinero.»

Bueno, el cocinero ese del Ártico también tenía espacio, tiempo, silencio, huevos, nieve... Seguía dale que te pego preparando huevos de manera distinta para hombres distintos, todos sin mujeres, ganando dinero y esperando..., todo el día y toda la noche. Al final, un día (¿o una noche?) el cocinero cogió todos los huevos del campamento, hasta el último huevo que había, y los frió bien fritos. Los dejó secarse un poco y luego los llevó a su habitación y los clavó a las paredes. Cuando llegó la hora de desayunar, no encontraban al cocinero, así que fueron a su cuarto y allí estaba, sentado en una silla. Dijo: «Ahí tenéis los huevos. Coged los que queráis.»

El cocinero nuevo era un chico de Boston que no paraba de hablar de John Dillinger, Baby Face Nelson y Fats Domino cada vez que se emborrachaba...

Según me han dicho, hay esquimales e indios allá arriba, los indios un poco más al sur, y a los esquimales no les caen bien los indios, y lo que más les gusta a los esquimales es ver películas de vaqueros y correrse vivos cada vez que matan a un indio.

Supongo que el norte extremo es el último Salvaje Oeste del mundo o, como insinuaría mi colega John Thomas, la Última Frontera. Jack London le sacó bastante partido. El viejo London era el Hemingway de la nada helada, lobos en vez de leones, la Biblia de Joe Conrad en el bolsillo. Yo solo sé que Wile Post, A. Earhart y Will Rogers se perdieron para siempre en la blancura y sé que también la exmujer de un millonario que no me soportaba y se casó con un pescador japonés con muy buenos modales en el norte de Alaska.

Hay espacio para el arte y la palabra allá arriba y a algunos de los que estáis sentados en un banco del aparcamiento de Rose Avenue en Venice y me pedís 20 centavos cada vez que entro al mercado judío a pedir un sándwich de carne de vaca en conserva, os sugeriría que fuerais allí y probarais suerte.

Luego hay otra cosa. Tienen a unos tipos en puestos avanzados, por lo general de dos en dos. Así van las cosas, ya sabéis. No hay nada que hacer más que trabajar y beber. A veces el trabajo consiste en interceptar mensajes en clave de los rusos y los chinos, a veces el trabajo apenas es un trabajo pero alguien te paga y no hay mujeres y no hay nada que hacer más que beber. Y como sabe cualquiera con dos dedos de frente, a veces incluso cuando hay mujeres, lo mejor que se puede hacer es beber.

Pues había dos tipos en el puesto avanzado. Hacían su trabajo pero no había nada. Se dedicaban a esperar y beber. Uno de los alicientes de beber es que te puedes poner muy borracho, sumamente borracho, y lo único que tienes que hacer es salir por la puerta hacia toda esa blancura de oxígeno pura, fría y despejada, y respirarla, y vuelves a estar sobrio y puedes empezar a emborracharte otra vez. Lo mismo pasa con una resaca, sales, respiras y la blancura engulle la resaca.

Así pues, en cierta ocasión, una noche, uno de esos dos tipos sale y respira la blancura. Se estaba bien allí fue-

157

ra. Se quedó allí un rato. Su amigo siguió bebiendo y escuchando discos antiguos de Eartha Kitt. Luego echó algo en falta. Salió a buscarlo. Su colega estaba congelado. No se podía hacer otra cosa que dejarlo allí. Transcurrirían cuatro meses antes de que volvieran a establecer contacto con seres humanos para que los llevasen de regreso a la civilización. Abre otra botella, enciende el aparato, intercepta el mensaje en clave acerca de que esos cabrones de chinos rojos tienen intención de lanzar bombas H sobre todas las tiendas de segunda mano de la ciudad de Pasadena.

Siguió pasando el tiempo y en realidad allá arriba no existe el tiempo. Permanece estático. No se mueve. Igual orinas o defecas, pero no existe nada parecido al tiempo, no en ese blanco silencio helado. No hay nada en absoluto si ahí no hay nada. Necesitas que te recuerden que hay algo ahí. Necesitaba que le recordaran que había algo allí. Y empezó a sentirse un poco solo. Así que salió y recogió a su compañero y lo dejó apoyado en una silla. Abrió la ventana para que su compañero siguiera en estado sólido y lo dejó al lado de la ventana. Y empezó a beber y a hablar con él.

Las cosas parecían ir mejor. Bebía y hablaba con su colega. Lo mejoró haciendo que su compañero le respondiera. Decía algo y su colega le contestaba. Era como en los viejos tiempos.

Pero una noche (¿un día?) se torció. Fue por causa de Clare. Siempre había tenido el pálpito de que su colega lo había engañado con Clare aquella vez que fue a Sears para comprar un silenciador nuevo, aunque los dos (Clare y su compañero) siempre lo habían negado. La discusión fue subiendo de intensidad; las negaciones siguieron a las acusaciones, las acusaciones siguieron a las negaciones y las copas se sucedían. La furia y la mentira lo superaron y después de un triple de un mejunje con una graduación del cien por cien, cogió una pistola y le disparó a su colega. Luego se echó a dormir. Los meses transcurrieron. Cuando llegaron lo encontraron y encontraron a un muerto con un disparo. Lo acusaron de asesinato. Por suerte, la autopsia demostró que su compañero llevaba mucho tiempo muerto antes de recibir el disparo.

La del cocinero me gustó más.

Este domingo, el 15 de abril de 1973, fue el primer domingo de carreras de caballos en el estado de California. El público era un tanto diferente del público de los sábados, aunque también había gente de la que va los sábados; al menos los que aún tenían algo de la paga. Había 40.954 espectadores y para algunos era el primer día que iban al hipódromo.

Montaron mesas y repartieron folletos gratuitos, explicando las complejidades de las apuestas. Había más niños en cochecito de los que había visto nunca. Y era evidente que buena parte de los espectadores eran nuevos: se mantenían en grupos y se apelotonaban en la línea de llegada. Cualquiera sabe dónde se escondía esa gente los sábados. Pero había que hacer algo para incrementar la asistencia, conque el hipódromo decidió trasladar las carreras del martes al domingo. Creo que el hipódromo obtuvo permiso para celebrar carreras tres domingos. Luego tendrían que recibir la aprobación de Sacramento.

Las iglesias y otros grupos empresariales dominicales están oponiéndose con dureza a las carreras de caballos en domingo. Pero yo diría que ahora ya no hay quien lo pare, ni Dios mismo. El hipódromo y el estado se dividen más o menos a medias todos y cada uno de los dólares de las apuestas una vez repartidos los premios, lo que supone en torno al 15 por ciento. Es imposible que hagan ascos a los ingresos tributarios extras resultantes de las carreras en domingo. Hollywood Park afirma que en el hipódromo se apuestan más de dos millones de dólares al día. Eso no significa que vengan 40.000 personas al hipódromo con dos millones de dólares. Significa que las mismas personas vuelven a apostar el mismo dinero en las máquinas de apuestas mutuas durante nueve carreras (los que aguantan) y que el estado y el hipódromo se llevan su tajada del mismo dólar una y otra vez.

Por ejemplo, es posible ir a las carreras con dos dólares y, ganando algo aquí y allá, es posible volver a apostar esos mismos dos dólares una y otra vez durante nueve carreras. Igual los pierdes al final, pero mientras tanto la máquina de apuestas de ahí fuera que muestra los números ha deducido automáticamente el 15 por ciento de 18 dólares (dos por nueve). Es pura magia, ¿verdad? Se podría decir que si apuestas dos dólares nueve veces con una deducción del 15 por ciento, estás soportando una deducción de nueve veces el 15 por ciento, que según esa teoría equivale a soportar una deducción del 135 por ciento, lo que igual explica por qué la mayoría de la gente se deja en el hipódromo todo lo que ha llevado.

Otros matemáticos dicen, no, no es así, la deducción sigue siendo del 15 por ciento. No lo sé. Lo único que sé es que solo una persona de cada veinte sale del hipódromo con ganancias. Si hubiera la más mínima decencia, esos lugares tendrían que clausurarse, pero los ingresos tributarios no lo permiten. Es como lo de reconstruir Vietnam, simplemente se gana mucho dinero haciéndolo saltar por los aires y arrasándolo bajo una tormenta de mierda. Eso también es pura magia: se obtienen beneficios destruyéndolo y se obtienen beneficios reconstruyéndolo, pero las dos cosas se hacen bajo el pretexto de la moralidad y la rectitud.

Como es natural, alguien sufre en alguna parte entre una cosa y otra. El hipódromo también es una guerra. Pilla una cámara y graba las caras de los que se van después de la novena carrera. Otra vez tangados. Así funciona la democracia. Los torturados se someten a la tortura, se ofrecen voluntarios. Las carreras de los domingos han llegado para quedarse. La guerra está por todas partes y el hombre de a pie nunca podrá escapar. Lo machacarán y exprimirán a impuestos, lo timarán y le sisarán los porcentajes sin que pueda hacer nada por evitarlo. Y gritará y beberá cerveza mala, lo perderá todo y, al salir, dirá: «Bueno, qué coño, he perdido pero me lo he pasado bien.» Lo que quiere decir es que no tenía imaginación para saber qué hacer con el tiempo ni el dinero, así que se lo pasó a otros que resolvieron el problema. Lo que quiere decir es que pasarlo bien consistía en no usar el ingenio y simplemente se lanzó por el tobogán. Y el lunes por la mañana el reloj registrador seguirá ahí y algún otro dispondrá lo que tiene que hacer.

¿Veis por qué voy al hipódromo? Aprendo un montón de cosas sobre la humanidad.

Sea como sea, las carreras de los domingos han llegado como los salones de masaje. Os veré por ahí este domingo de Pascua. Soy un ciudadano de California como es debido. Estoy asfaltando las carreteras y construyendo escuelas, pagando a los polis y procurando que sigan abiertos los psiquiátricos. Y si os acercáis con sigilo y cierta elegancia, es posible que os sugiera el ganador de la siguiente carrera. Si creéis que soy un tipo que va por ahí escribiendo historias guarras, *estáis* locos. Aunque la semana que viene debería volver con una de esas. Esto de escribir cosas serias carece de divinidad y fervor. ¿Cómo pueden seguir haciéndolo todos esos? Ni siquiera sé cómo acabar estos textos. Supongo que así: FIN.

Era en Washington, D.C., en una fiesta privada pero muy concurrida, algo más de 200 invitados, y Danny James (se rumoreaba que había donado 50.000 dólares al gobierno para las últimas elecciones) y su novia estaban por ahí, con una copa en la mano. Danny James, exartista, ahora jubilado. No del todo jubilado porque se rumoreaba que la había cagado con un encargo para hacer de presentador que había ido a parar a Bob Hope: perdió los estribos cuando el servicio secreto se negó a dejar que uno de sus amigos de Las Vegas actuara sin tener la autorización pertinente. Entre otros rumores estaba el de que James hacía funciones privadas a menudo para el vicepresidente en su casa.

Mientras Danny y su novia estaban por allí con una copa en la mano, se acercó a Danny una columnista que le hizo una pregunta. James contestó: «¿Quién demonios te has creído que eres? Si quieres verme, escríbeme una carta.»

La columnista se esfumó para ser sustituida por otra. Danny dijo: «Vete de aquí, escoria. Vete a casa y date un baño. No quiero hablar contigo. Me voy de aquí para alejarme de tu hedor.» Se volvió hacia su novia: «Este hedor es de esa.»

Luego Danny James se giró hacia la columnista: «No eres más que un coño de un par de dólares. C-O-Ñ-O, sabes lo que significa, ¿no? ¡Has estado abriéndote de piernas por un par de dólares toda la vida!»

La señora Blanche Delmore, la columnista, se rio al principio. Luego se alejó y se echó a llorar. Danny James le había metido 2 dólares en la copa del cóctel, acompañados por el comentario: «Aquí tienes un par de pavos, guapa, es lo que tienes por costumbre.»

Su marido, Henry Delmore, cogió una servilleta de papel y la señora Delmore se la llevó a la cara para llorar. Todo el mundo en la fiesta había oído los comentarios. Su marido la consoló un poco más, luego se la llevó a casa. Henry sirvió dos copas cuando llegaron a casa y hablaron del asunto mientras se desvestían.

—¡Ay, Henry, qué horror, qué horror, qué horror! ¡Creo que me voy a morir! —Se echó boca abajo en la cama.

—Mañana por la mañana te sentirás mejor, querida. —Henry se tomó su copa, luego se tomó la de Blanche. Apagó la luz y durmieron...

Después de que Henry se fuera a trabajar esa mañana, Blanche se recostó en la cama con su teléfono rosa. Primero llamó a la oficina: «¿Bridget? Ay, Bridget, esta mañana sencillamente no *puedo* ir a trabajar... Es que..., ay, ¿sale en la prensa? ¿En *todos* los periódicos? ¡Ay, Dios, no!»

Colgó enseguida, luego se quedó sentada con el teléfono rosa delante, pensando. Se levantó, fue al cuarto de baño y orinó. Estaba otra vez en la cama, recostada con el teléfono rosa al lado cuando entró su madre.

—¡Dios mío, Blanche, tienes un aspecto HORRIBLE! ¿Qué pasó?

—Fue en la fiesta. ¡Danny James me insultó! ¡Fue tremendamente grosero! ¡No me había pasado nada tan burdo e injusto en toda mi vida!

—¿Qué dijo?

—¡Ay, madre, *por favor!*

—¡Blanche, quiero *saberlo!*

—¡Por favor, *madre!*

—¡Blanche, *soy* tu madre!

—Me dijo que era un coño de un par de dólares.

—¿Qué es un «coño», Blanche?

—¿Qué?

—He dicho: «¿Qué es un coño?»

—Ay, madre, me toma el pelo. No *estoy* para bromas. En absoluto. Ni de lejos.

—Blanche, quiero saber qué es un «coño».

—¡Madre, haga el favor de dejarme en paz! ¡Por favor, por favor, por favor!

La madre de Blanche salió de la habitación y esta descolgó el teléfono rosa para marcar.

—Hola, Annie. ¿Está Wayne Brimson? ¿Cómo? ¿Murió anoche? ¿En un ascensor? Ay, Dios mío, ¿qué está pasando? ¿Qué está pasando?

Blanche colgó. Wayne Brimson era su abogado.

Se abrió la puerta y apareció la madre de Blanche.

—Madre, ¿quiere hacer el favor de dejarme en paz? ¿Quiere hacer el favor, antes de que me vuelva loca?

Se cerró la puerta.

Tengo que buscar otro abogado, pensó. Pero Wayne y yo éramos muy buenos amigos, y era razonable.

Sonó el teléfono. Contestó. Era una voz de hombre, profunda, grave, lenta y sonora.

«Ese coño tuyo de un par de pavos huele como las hemorroides del culo de un mono.»

El hombre colgó.

Entonces recordó a John Manley. Era un abogado bastante decente y tenía buena reputación. Marcó. John contestó.

–Oye, John... Ah, ¿te has enterado? Fue terrible, John, y es todo verdad... ¿Cómo? No, no pasa nada. Lo único que quiero es una disculpa. Nada más, solo una disculpa. No es pedir demasiado, ¿verdad, John? Sí, Henry lo lleva bien. Claro, está tan molesto como yo. De acuerdo, ¿te ocuparás del asunto? Nada más que una disculpa, eso es lo único que pido.

Colgó, paseó de aquí para allá por la habitación, miró por la ventana, luego se sentó al tocador y empezó a cepillarse el pelo. Sonó el teléfono. Se acercó y contestó.

Era una voz de hombre otra vez, pero esta vez más aguda y mucho más juvenil.

«Oye, guapa, igual tienes un coño de un par de pavos, pero me da igual. Te voy a endilgar la polla en ese coño de 2 dólares y te la voy a meter hasta el fondo, los 30 centímetros, me voy a correr, voy a llenarte de jugo blanco ese coño de un par de pavos. ¿No te pones cachonda al imaginártelo? A mí me pone cachondo. Voy a correrme a chorros en...»

Blanche colgó. Fue al cuarto de baño y llenó la bañera. Se dio un largo baño caliente, se tomó un somnífero, se secó con la toalla, se limpió los dientes, se puso el camisón otra vez y se volvió a acostar. Después de esperar una hora, se durmió.

No tenía idea de cuánto rato había estado dormida pero la despertó el teléfono. Era John Manley para decirle que Danny James se negaba a disculparse, al menos por escrito.

–Pero ¿por qué? ¿Por qué?

John contestó que no lo sabía, solo había hablado con

el abogado de James, pero seguiría indagando, procuraría averiguar algo más.

Mientras tanto, se rumoreaba que, si bien en secreto, el presidente de Estados Unidos en persona estaba furioso por causa del incidente y porque James era amigo íntimo del vicepresidente.

–Esto tiene toda suerte de implicaciones –comentó John Manley, y colgó.

Cuando la pequeña Gladys volvió a clase del colegio donde cursaba primero, estaba llorando.

–Mamá, los niños me han llamado «coño». Me lo han gritado una y otra vez: «¡Coño! ¡Coño! ¡Eres un coño! Mamá, ¿qué es un coño?»

–Gladys, haz el favor de dejar sola a tu madre. ¡No se siente bien!

Gladys salió del cuarto. Volvió a sonar el teléfono. Era el hombre de la voz aguda otra vez. «Puedo correrme seis veces en una noche. Seis veces puedo llenarte ese coño de jugo a chorros. Puedo volverte loca. Puedo...»

Blanche colgó.

La cena fue lúgubre esa noche, Blanche, Henry, Gladys y la madre de Blanche. La madre de Blanche había preparado la cena: rollo de carne picada, puré de patatas, guisantes, ensalada con aceitunas, panecillos horneados... La conversación se ciñó a temas generales durante un rato, luego la madre de Blanche se volvió hacia Henry:

–Henry, ¿qué es un coño?

–¡Ay, por el amor de Dios, Grace!

–Quiero saber qué es un coño. ¿Por qué no me dice nadie qué es un coño?

–Sí –se sumó Gladys–, yo también quiero saber qué es un coño.

–¡Henry –dijo Blanche–, he recibido unas llamadas de teléfono horribles, sumamente horribles!

–¿Ah, sí?

–Obscenas, sumamente obscenas..., dos hombres..., uno con la voz aflautada, el otro con una voz lenta y grave...

–¡Malnacidos!

–Lo sé. ¿Qué podemos hacer?

–Tiene que haber algo que podamos hacer. La compañía telefónica, el FBI, alguien...

–A ver –dijo la madre de Blanche–. ¡EXIJO SABER QUÉ ES UN COÑO!

–Ay, madre, por favor...

–¿Henry?

–¿Sí?

–Llévala a la otra habitación y díselo.

–¿Qué?

–Llévala a la otra habitación y díselo.

–¿En serio?

–En serio. Ya no lo puedo soportar.

Henry y su suegra se fueron a la cocina. Él cerró la puerta. Se sentaron separados por un jarrón con rosas medio marchitas.

–¿Y bien? –dijo Grace.

–Bueno, madre, «coño» es un término más bien vulgar para referirse a algo que toda mujer posee.

–¿Tengo yo uno?

–Seguro que sí. Pero me sorprende que no haya oído nunca el término.

–Henry, me crié entre personas temerosas de Dios.

–Ya.

–Henry, ¿dónde tengo el coño?

–Ahí abajo.

–¿Ahí abajo?

—Entre las piernas.

—¿Ahí abajo?

—Ahí.

—¿Me lo estoy tocando?

—Sí.

—Bueno, ¿qué tiene de malo el coño? Es parte del cuerpo.

—Claro.

—Entonces, ¿por qué está tan disgustada Blanche?

—Ese hombre insinuó que era uno barato de 2 dólares, en otras palabras, una prostituta barata.

—¿Henry?

—¿Sí?

—¿Qué es una «prostituta»?

—Ay, Dios mío, Grace...

—¿Por qué te enfadas?

Henry se levantó de la mesa, abrió la puerta, fue a la otra habitación y se sentó en un sillón. Blanche y Gladys estaban sentadas en el sofá.

—¿Se lo has dicho?

—Sí.

—Entonces, ¿qué pasa? Pareces molesto. Soy yo la que debería estar molesta, he estado recibiendo esas llamadas...

Se abrió la puerta y entró Grace.

—Oye, Blanche, tengo que saber qué es una prostituta. Él no me lo quiere decir...

Henry se levantó.

—Bueno, tengo que ausentarme un rato...

—¡Henry, no te *atrevas* a abandonarme en medio de semejante crisis!

Henry se marchó de todos modos. Se montó en el coche y tomó camino del sur. Se saltó una señal de stop sin detenerse. El país se estaba yendo al infierno. Primero el Watergate y ahora esto...

En la casa, sonó el teléfono. La madre de Blanche llegó primero. Era una voz de hombre, con un tono regular.

—Hola —dijo la madre de Blanche.

—Oye —repuso la voz—, voy a comerte todo el coño con la lengua. Te voy a hacer trizas el puto coño a mordiscos. Te voy a volver loca, te voy a chupar el coño hasta arrancártelo, te voy a...

La madre de Blanche sostenía el teléfono entre las manos pero el auricular se le había caído y giraba y oscilaba en el aire colgando del cable. Cuando la madre de Blanche acabó de lanzar el primer grito, empezó a lanzar otro. Y por el auricular del teléfono, que oscilaba de aquí para allá casi a ras de suelo, se oía su voz:

—Ja, te he puesto cachonda, ¿verdad que sí, guapa? Te he puesto cachonda, ¿verdad? Ja, ja, ja...

Emil y Steve eran los tipos más requeteduros de nuestro instituto de secundaria, el instituto de Hampton Road, y Hampton Road era el instituto más duro de la ciudad, y estábamos en la zona oeste, cosa poco habitual. Simplemente era así. Crecimos rápido. Morrie Eddleman tenía más pelo en el pecho que ningún hombre que hubiera visto en mi vida. Pero la mayoría de los chicos habíamos crecido rápido, y mucho. Casualmente estábamos todos en el mismo curso. Fue una casualidad. Nelson Potter tenía la polla como un caballo y las chicas se mantenían alejadas de él pero hablaban de él y nosotros también hablábamos de él.

Ya cuando estábamos en cuarto nuestro equipo de béisbol ganaba a los de sexto, y cuando llegamos a sexto, los chicos del instituto de Templeton solían venir después de clase y les ganábamos al béisbol. Morrie Eddleman era un bateador de los mejores. Las pelotas golpeaban el lateral de la escuela con tanta fuerza que tuvieron que poner barrotes de hierro para que no se rompieran las ventanas. Nos compramos todos gorras de béisbol azules y nos las poníamos para jugar y siempre ganábamos. Teníamos buen

171

aspecto con esas gorras de béisbol azules, los chicos del instituto nos tenían mucho miedo pero fingían no tenérnoslo. Yo no era de los titulares, estaba en el banquillo, pero aun así llevaba la gorra azul. Emil y Steve eran los tipos duros de verdad, eso sí, Emil y Steve Yuriardi. Eran tan duros que ni jugaban al béisbol. Emil estaba en sexto y su hermano en quinto. Pero Steve era casi tan duro como Emil. Esos se quedaban detrás de la malla de protección y miraban. Llevaban unas muñequeras de cuero, fumaban cigarrillos en el hueco de la mano y nos miraban. Y miraban a las chicas como si pasaran de ellas.

Cuando no había partido de béisbol después de clase, había una pelea, siempre había una pelea, y los maestros nunca andaban por ahí, no había nadie por ahí, y no eran siempre Emil y Steve los que zurraban a alguien, a veces eran otros los que lo hacían. Siempre pillaban a algún nenaza, algún tipo bien vestido, y zurraban al nenaza, le daban de hostias. El que fuera arrinconaba al nenaza contra la verja y nos reuníamos alrededor para mirar. Bueno, las palizas eran de las buenas, pero hasta los nenazas del instituto de Hampton Road eran duros. No lloraban nunca, con la nariz y la boca ensangrentadas, se quedaban contra la verja de tela metálica y hacían lo que podían. Bueno, parecía que estaban derrotados, tenían las manos delante de la cara para intentar protegerse de los golpes y entonces de pronto lanzaban un puñetazo y acertaban. Nunca suplicaban ni pedían misericordia. Nuestro instituto era duro de verdad.

Todos éramos blancos salvo Emil y Steve, que no eran negros ni mexicanos, pero tenían la piel oscura, de un tono marrón oscuro uniforme, y se los veía rudos, eran rudos, nunca hablaban con nadie y siempre iban juntos, mirando con desprecio a las chicas y mirándonos con desprecio a nosotros. No se metían en muchas peleas porque nunca decían nada y no tropezaban con nadie y así era como empezaban las trifulcas, al hablar o tropezar. No sé cómo se metían en peleas pero, cuando lo hacían, aquello era casi una masacre. No se dejaban llevar por la emoción. Guardaban las distancias, lanzaban puñetazos y cada golpe alcanzaba el objetivo. No fallaban un montón de puñetazos como el resto de nosotros. Y no eran tan altos como la mayoría pero eran fornidos y eran crueles. Yo admiraba mucho a Steve. Incluso en mitad de una pelea a veces se tomaba su tiempo para mirarnos a los que estábamos alrededor; nos ofrecía el mismo gesto desdeñoso y luego una sonrisilla mínima y, cuando lo hacía, quería decir: mira, esto también te puede pasar a ti, y entonces pegaba un puñetazo de los más fuertes. Hubiera dado cualquier cosa por ser Steve.

No sabía cómo lo llevaba Steve en clase porque iba un curso por detrás, pero Emil se portaba como un idiota en clase. No era idiota, eso se le notaba en los ojos y en la manera de sentarse, pero se comportaba como tal, le gustaba hacer el idiota. La señorita Thompson le preguntaba: «A ver, Emil, ¿cuál es la capital de Perú?», y Emil no contestaba, se quedaba mirando a la señorita Thompson con esa mirada fija. Y la señorita Thompson repetía: «Emil, ¿cuál es la capital de Perú?», y Emil seguía sin responder. Y luego contestaba: «No sé.» Por la manera que tenía de decirlo parecía que la insultaba.

—Emil, ¿estudiaste anoche?

—No.

—Emil, vete al pasillo.

Emil se levantaba a su manera, con lentitud y despreocupación, con desdén, abría la puerta y se iba.

—Henry, ¿a qué viene esa cara de desprecio?

Eso siempre me sobresaltaba porque no me había dado cuenta de que hubiera puesto cara de desprecio.

173

—Henry, ¿cuál es la capital de Perú?

Sabía que la capital de Perú era Bolivia, pero no quería que los chicos me tomaran por un nenaza.

—No sé.

—Henry, ¿estudiaste anoche?

—No, no tenía ganas de estudiar.

La clase se rio por lo bajo, sobre todo las chicas, y uno o dos chicos rieron en voz alta.

—A ver, un poco de silencio o todo el mundo va a perderse el recreo.

La señorita Thompson me miró fijamente, tenía unos 32 años, lucía vestidos muy ceñidos pero llevaba el pelo recogido en un moño, y sus ojos miraron directamente los míos, y por un momento no pude por menos de pensar mientras le sostenía la mirada: estoy en la cama contigo. La señorita Thompson lo captó de inmediato pero hizo caso omiso.

—Bien, Henry, ¿qué has dicho sobre lo que tenías que estudiar?

Nunca presionaba así a Emil y me pregunté por qué. Supongo que porque Emil era Emil. La clase esperó. Dije:

—Es que no me apetecía estudiar. No me interesa la capital de Perú. No creo que tenga importancia.

Le había oído decirlo a una chica que tenía detrás y me pareció que sonaba ingenioso. Miré a la señorita Thompson y estaba al borde de las lágrimas. Me sorprendió.

—Henry —dijo—, eso es lo que distingue a los seres humanos de los animales, la capacidad para aprender cosas más complejas y desarrollar ideas y sentimientos a partir de ellas, ¿no lo entiendes?

—Los animales no tienen nada de malo.

—Henry, no he dicho que tengan nada de malo. ¿No lo entiendes?

174

La señorita Thompson sacó un pañuelito blanco y se lo llevó a los rabillos afilados de los ojos. Luego volvió a guardar el pañuelo. Había dos bolsillos a cada lado de la falda. Tenía una figura preciosa. Empezó a escribir en un pedacito cuadrado de papel. Luego lo dobló y me miró.

–Henry, quiero que vayas con esto al despacho del director.

La chica que se sentaba detrás de mí y que había comentado lo de que la capital de Perú no tenía importancia me dijo:

–Henry, más vale que le pidas disculpas a la señorita Thompson.

Así pues, cuando fui a coger el papelito doblado para llevarlo al despacho del director, le dije en voz muy baja a la señorita Thompson:

–Señorita Thompson, le pido disculpas, lo siento.

–Tú lleva esta nota al despacho del director, Henry.

Cuando salí por la puerta, Emil estaba apoyado en la pared cerca de la fuente de agua. Se lo veía muy cómodo. Intenté cruzar una mirada con él cuando iba camino del despacho del director pero pasó de mí. Fui hasta allí y abrí la puerta. El señor Waters estaba sentado detrás de su mesa, parecía muy irritado. Había una placa metálica en su mesa: Martin W. Waters, director. Le entregué la nota y él la abrió y la leyó. Luego me miró:

–Hijo, ¿qué te lleva a comportarte así?

No contesté. El señor Waters llevaba un traje de raya diplomática, gris y blanco, con una corbata azul claro. Todo él cobraba forma en torno a esa corbata azul claro. Miré la corbata azul claro.

–Hijo, ya no damos con la regla en la mano a los que se muestran recalcitrantes. Eso dejamos de hacerlo el semestre pasado.

Me dejó allí plantado y leyó la nota otra vez.

–Henry, ¿qué te lleva a comportarte así?

No contesté.

–¿Te niegas a contestar?

No contesté.

–¿Y si se enteran tus padres?

No contesté.

De pronto el señor Waters tiró la nota a la papelera. Me miró.

–Quédate ahí en la cabina de teléfono hasta que te diga que salgas.

Fui a la cabina de teléfono, abrí la puerta, cerré la puerta y me quedé allí. Hacía calor. Miré debajo del teléfono. Había dos revistas. Decidí leerlas para pasar el rato. Eran *Harper's Bazaar* y *The Ladies' Home Journal*. Cerré las revistas y me quedé allí. Era mucho peor de lo que se pueda imaginar. Simplemente era oscuro y sofocante, aburrido y soso, sosísimo, me quedé allí y me dolían las piernas y pasaban los minutos y oía los timbres, y pensaba, sí, es el timbre del almuerzo, y ese es el timbre del recreo de la tarde, y ese es el timbre del final del recreo, y esa es la alarma contra incendios, están saliendo todos al patio y se quedan allí, y ahora suena el timbre del final de las clases, se van a casa o se van a jugar o a pelear, y luego me pareció que transcurría otra hora y por fin se abrió la puerta de la cabina. El señor Waters todavía estaba irritado, y dijo: «Bien, Henry, ahora ya te puedes ir a casa.»

Me fui a casa porque no estaba de buen ánimo y al día siguiente en clase la señorita Thompson se comportó como si no hubiera pasado nada, la clase entera se comportó como si no hubiera ocurrido nada. Ese día no ocurrió gran cosa salvo que una vez la señorita Thompson hizo chirriar la tiza contra la pizarra sin querer como a ve-

176

ces ocurre y lanzamos exclamaciones y ella se volvió y se rio. Eso fue todo. La señorita Thompson no me hizo ninguna pregunta ni le hizo a Emil ninguna pregunta; les preguntó sobre todo a las chicas.

«HIJO, ¿QUÉ TE LLEVA
A COMPORTARTE ASÍ?»

Después de clase jugamos otro partido de béisbol con los chicos del instituto Templeton y ellos lo sabían y nosotros lo sabíamos: que les ganaríamos, pero solo era cuestión de por cuánto y cada vez que venían les dábamos una paliza mayor. Me puse la gorra azul y me senté en el banquillo. Íbamos ganando 7 a 3 al final de la cuarta entrada cuando uno de los suyos rozó una con el bate y la pelota salió desviada hacia lo alto de la malla de protección y fue a parar al otro lado. Yo estaba sentado en el extremo del banquillo y me levanté y fui corriendo y, cuando la pelota pasó por encima de la malla, seguía corriendo y en pleno movimiento atrapé la pelota cuando caía, rodeé tranquilamente la malla de protección con ella y se la pasé a nuestro lanzador, bien fuerte. Pero no fue un lanzamiento preciso. Se desvió bastante hacia su derecha, rebotó con fuerza al lado de nuestro parador en corto, que no se esforzó mucho por cogerla, y rodó hasta donde se encontraba Morrie

Eddleman, que ya había hecho un *home run* y ahora estaba en segunda, y este la recibió limpiamente y se la envió de un solo pase largo a nuestro lanzador, Clars Thurman. Thurman la atrapó y le hizo un tercer *strike* a un tipo 3 años mayor. Íbamos a ganar otro partido, fácilmente.

Fue entonces cuando me di cuenta de que Emil me estaba mirando. Me seguía con la vista. Estaba detrás de la malla de protección. Lo miré y pensé: Bueno, allá va. Me levanté y fui hacia él. Su hermano Steve estaba justo a su lado pero Steve miraba a otra parte. Fui hacia ellos. Rodeé la malla de protección por un lado y me dirigí hacia ellos. Los dos llevaban muñequeras de cuero. Me acerqué, Emil no me quitaba ojo. Llegué a unos 3 palmos y me detuve. Me dirigió una levísima mirada de desdén y me indicó que me acercara más. Avancé otro paso. Seguía mirándome con esa mirada fija. Entonces me planté justo delante de él, aunque creo que yo tenía los ojos cerrados, casi cerrados. Pero vi cómo levantaba la mano del costado y la tenía medio cerrada y en el hueco sostenía un cigarrillo, vi cómo se ensortijaba el humo, me tendió el cigarrillo y alguien estaba gritando acerca de algo que había ocurrido en el partido de béisbol, y noté el pitillo en la mano, lo envolví, lo cubrí y, con toda discreción, estoy seguro de que no lo vio nadie, le di una buena calada, lo aspiré, inhalé, aguanté el humo dentro, le devolví el cigarrillo sin que nadie más alcanzara a verlo, luego me quedé allí y dejé escapar el humo sin hacer el menor ruido. Después volví y me senté en el extremo del banquillo. Vi el resto del partido. Les dimos una buena paliza, 13 a 4, y no volvieron nunca más.

UN DÍA EN LA VIDA DEL DEPENDIENTE DE UNA LIBRERÍA PARA ADULTOS

Era la típica librería para adultos: hojas de datos sobre caballos de carreras, el *Formulario de apuestas*, los diarios... Además, estaba dividida en tres secciones: la sección legal con las revistas normales y los libros de bolsillo no pornográficos; la sección a la que se entraba por una puerta batiente donde estaban las publicaciones porno, y la sección que llevaba de la sección porno a la galería interior donde se podía ver una peliculilla guarra por 25 centavos. Había que pagar 50 centavos para entrar a la sección porno pero te daban una ficha plateada que luego se podía canjear.

Era el primer día de Marty en ese trabajo y tenía el turno de día. Estaba en la plataforma elevada desde la que se veía toda la sección porno. No alcanzaba a ver la galería interior.

Bueno, parecía un trabajo mejor que el de la fábrica de muebles. Era un sitio limpio y tranquilo. Se podía contemplar el bulevar y ver pasar los coches, se podía ver pasear a la gente. La parada de taxis amarillos estaba justo delante.

Eran las ocho y cuarto de la mañana. Entró un tipo de unos 35 años con camiseta amarilla y patillas largas. Pantalones grises, brazos largos, zapatos blancos y negros, la cara

179

muy rosada y limpia, los ojos azules grandes y abiertos. Se quedó allí y miró a Marty.

–¿Tienes algo sin pelo en el chumino?

–¿Qué?

–Jovencitas, tío.

–No sé.

–¿No lees el material?

–No lo leo.

–¿Tengo que pagar 50 centavos para probar suerte?

–Así es.

El tipo desembolsó los 50 centavos, Marty le dio la ficha y entró por las puertas batientes. Ya había otros dos tipos allí. Transcurrieron 30 minutos. El tipo de la camiseta amarilla salió.

–Ahí no tienes una mierda, tío. Deberías tener algo de tías sin pelo en el chumino.

Marty no contestó.

–Pero he visto algo, en una de esas vitrinas. Una máscara de esas. ¿Por cuánto sale una máscara de esas?

–6,95 dólares, más impuestos.

–Me llevo una.

Marty cogió una de debajo del mostrador. Era una máscara de una niña llorando. Tenía la boca abierta. Era de goma y el orificio de la boca tenía forma de tubo para meter el pene. Marty restó la ficha de 50 centavos del total, metió el artículo dentro de la caja en una bolsa de papel marrón, se lo dio al tipo junto con el cambio y este se largó.

Entró otro tipo, le dio a Marty en silencio los 50 centavos, aceptó la ficha y accedió a la sala porno. Entonces entró un apostador.

–Dame el número 4 –dijo.

–El número 4, ¿de qué?

–El cuarto *Formulario* empezando por arriba.

Marty contó 4 desde arriba, lo sacó y aceptó el dólar.

–Voy a apostar al caballo número 4 en la cuarta carrera, además de a cualquier caballo que esté 4 a 1 en las apuestas.

Luego se marchó.

A continuación, salió uno de los que estaban en la sala del fondo. Le devolvió la ficha pero Marty le había visto recortar una foto de una revista con una cuchilla. También había estado en la galería. Entonces salió un tipo joven, de unos 22 años, por las puertas batientes.

–La hostia.

–¿Qué pasa? –preguntó Marty.

–La hostia, algún tipo se ha corrido encima de la ranura para meter monedas de una de las máquinas que tenéis ahí. Está pringada de semen.

Marty cerró la caja registradora y entró allí. Era verdad. La ranura para meter monedas de una de las máquinas estaba pringada de semen. Marty fue al cagadero, cogió un puñado de papel higiénico y limpió la máquina. El título de la película era *El mejor amigo de una chica: un perro*.

En torno a las once y media entró un tipo y compró una muñeca hinchable. La muñeca costaba 20 dólares.

–Oye –dijo el tipo–, ¿me la hinchas? Tengo asma.

–Yo tengo un enfisema –repuso Marty–. Vas a tener que llevarla a una gasolinera.

–De acuerdo –dijo el tipo.

–¿No quieres unas braguitas negras de encaje para ella?

–Déjame verlas. Déjame tocarlas.

Marty le alcanzó al tipo las bragas negras de encaje. Las palpó.

–¿Cuánto valen?

–6,95 dólares.

–Vale, me las llevo.

–¿Y alguna peluca bonita? Tenemos rubias, morenas, castañas, pelirrojas y grises.

–No, creo que ya he gastado bastante. Igual más adelante. Me llevo la muñeca y las bragas.

Había que almorzar detrás del mostrador. Marty cerró la caja registradora, fue al puesto de comida mexicana, pidió el menú con enchilada y una coca grande. Se lo llevó a la tienda y comió sentado junto a la caja registradora. Hacia la una entró una chica joven. Debía de tener unos 21 años. Marty le pidió el carné. Tenía 21 años según el carné. Quería ver los consoladores. Quería ver todos los consoladores.

–Sácalos todos –dijo.

Marty los dispuso encima del mostrador. Había de siete clases. La chica cogió uno.

–¡Esto no sirve para nada!

–¿Qué le pasa?

–Mira –dijo la chica pasando el dedo por la parte superior del consolador–, aquí hay como una estría que sobresale. Esto no sirve para nada.

–Esos de plástico son los más baratos. ¿Por qué no pruebas con otro?

La chica le devolvió el consolador.

–¿No tenéis ninguno negro?

–No.

–Deberíais tener alguna polla negra.

–Supongo.

Al final la chica escogió tres consoladores. Por lo visto prefería el que tenía unas venas gruesas en relieve. Marty metió los consoladores en una bolsa marrón y le chica se marchó. Entonces a Marty le entraron ganas de mear. Cerró la caja registradora y cruzó la sala porno hasta la galería. Había que atravesar la galería para llegar al cagadero. Había un tipo mirando una de las máquinas y masturbándose. Marty fue al baño, meó y, cuando salió, el tío seguía masturbándose. Al volver a la caja registradora había un tipo esperando.

–Quiero las manos –dijo el tipo. La mano era de goma y tenía unos cablecitos en el interior. Los cables permitían ceñir la mano en torno al pene y luego se enchufaba la mano a la corriente y los dedos se movían.

–¿Las manos? –preguntó Marty.

–Sí. Quiero veinte manos.

–¿Veinte manos?

–Sí, veinte manos.

Marty contó veinte manos y el tipo las pagó. Se fue con las manos en una bolsa grande de papel.

Sonó el teléfono. Era su jefe, Herman. Herman había cumplido una condena de 19 años por atraco a mano armada. Ahora era propietario de 22 librerías para adultos.

–¿Qué tal va? ¿Algún problema?

–Bien. Ningún problema.

–¿Qué caja has hecho?

–Unos 90 dólares.

–Seguro que llegas a los 150 antes de que acabe tu turno.

–Supongo.

–Oye. Tengo un problema. Me he quedado sin el dependiente de la tienda de Hollywood. Lo han pillado los putos polis.

–¿Qué ha pasado?

–Bueno, estaba viéndose con la mujer del conserje. Estaba con ella hace unas noches, se levantó y la estranguló. Luego despedazó el cadáver y lo enterró en Griffith Park. Después, mientras dormía, aparecieron dos tipos y le quitaron el coche por impago. Cuando abrieron el maletero se encontraron dos manos. Se había olvidado de las manos. Los polis vinieron y lo trincaron. Era un buen dependiente. Llevaba dos años conmigo. Era un tipo legal. Con él no tenía de qué preocuparme. Es difícil encontrar a un tipo que no te robe.

–Sí, supongo.

–Siempre están robándote. Les das un trabajo y te roban.

–Sí.

–No conocerás a algún tipo legal, ¿verdad? Me hace falta alguien para el turno de noche.

–No, no conozco a nadie legal, lo siento.

–Bueno, vale, ya encontraré a alguien.

–De acuerdo.

Herman colgó.

La tarde continuó. Hacia las cuatro y media salió un tipo de la galería.

–Esos hijos de puta viven ahí –le comentó a Marty–. Está oscuro y apesta, se la chupan unos a otros.

Marty no contestó.

–¡Como si no fuera suficiente –dijo el tipo–, ahora alguien se ha cagado ahí detrás!

–¿Qué?

–Sí, un obseso de la mierda. Tienes un cliente que es un obseso de la mierda. Ocurrió lo mismo el martes pasado. ¡Hay una mierda enorme y apestosa ahí atrás, justo en mitad de la sala!

Marty fue hasta allí con el tipo y encendió la luz. Había un tipo en una de las máquinas, masturbándose.

–¡Eh –dijo el tipo–, apaga la puñetera luz!

Había una mierda justo en mitad de la sala. Era enorme y apestaba, apestaba a base de bien.

–¿Te has cagado tú en el suelo? –le preguntó Marty al tipo de la máquina. El tipo había vuelto a centrarse en el visor y seguía masturbándose.

–Oye, te he preguntado si te has cagado en el suelo.

–Me estás jodiendo la peli. Vas a tener que devolverme los 25 centavos.

–Vale, te voy a devolver los 25 centavos. ¿Te has cagado tú en el suelo?

El tipo de la máquina señaló al otro tipo.

–No, ha sido él.

El otro tipo miró a Marty.

–Oye, ¿tú crees que me cagaría en el suelo y luego iría a avisarte?

–Lo hace constantemente –insistió el de la máquina–. Solía hacerlo con el tipo que trabajaba aquí antes.

BUK

«¿ME LA HINCHAS?»

–Eres un puto mentiroso –dijo el otro tipo.

–¿A quién llamas mentiroso? Voy a partirte la cara. ¡Odio a los putos obsesos de la mierda!

El de la máquina se metió el pene en los pantalones, se subió la bragueta y fue hacia el otro tipo.

–Venga –dijo Marty–, aquí no queremos peleas.

Marty buscó un periódico viejo, recogió la mierda con el periódico viejo y la llevó al retrete. Tuvo cuidado de no

185

echar el periódico al retrete. El mayor problema, sin embargo, fue que mientras estaba allí atrás alguien podía estar robando algo delante. Tenía que salir una y otra vez de la galería para vigilar a los clientes y luego volver a limpiar la mierda.

Cuando Marty terminó, el de la máquina pidió otra moneda de 25 centavos. Marty se la dio. El tipo la echó a la máquina, se bajó la bragueta, se agarró el pene y se puso a ver la peli. El otro tipo se había ido. Marty volvió al mostrador y se sentó junto a la caja registradora.

Al llegar el del turno de noche, un tal Harry Wells, Harry le preguntó qué le parecía el trabajo.

–No está mal –dijo Marty.

–Tiene sus inconvenientes –señaló Harry–, pero en general, está bien.

–Es mejor que la fábrica de muebles –dijo Marty. Cogió el abrigo y salió al bulevar. Harry tenía razón, en general estaba bien. Tenía hambre y decidió celebrar que tenía un nuevo empleo comiéndose un filete en el Sizzler. Siguió caminando.

La casa estaba en lo alto de las colinas de Hollywood. Era un sitio bonito. Dormían en el jardín tres pastores alemanes. Habían instalado los sistemas de alarma antirrobos más modernos. Pero Herman no podía dormir. Se puso boca arriba, se volvió de costado. Del otro costado. Luego del otro costado. Probó boca abajo. Fue al cuarto de baño. No había un somnífero en toda la casa. Hacía calor. Se sentó en la cama y se fumó un cigarrillo. Luego se tumbó. Probó boca arriba. Probó de un costado y del otro. Dio vueltas, se rascó y se quedó mirando el techo. Al final, su mujer dijo:

–Herman, ¿qué demonios te pasa?

–Joan, ¿puedo preguntarte una cosa?

–Claro.

–¿Lees la prensa?

–Sí, me gusta estar informada sobre el Movimiento de Liberación de la Mujer.

–Lo sé. Eso está bien, pero oye, también hay otros problemas.

–Lo sé, Herman. No soy una esposa idiota. Soy un individuo.

Joan leía revistas como *Playgirl, Ms., Woman* y *California Girl,* entre otras.

–Bien, en eso estoy de acuerdo. Eres un individuo. Ahí no discrepamos en absoluto. No vamos a meternos en un debate del estilo Buckley-Greer.

–Un debate del estilo Buckley-Greer.

–Sí, un debate del estilo Buckley-Greer. Ganó Greer. Pero Buckley no está en contra de la liberación de la mujer, está en contra de algunos aspectos del Movimiento de la Liberación de la Mujer.

Herman se incorporó en la cama y encendió otro cigarro.

–Oye –dijo Joan–, si eso de la Liberación de la Mujer te molesta tanto, más vale que lo hablemos.

–Ni siquiera estoy pensando en eso.

–Entonces, ¿qué pasa?

–Joan, me gano la vida haciendo ciertas películas y publicando ciertos libros.

–Eso ya lo sé.

Herman apagó el cigarrillo.

–Hemos vuelto a la Alta Edad Media, hemos sido asesinados. Han vuelto los victorianos con botines. Las iglesias sonríen de oreja a oreja, de la parroquia al platillo.

–¿Qué quieres decir?

–Quiero decir que hoy el Tribunal Supremo ha aprobado una decisión que hace de la definición de obscenidad un asunto estatal.

–¿Y eso qué significa?

–Significa que lo que no es obsceno en Oakland puede ser obsceno en Twin Falls.

–Eso es imposible. Lo que es obsceno en un sitio es obsceno en otro.

–No, el Tribunal Supremo dice que la obscenidad es un asunto local.

—Así que, ¿tienes problemas?

—Claro, yo distribuyo a nivel nacional.

—Lo tienes merecido por sexista.

—¿Y qué tienes tú merecido porque yo sea sexista?

—Soy tu esposa.

—Tienes una casa bonita en las colinas, conduces un Caddy de 1973, eres socia de los mejores clubes femeninos, tienes una doncella, vas al psicólogo una vez por semana, dispones de la mejor ropa y la mejor comida...

—Y te tengo a ti...

—Bueno, sí, eso de regalo.

—Las mujeres como objetos sexuales. No puedes salirte con la tuya.

Herman fue al cuarto de baño, se echó agua fría en la cara y volvió.

—¿Por qué no pones el aire acondicionado? —preguntó Joan.

—Siempre me resfrío.

—Bueno, yo no.

Herman fue a la habitación de al lado, pulsó el interruptor del aire acondicionado y volvió. Luego se acostó otra vez.

—Más vale que usemos el aire acondicionado. Dentro de poco estaremos arruinados.

—Herman, tenemos doscientos diez mil dólares en el banco.

—No sabes lo rápido que se va el dinero cuando cambia la situación. Vamos a tener que sobornar a los funcionarios locales. Eso no será muy difícil. La mayoría se vende barato. El problema serán los costes judiciales. Así pueden reventarnos el negocio. Estaremos yendo a juicio constantemente.

—Mira, Herman, no quiero que pienses que estoy contra ti. Me preocupo por ti. Pero distribuyes sexismo.

–Distribuyo bazofia. Pero hay gente que la necesita. Les hace felices.

«LO TIENES MERECIDO,
POR SEXISTA.»

–Eso no lo convierte en algo bueno.

–Fue Hemingway el que dijo: «Da igual en lo que creas, si no te hace feliz, estás equivocado.»

–¡Hemingway! ¡Ese cerdo machista! Iba a corridas de toros, se ponía guantes de boxeo, cazaba animales... Era un crío fingiendo ser un hombre. ¡Estaba aterrado de su impotencia, de su homosexualidad!

–Ay, joder –dijo Herman.

–Supongo que tienes algo contra los gais, ¿verdad?

–Mira, en mi negocio, el 80 por ciento de la gente que contrato son maricas.

–Gais.

–Vale, gais.

–Herman, la gente empieza a hacerse valer. La masacre de Wounded Knee. Marlon Brando dice...

–Por favor, Joan. No tienes idea del efecto que puede tener este fallo del Tribunal Supremo. No solo puede cargarse la bazofia que hago, puede afectar a la literatura bienintencionada, la pintura, la escultura, el cine...

–¿El cine? ¿Como *Garganta profunda* y *El último tango en París?*

–Eran buenas películas porque propiciaron un ambiente más abierto...

–¿Te gustaría que tu hijo viera *Garganta profunda?*

–Joan, no tenemos hijos.

–Si tuvieras un hijo, ¿te gustaría que viera *Garganta profunda?*

–Es una pregunta estúpida. Me recuerda a esa pregunta que hacían algunos en la década de los cuarenta: ¿Te gustaría que tu hermana se acostara con un negrata?

–Herman, hablo de sexismo *deliberado,* hablo de obscenidad *deliberada...*

–Discutir sobre obscenidad es como discutir sobre Dios. Nadie lo sabe.

–Pero siempre nos las arreglamos para discutir de algo.

–De acuerdo. No podemos dormir. Vamos a probar con Dios.

–Herman, Dios *existe.*

–Ay, joder.

–¿Es lo único que se te ocurre: «Ay, joder»?

–Pues sí, joder.

–Finges ser inteligente.

–Nunca he dicho que lo fuera.

–Nunca he dicho que lo hubieras dicho.

–¡Ay, Dios!

–¿Lo ves? –rio Joan–. Estás apelando a Él.

–Voy a ir a Su encuentro.

Herman se levantó y fue a la cocina. Buscó la botella

191

de whisky escocés en el armario inferior. Echó tres dedos en un vaso de agua y se lo bebió de dos tragos. Luego volvió al dormitorio y se acostó de nuevo.

–¿Por qué demonios no te mueves un poco? –le preguntó a su mujer–. Te quedas ahí tendida. No es natural.

–Herman, la gente duerme por la noche. No se levantan y se rascan y pasean por ahí como haces tú.

–¿Cómo sabes que no? Apuesto a que la mitad de la ciudad está despierta esta noche paseando por ahí y rascándose.

–Herman, levántate y ponme una copa, prepárame una buena copa y enciéndeme un cigarrillo.

–¿Y tú qué vas a hacer?

–Voy a levantarme a hacer pipí.

–¿Vas a levantarte a hacer pipí? ¿Es que las mujeres no van nunca a *mear*?

–Solo los que lo hacen de pie van a mear.

–Eso es discriminación. Supongo que si bebieras un poco de pipí y un poco de meada tendrían un sabor distinto.

–Claro. Las glándulas femeninas...

–Claro, las glándulas femeninas. Bueno, ¿qué quieres? ¿Whisky? ¿Whisky escocés? ¿Ginebra? ¿Vodka? ¿Vino?

–Dos dedos de whisky escocés con sifón.

–No tenemos puñetero sifón.

–Sí tenemos puñetero sifón. Mira en el frigorífico.

Herman se levantó, fue a la cocina y miró en el frigorífico. Ella estaba en lo cierto, había sifón. Un tanto para Greer. Le preparó la bebida y volvió. Preparó dos bebidas y volvió. Se acostó en la cama con su esposa y se quedaron recostados en las almohadas con las copas. Él cogió el cenicero, las cerillas y el tabaco de la cabecera. Le encendió un cigarrillo.

—Esos pájaros —comentó— cantan toda la noche. ¿Cuándo duermen?

—Esos pájaros son felices. Si no eres feliz, te equivocas.

—Pájaros a lo Hemingway —dijo él.

—Pájaros a lo Hemingway —dijo ella.

—Se volarán la tapa de los sesos —dijo él.

—Se volarán la tapa de los sesos —dijo ella.

Se quedaron allí y escucharon a los pájaros. También había grillos.

—Esto es ridículo —dijo Herman—. 210 mil dólares en el banco y no puedo dormir. Hay tipos en callejuelas de mala muerte con una botella de vino que duermen como criaturas. Debo de estar loco.

—¿Por qué no nos tomamos un par de meses de vacaciones y vamos a París? —sugirió ella.

—¿Qué? ¿Y volver para encontrarme con que el negocio se ha ido al cuerno? Tengo que seguir de cerca este asunto. Ese fallo del Tribunal Supremo me tiene contra las cuerdas.

—Bien, Herman.

—No seas condescendiente conmigo, por favor.

—No, lo digo en serio. Lo que tú quieras hacer. Supongo que debería implicarme más en tus preocupaciones. No contribuyo nada.

—Claro que contribuyes.

—Gracias, si lo dices de corazón.

—Lo digo de corazón. Vamos a ir a París. Dos semanas.

—Te sentará bien, Herman. Me sentará bien.

—Joder, sí. ¡A tomar por el culo el Tribunal Supremo! Rosenbaum puede ocuparse de todo. ¡Cuatro semanas en París!

—Rosenbaum puede encargarse de todo. Estarás en contacto permanente con él.

—Estaré en contacto permanente. ¡Seis semanas en París!

—¡Ocho semanas en París!

—Dos meses en París. ¡A tomar por el culo el Tribunal Supremo!

—¡Tres meses en París! Puedes confiar en Rosenbaum.

—Dos meses en París. No puedo confiar tanto en Rosenbaum.

—De acuerdo, dos meses en París. ¡Escucha a esos pájaros a lo Hemingway!

—¡Escucha a esos pájaros a lo Hemingway! ¡Se van a volar la tapa de los sesos!

Se terminaron las copas, hicieron el amor y durmieron el resto de la noche.

Carl llamó a la puerta tres veces y le abrió Billy. Había una morena grande en el sofá (al menos parecía grande) con Billy en la habitación. Billy era *jockey*.

—¿Quién es ella? –preguntó Carl.

—Joyce –dijo Billy.

—¿Os preparo café? –le preguntó Joyce a Carl.

—Ni de coña –repuso Carl.

—Oye –dijo Billy–, no tienes por qué ponerte borde.

Billy fue y se sentó al lado de Joyce en el sofá.

«—¿QUIÉN ES ELLA? –PREGUNTÓ CARL.»

–¿Ponerme borde? –dijo Carl–. ¿Ponerme borde? Oye, he estado apañándote carreras, te he conseguido monturas con los mejores preparadores que hay en el mundillo, incluso con Harry Desditch, y tú, ¿qué haces?

–¿Desditch? No me da más que jamelgos. Cuando tiene buenas monturas, van a parar a Shoe o a Pinky. Mi caballo sale en las apuestas 80 a 1.

–Vale, pero te *apaño* carreras, ¿no? Te llevas una cantidad fija. Sacas más por una carrera que muchos tipos trabajando toda la jornada. Te saco del ruedo, te meto aquí donde tienes oportunidad de llevarte una buena pasta y tú, ¿qué haces? ¡Se te ocurre salir ahí con una batería? ¿Dónde intentaste conectársela? Igual tendrías que haber llevado un manual de instrucciones.

–Se la conecté al ojete –respondió Billy.

La morena dejó escapar una risilla. Billy torció el gesto.

–Ah, la cosa tiene gracia, ¿no? –dijo Carl, caminando de aquí para allá–. ¿Sabes cuánto tiempo te va a caer?

–Seis meses –contestó Billy–, necesito un descanso.

–Dos años –le corrigió Carl– y, si engordas, no volverás a perder peso. Tienes una estructura ósea muy grande. Estarás acabado.

–Entonces, puede comerme a mí –se ofreció Joyce.

–Si no te come mejor de lo que ha estado montando, ni te darás cuenta. No a menos que se aplique con una batería.

Billy se levantó del sofá. Pesaba poco más de 50 kilos. Carl pesaba casi 100.

–Oye, no puedes hablarle así a mi mujer.

–Igual a ella también deberías conectársela al ojete.

Billy se echó encima de Carl y le lanzó un puñetazo. Carl lo cogió por las muñecas y le dio un empujón en los hombros para volver a sentarlo en el sofá.

—¡Cabrón —dijo Billy—, te voy a matar!

—Deja en paz a Billy —le amenazó Joyce.

Carl caminó arriba y abajo por la habitación. Ellos permanecieron en el sofá mirándolo.

—¡Una batería! ¡Dios bendito, una batería! ¿Por qué no piensas un poco? Le hagas lo que le hagas a un caballo, darle descargas, cosquillearlo o doparlo, no puedes sacarle más de dos cuerpos y medio extras en seis octavos de milla, no le puedes sacar más de tres cuerpos extras en una milla o más. Si estás montando un jamelgo que va ocho cuerpos por detrás de todos los demás, ¿de qué coño te sirve sacarle tres cuerpos de más?

—No sabía cómo iba el asunto —reconoció Billy—. No me lo planteé así.

Carl seguía caminando de aquí para allá.

—¡No te lo *planteaste!* Después de que te saco de los ruedos y logro que te hagas una reputación medio decente, después de haberte dado la oportunidad de llevarte una buena pasta, ¿no te lo *planteaste?*

—Bueno, si tuviera dos dedos de frente, sería yo quien te buscaría curros a ti.

—¿Buscarme curros a *mí?* ¿Con casi 100 kilos? ¿Dónde?

—Igual de portero en el Biltmore.

—Oye, no sé cómo puedes tomarte esto tan a la ligera. Cometiste un error de lo más gilipollas y te comportas como si fuera una broma.

—Lo siento, Carl, la verdad es que me sabe fatal.

—Oye, Billy, tal como te habíamos colocado, lo único que tenías que hacer era tu trabajo. La codicia humana puede ser letal. Todo este cotarro está organizado de modo que haya suficiente para todos, no tienes necesidad de exprimirlo. En los años cincuenta, allá en el este, intentaron apañar una. Doparon al caballo, doparon incluso a los *jockeys*. Estaba todo apañado. Apostaron la casa, el coche, la cuna del crío y los ahorros de toda la vida de la abuela. Pero al caballo le pasó algo. No quería correr. Los demás jinetes aminoraron la marcha y esperaron. Aun así, no les daba alcance. La carrera les costó millones a esos tipos. Y no les hacía tanta falta el dinero. Todo estaba amañado y aun así se torció. Y tú sales ahí con una batería y un par de cables y esperas conquistar el mundo.

—Podrías callarte ya con lo de la batería, ¿no? —dijo Billy.

—Tienes más chicos a los que contratar —señaló Joyce—. Te las arreglarás sin contratar a Billy. Eres tú el codicioso.

—Sí —dijo Billy.

Carl dejó de andar. Se plantó delante del sofá.

—Bueno, igual tenéis razón. Igual soy codicioso. Pero, Billy, voy a decirte algo. Si no quieres que te enchironen de por vida, cuando te presentes ante el comité, ¡no te hagas el *gracioso!* No sueltes chorradas. Creo que tienes madera para ser un buen jinete, no quiero que lo mandes todo al cuerno.

—Vale, Carl, vale.

—Billy, lo hiciste por tu cuenta, ¿verdad?

—Sí, claro.

—¿Seguro?

—Claro que estoy seguro.

—Bueno, no vi nada raro en los marcadores. Cuando las apuestas se sobrecargan, se nota en cuanto se iluminan los marcadores. No vi que hubiera nada raro.

—Fue idea mía.

—Bien, Billy. Bueno, me voy a ir. Y recuerda, cuando te presentes ante el comité...

—Lo recordaré —aseguró Billy.

Carl fue hasta la puerta, la abrió, la cerró y desapareció.

—Bueno —dijo Joyce—, se ha ido. Le sabe mal.

—A mí también me sabe mal. Fue una treta estúpida de cojones.

—Bueno, vamos a procurar olvidarlo. ¿Qué hacemos hoy?

—No sé, Joyce, vamos en coche a la playa.

—Hace mucho frío para nadar.

—Ya lo sé. Podemos pasear. Comer algo. Tomar una copa. Mirar el océano. Relajarnos.

—Vale, me parece bien.

Joyce se levantó, fue al cuarto de baño y empezó a peinarse. Billy se levantó y fue a la ventana. El apartamento estaba en la tercera planta y daba al bulevar. Sí, había sido una treta estúpida de cojones. Pero su mujer era más grande que la de cualquier otro. Incluso que la de Johnny. Y cuando se echaba encima de ella con sus 50 kilos la montaba como un tigre.

Cuando Joyce acabó en el baño salieron juntos del apartamento. Esperaron juntos el ascensor. Cuando llegaba el ascensor, Joyce dijo:

—No te preocupes, Billy, lo conseguirás.

—Ya sé que lo conseguiré —convino él.

Entraron juntos en el ascensor, la puerta se cerró y se hundieron juntos hacia la calle.

Jimmy caminaba por la acera derecha de Alvarado Street a eso de las ocho y media de la tarde de ese miércoles cuando un coche amarillo último modelo se detuvo junto al bordillo a su lado. Había tres mujeres dentro.

–Eh, chaval –dijo una–, ¿sabes dónde está Avandale Terrace? El asiento de atrás lo ocupaban dos mujeres y la que iba teñida de rubio platino con los labios más pintados de la cuenta, la que estaba más cerca del bordillo, abrió la portezuela, le apunto con un 32 y dijo:

–Súbete, chico, ahora mismo... Jimmy se montó en el asiento de atrás entre ellas.

–A ver –les dijo a las mujeres–, no tengo más que 2 o 3 dólares...

–No queremos tu dinero, chaval –dijo la que iba al volante. La que conducía era la mayor; tenía un semblante muy triste, una papada considerable y llevaba gafas de montura muy gruesa. La única mujer atractiva era la tercera, de unos 23 años, pálida y de aspecto soñoliento, aunque ni siquiera tenía los pechos bonitos.

–¿Qué queréis hacer conmigo? –preguntó Jimmy.

La rubia platino seguía apuntándole a las costillas.

—Queremos quitarte la virginidad, chaval —dijo la que conducía.

La delgada dejó escapar una risilla. La de la pistola le hurgó un poco en el costado con ella.

—Vamos a llevarte al apartamento de Sarah y ahí vamos a quitarte la virginidad. Sigues siendo virgen, ¿verdad, chaval? —preguntó la que conducía.

—No me he acostado nunca con una mujer, si a eso os referís.

—¡Ay, fijaos qué *descaro!* ¡Me gustan *descarados!* ¡Qué ímpetu, eso me excita! —dijo la rubia platino, que seguía clavándole la pistola en las costillas—. Pero no serás rarito, ¿verdad?

—¿Rarito?

—¡Ya sabes a qué me refiero! Homosexual, marica...

El coche dobló bruscamente a la derecha y lanzó a Jimmy contra la rubia platino, que alargó la mano con la que no sujetaba la pistola y acercó la cabeza de Jimmy a la suya para besarlo.

—Qué cachonda me pones, cabrón. Voy a chuparte toda la leche que tienes, leche virgen...

—No vais a saliros con la vuestra, iré a la policía.

—Sí, claro, y también le lamerás el culo a mi tía Minnie. Seguro que se creen *tu* historia. Les diremos que nos violaste tú a nosotras. Es nuestra palabra contra la tuya. Sea como sea, te va a gustar, te va a gustar mucho.

La de la papada aparcó bajo un apartamento cerca de las colinas, se apearon en la rampa de aparcamiento y la rubia platino empujó a Jimmy con la pistola hacia el ascensor.

—Tú tranquilo, chaval. Acabo de salir de la cárcel para mujeres, el Centro Cívico del Condado de Marin, en San

202

Rafael, y soy capaz de volver allí si se te ocurre hacer alguna tontería. Así que, si no quieres morir virgen, tranqui.

Se quedaron allí mientras la de 23 años con pechos pequeños pulsaba el botón del ascensor. Bajó el ascensor, se abrió la puerta y entraron. Una de las mujeres pulsó el botón y empezaron a subir.

–Cómo me alegra –dijo la de la papada– que esos árabes nos vayan a dar un poco de petróleo durante un par de meses. Joder, la cosa se puso tan chunga que tuve que follarme al de la gasolinera para que me llenara el depósito, me cambiara el aceite, lubricara el motor y me diera una latita de lubricante STP.

–Es la codicia –dijo la rubia platino–, una inmensa y terrible codicia, lo que está cargándose este país.

–Anda, venga, Dolly –aseguró la de las tetas pequeñas–, en este país existe la codicia desde hace mucho tiempo.

–Lo que quiero decir –repuso Dolly– es que está empeorando mucho.

–Los Lakers juegan contra los Warriors esta noche –señaló la rubia platino–. Apuesto por los Lakers y os doy 2 puntos.

–Trato hecho –dijo la de la papada–, cinco pavos.

–Cinco pavos –respondió la rubia platino.

Salieron juntos del ascensor y la rubia platino indicó a Jimmy que enfilara el pasillo con el calibre 32, que ahora blandía dentro del bolso de mano. Se detuvieron en el número 402, la de las tetas pequeñas sacó la llave y entraron todos en el apartamento, era un apartamento bonito, diáfano, y con aire acondicionado, calefacción con ventilación, armarios de sobra.

–Siéntate, chaval –le indicó la rubia platino–, como en tu casa. ¿Quieres beber algo?

–No.

–Más vale que bebas algo. Te relajará. Pareces un poco nervioso.

–No, nada de beber, por favor.

–Me parece que te vas a tomar un poco de *bourbon* con agua. Prepárale un pelotazo, Sarah.

«QUEREMOS QUITARTE LA VIRGINIDAD, CHAVAL.»

Sarah era la de las tetas pequeñas. Fue a la cocina. Las otras dos mujeres se quedaron mirando a Jimmy, que estaba sentado en el sofá.

–Me parece que es virgen de verdad –dijo la de la papada–, míralo.

–¿Juegas con tu cosita, chaval? –preguntó la rubia platino.

Jimmy no contestó.

–No deberías jugar con tu cosita, chaval, no es natural, afecta a tus ondas cerebrales.

–Sí –dijo la de la papada.

Sarah volvió con la copa. Se la dio a Jimmy.

–Bébetela –dijo la rubia platino–, te librará de inhibiciones.

Jimmy se la tomó de dos tragos, tosió un poco.

–Por favor, por favor..., dejad que me vaya –suplicó.

–Venga, joder –le instó Sarah–. Quítate la ropa.

–Por favor...

–La chica te ha dicho que te quites la ropa, chaval –exclamó la rubia platino–, ¡así que quítatela!

Jimmy se levantó y se desabrochó la camisa, se la quitó, luego se sentó, se quitó los zapatos y después se desprendió de los pantalones.

–¡Ay, coño! ¡Mirad que gayumbos!

–Es virgen de *verdad.*

–¡Quítate los gayumbos, chaval!

–¡Ayy, fijaos que culito tan *mono!*

–¡Y mirad que cosita tan diminuta...!

–Sí, pero ya crecerá...

–¿Quién va primera?

–Lo echamos a suertes, es lo más justo...

–Bien, deprisa... ¿Quién tiene alguna moneda?

–Yo tengo tres monedas de cinco centavos...

–Vale, la que saque distinto, elige...

–Un, dos, tres..., ¡lanzad!

–¿Qué tenéis?

–Yo cara.

–Yo cruz.

–Yo cruz.

–Vale, es mío..., he sacado cara..., ¡me lo voy a pasar por la cara!

La de la papada cruzó el apartamento. Las otras se quedaron mirando.

–Chaval, te voy a echar un *polvazo...,* vas a ponerte a llamar a gritos a tu madre...

–Helen, ¿puedo comerle el culo mientras lo haces?

–¡No, es mío, todo mío!

205

Avanzó hacia Jimmy, lamiéndose un poco los labios. De pronto lo agarró e intentó besarlo. Él apartó la cabeza y Helen le besó por el cuello. Jimmy metió una mano en medio y le apartó la cabeza.

—¡Ay —dijo Helen—, cómo me *gustan* los que se ponen así! *¡Qué travieso!* —Entonces le cogió la cabeza con las dos manos y le besó largo y tendido en los labios, venga a meter y sacar la lengua. Después bajó la mano y le agarró las pelotas.

—¡Ay, Helen, mira! ¡SE LE ESTÁ PONIENDO DURA! ¡NO LO PUEDE EVITAR! ¡AY, QUÉ MARAVILLA!

Helen ya se había levantado el vestido y al mismo tiempo se estaba bajando las bragas mientras procuraba tener a Jimmy a su alcance. Sarah fue a la cocina, se sirvió un *bourbon* y se lo bebió. Dolly puso un disco de Frank Sinatra. Luego las dos se quedaron allí mirando cómo Helen obligaba a Jimmy a sentarse de nuevo en el sofá y se le ponía encima a horcajadas a la vez que apartaba el vestido.

Estaba sentado en su apartamento una noche. Hacía tres o cuatro años que no se acostaba con una mujer. Se dedicaba a la masturbación, la bebida y la soledad cruda y sin embargo agradable. Había pensado a menudo en ser escritor y se compró una máquina de segunda mano, pero no había escrito nada con ella. Estaba bebiendo vino y mirando la máquina. Se levantó, se acercó, tomó asiento y escribió:

Ojalá tuviera una mujer. Ojalá una mujer llamara a mi puerta.

Luego se levantó, encendió la radio y se sirvió otro vaso de vino. Era primera hora de una noche de julio. Sus padres habían muerto en los últimos cinco años y su última novia también. Había alcanzado la madurez, estaba cansado, sin esperanza, sin ira ni resentimiento siquiera. Tenía la sensación de que el mundo era sobre todo para otros; lo que le quedaba a él eran las meras cuestiones de comer, dormir, trabajar y esperar la muerte. Se sentó en el sofá y esperó.

Llamaron a la puerta. Se levantó y abrió. Era una mujer de treinta y tantos años. Tenía los ojos muy azules, tanto que casi daban miedo. Su cabello era de un tono rojizo claro, un poco lacio; llevaba un vestido negro corto con franjas rojas que rodeaban el vestido como las de un poste de barbero. Parecía elegante, pero informal.

—Pase —le dijo— y siéntese.

Le indicó el sofá, fue a la cocina y le sirvió una copa de vino.

—Gracias. Soy la señora Evans.

—Gracias. Yo soy Fantoconni. Samuel Fantoconni.

—Sí, lo sé, señor Fantoconni. Recibimos su solicitud y queremos hacerle unas preguntas.

La señora Evans cruzó las piernas y él alcanzó a verle un poco la parte superior de los muslos. Memorizó rápidamente la parte superior de sus muslos para utilizarla en sus fantasías masturbatorias. La señora Evans examinó el papel que tenía delante.

—Bien, señor Fantoconni, ¿cuánto hace que tiene su actual trabajo, el de Carploa e hijos?

—Veintidós años.

—¿Cuánto tiempo estuvo casado? —La señora Evans volvió a cruzar las piernas.

—Trece años.

—¿Le gustaba su matrimonio?

—No lo sé.

—¿No lo sabe?

—Sí, no lo sé.

—Pero sabe que se divorció, ¿no?

—¿Tiene que ir al cuarto de baño?

—¿A qué se refiere?

—Me refiero a que, si tiene que ir al cuarto de baño, es por esa puerta de ahí.

—No tengo que ir al cuarto de baño, señor Fantoconni. ¿Quién pidió el divorcio?

—Lo pidió ella.

—Ya.

Él llevó la copa de ella a la cocina, se la volvió a llenar, llenó la suya y sacó las dos.

—Gracias —dijo ella, al tiempo que la aceptaba—. Dígame, ¿por qué no funcionó su matrimonio, señor Fantoconni?

—Llámeme Sam.

—Señor Fantoconni, ¿por qué no funcionó su matrimonio?

—No sea gilipollas.

—¡Por favor! ¿A qué se refiere?

—Me refiero a que la relación estructural del matrimonio es imposible en nuestra sociedad.

—¿Por qué?

—¿Por qué? Porque no tengo tiempo.

—¿No tiene tiempo? ¿Por qué?

—Acaba de responder mi pregunta.

La señora Evans levantó el vino y le miró por encima de la copa con sus ojos tan sumamente azules.

—No le entiendo.

—Lo siento. Pero es usted quien hace esas preguntas.

—Tenemos que sondear a nuestros posibles clientes, señor Fantoconni.

—Pues sondee.

—¿Es usted tímido?

—Ay, Dios...

—Responda, por favor.

—Sí.

—¿Le han hecho daño las mujeres?

—Sí.

—¿Cree que los hombres hacen daño a las mujeres?

—Sí.

–¿Qué se puede hacer?

–Nada.

La señora Evans se terminó la copa.

–¿Puede ponerme otra?

–Claro.

Se fue a la cocina y sirvió dos copas más. Cuando volvió a salir, ella tenía la falda muy subida; la forma de sus caderas era increíblemente hermosa, casi parecía hacer magia. Se notó asustado y, aun así, complacido. Ella se bebió la copa de inmediato.

–¿Cuántos años tiene su coche?

–Once años.

–¿Once años?

–Sí.

–¿Por qué no se compra otro?

–No lo sé. La inercia, supongo.

–La inercia. Le creo. –Se rio: tenía una risa preciosa y cantarina–. ¿Cuánto hace que no se acuesta con una mujer?

–Cuatro años.

–¿Cuatro años? ¿Por qué?

–Me da miedo lo que pueda pasar después.

–¿Por qué no se va con una prostituta?

–Porque no sé lo que es una prostituta.

–Consulte el diccionario de la Academia.

–Tiene razón. Vaya prostituta.

–¿Estudios universitarios?

–No.

–¿Qué le da fuerzas?

–La desesperación.

–¿Cómo?

–El diluvio.

Se terminó la copa, cogió la copa vacía de ella y volvió a la cocina. Abrió otra botella de vino, sirvió dos copas, las llevó y se sentó en el sofá a su lado. Le pasó una copa y se quedó la otra.

–La fascino –dijo– porque no estoy buscando nada.

–Sí que busca algo, pero de una manera totalmente distinta.

–Siendo capaz de apreciar pero dispuesto a renunciar sin dudarlo.

–Es el no va más del cinismo.

–Es el no va más de la preparación.

–Las dos cosas –dijo ella.

–Esto parece un diálogo cutre de Noel Coward.

–¿Le gustaba?

–No hay manera de que a uno le guste o le disguste. Lo suyo no era más que semideliciosa ineficiencia. Una ensalada aliñada: Oscar Wilde mezclado con un dueto de Jeanette MacDonald y Nelson Eddy con George Gershwin al piano.

–Está empezando a hablar demasiado, se está poniendo pomposo y sarcástico. El vino se le está subiendo a la cabeza –dijo la señora Evans.

–Nací en el oeste de Kansas City en 1922... –dijo él.

–No me interesa. –Volvió a cruzar las piernas, esta vez un poco nerviosa.

–¿Recuerda a Alf Landon?

–No.

Fue a la cocina, volvió a llenar las copas, regresó.

–No tengo tabaco. ¿Tiene tabaco?

–Sí. –Abrió el bolso y sacó un paquete, un paquete de tabaco verde claro. Era un paquete nuevo. Retiró el celofán y sacó dos cigarrillos a golpecitos. Él los encendió.

–¿Qué fue mal en su matrimonio?

–Ah –repuso ella, aspirando–, la mierda de siempre.

–Como, ¿por ejemplo...?

–Él tonteaba por ahí, yo tonteaba por ahí. No recuerdo quién empezó. Sus calzoncillos sucios al lado de mis bragas sucias. Es imposible mantener una relación cotidiana de manera tan forzada.

–Lo sé.

–¿Lo sabe?

–Es este país: somos los niños mimados del universo, el amor por delante, suspendido ante los reflectores, Liz y Burton.

–Está borracho.

–Me gustaba el rostro de Burton. Liz me recuerda un espécimen de laboratorio, perfecto únicamente para lo que es. Luego, plaf.

–Plaf.

Se acercó a ella y la besó. Ella se apartó un momento, luego cedió. Cuando se separaron, ella dijo:

–He venido a comprobar sus credenciales.

–Claro.

Lo apartó. Tenía los dedos largos y estrechos, se fijó cuando lo apartaba.

–Qué borde –dijo.

Ella tenía el cigarrillo en la mano derecha y le cruzó la cara con la palma de la izquierda, alcanzándole parte de la nariz. El cigarrillo le salió despedido de la boca –chispas, fuegos artificiales–, se rompió, recogió una parte con la mano: había unas chispas diminutas y restos, ceniza oscura y luego papel blanco y tabaco marrón sin quemar.

–¿Quiere otra copa? –preguntó él.

La señora Evans llevaba tanto maletín como bolso y los cogió al tiempo que se ponía en pie. Al hacerlo, el vestido volvió a cubrirle las piernas. Hizo ademán de alisar unas arrugas del vestido, luego renunció.

–No es más que un puñetero vaquero, como los demás.

212

—Cierto. Es posible que el mundo no gire exactamente a fuerza de continuos polvos pero desde luego sigue adelante.

—¿Se supone que eso es ingenioso?

—Se supone que es acertado.

Ella fue hacia la puerta y el paseo fue mágico; él dejó que sus ojos se hundieran en todos los pliegues del vestido arrugado y cada pliegue rezumaba intimidad, calidez y tristeza y, entonces, su mente se rio de su propia ternura, y luego se centró en su trasero, los círculos idénticos, fijándose en lo que hacían esos círculos. Sintió deseos de decir: vuelve, vuelve, me he precipitado.

La puerta se cerró. Se tomó otra copa. Luego se acostó. No se masturbó. Durmió.

En dos semanas recibió una carta por correo informándole de que no podía acceder a un seguro de automóvil de la compañía principal pero que había una filial en St. Louis que con toda probabilidad aceptaría su solicitud por la tarifa estándar pero un poco más alta si cumplimentaba y enviaba los formularios adjuntos, con el porte pagado. Parecía bastante sencillo. No había más que unas casillitas que marcar después de las preguntas.

Respondió las preguntas, hizo las marcas adecuadas en las casillas y echó el sobre con el franqueo pagado al buzón de la esquina dos o tres días después.

Se llamaba Minnie Budweisser, sí, igual que la cerveza, y Minnie podía hacer que te remontaras a 1932, pero no era una pesada ni mucho menos, allí sentada en mi despacho aquella calurosa tarde de julio, con unos pantalones nada más, procurando no enseñar demasiado, ni siquiera iba muy ceñida, pero saltaba a la vista que ahí había mucha mujer, la mujer todopoderosa que solo albergaba una mujer entre un millón. Ahí estaba: Minnie Budweisser, aunque había tenido el suficiente buen juicio como para cambiarse el nombre a Nina Contralto para la taquilla. La miré, era ideal, ni siquiera tenía las tetas de silicona, y el culo era de verdad, y los movimientos y la soltura, los ojos y los gestos. Estaba ahí. Tenía los ojos más puñeteros que había visto en mi vida; cambiaban sin cesar: primero eran azules, luego verdes, después castaños, cambiaban sin cesar, se transformaban, era una bruja y, aun así, yo sabía que probablemente comía sándwiches de manteca de cacahuete y roncaba un poco e incluso se tiraba pedos y eructaba de vez en cuando.

—¿Sí? —pregunté.

—He vuelto de Las Vegas.

—¿Algún problema?

—No, ningún problema. Simplemente me harté.

—¿Has venido a aprender español en Berlitz? ¿Para convertirte en embajadora?

—Que te jodan.

—Cuando quieras. Pagamos 5 pavos la hora. Recibirás propinas de los morbosos. Si de verdad quieres hacerlo, podrás ejercer por tu cuenta. El noventa y tres por ciento lo hace. Si haces mamadas puedes sacar 23 mil al año, solo 6 de los grandes desgravables.

—Que te jodan.

—No, que te jodan a ti. Solo te quedan cinco años buenos de trabajo. Luego te verás en Norm's con el culo sudado. O pillas algo ahora o no volverás a pillar nunca. Lo único que tienes es el cuerpo y no durará mucho.

—¿Cuándo empiezo?

—Mañana por la tarde, a las 6.

Nina estaba lista a las 6, pero Helen seguía en el escenario. Me senté a una mesa y le llevé a Nina un whisky doble. Helen estaba en el escenario, pero Helen era boba. Se había puesto silicona y una de las tetas le había quedado la mitad de grande que la otra y además no sabía bailar, solo movía una pierna y luego movía la otra. Era como una sonámbula. Los chicos jugaban a billar y le daban la espalda en la barra.

Entonces subió Nina. «Sin música, por favor», dijo. Y luego empezó a hacer esos movimientos: aquello era más una plegaria que un baile; era como si apelara al cielo en busca de salvación, pero resultaba *excitante*, eso desde luego; llevaba unos tacones de aguja plateados y unas braguitas de encaje rosas y agitaba las nalgas cachondas en honor a algún dios irresoluble. De hecho, de haber sido *otra* mujer, podría haber resultado sensiblero: llevaba unos largos

216

guantes negros que le llegaban a media altura entre el hombro y el codo y un montón de anillos en los dedos de los guantes; sus largas medias tenían la palabra «AMOR» bordada en la parte de arriba. Llevaba rímel, largas pestañas postizas, incluso perlas en el cuello, pero era el movimiento, los movimientos –y el silencio en que los hacía–, lo que surtía efecto. Su cuerpo era un don espléndido pero no era eso: era como si buscara algo en su interior y no lo encontrara, el hombre, el camino, la ciudad, el país, la salida. Estaba sola por completo, sin ayuda, aunque muchos estaban convencidos de que podían ayudarla. Como gesto final de su baile, cogió la rosita roja que llevaba en el pelo, mordió el tallo con los dientes y se arqueó hacia el techo, girando, moviéndose, casi más allá de todo sentido. Luego se detuvo, se puso rígida y salió bajando las escaleras por el lateral.

Le subí el sueldo a 10 dólares la hora allí mismo. Se lo dije.

–Gracias, papi –contestó–, pero necesito algo de coca ahora o por lo menos quiero esnifar un poco de h. Vamos a algún sitio a pillar.

–De acuerdo –dije. Así pues, la llevé a casa de Vanilla Jack en el Cañón y nos sentamos ante su mesita de centro y él la echó encima del espejo y probamos un poco. Yo no noté nada, pero Nina dijo que era merca de la buena. Le metí un dos en uno (aspirando por los dos orificios nasales). No pasó nada. «Igual estoy pirado –dije–, pero me parece que esto no lleva nada: no es más que corte, sin sustancia.»

Nina probó de nuevo y dijo que estaba bien. Jack lo pesó todo en una pequeña balanza de plata fabricada en Múnich y le pagué, pensando que ninguno tenemos la menor oportunidad: solo *creemos* que acechamos a los carroñeros.

Fui a mi casa, la llevé a mi casa, sacamos el espejo y la echamos encima. Había comprado una buena botella de vino francés, cosecha de no sé qué año, y puse Shostakóvich en el giradiscos. Estaba más bonita que nunca. A algunas mujeres la belleza se les desvanece en media hora, o antes incluso, en cuanto empiezan a hablar; luego, al haberse desvanecido sus tretas y engaños, ya no quedan cartas, ni luz, bueno, una carta, vamos a follar por follar y esperar lo mejor. Nina aguantaba, permanecía íntegra.

Supongo que la merca de Jack era buena. Empecé a notarla, aunque me había dado mala espina la balanza de Múnich.

—Me casaré contigo —le dije a Nina—, te daré la mitad de mi dinero.

—No lo entiendes —dijo.

—No entiendo, ¿qué?

—No sabes lo que es el amor.

—Te quiero.

—Estás enamorado de la *idea* que tienes de mí. No es más que sombra y luz y forma.

—Pero quiero eso. Dios, dame una oportunidad.

—¿Imaginas que tuviera 66 años? ¿Que me faltara un ojo y se me cayera la mierda de una bolsa sujeta al costado?

—No sé.

—No sabes. Echa un poco más mierda de esa al espejo.

Nos colocamos cada vez más y al final nos fuimos a la cama juntos. No lo intenté. No quería intentarlo. El mundo me discurría por la coronilla y me bajaba por la espalda y se largaba por la ventana.

No volví a intentarlo con Nina. Ella seguía viniendo a trabajar y se lo montaba con su baile silencioso y tenía a 75 tipos enamorados de ella. Me enteré por una fuente muy fiable de que no se lo estaba haciendo con nadie después de su número. Semejante cuerpazo, intacto. Había crímenes contra la humanidad y ese era sin duda uno de ellos.

Hacía el turno de 6 de la tarde a 2 de la madrugada. Ese miércoles por la tarde alguien le robó toda la ropa de la taquilla: los tacones de aguja plateados, los largos guantes negros, las largas medias con la palabra «AMOR» bordada casi en lo más alto. Todo lo demás. Vino y se puso a golpear las taquillas y a gritar. Llevaba una vieja camiseta blanca y vaqueros y estaba más bonita que el mismo sol, desvariaba y se tambaleaba y estaba como loca. Le dije, a la mierda, olvídalo, le pagaría esa noche, lo único que tenía que hacer era pasearse por allí y poner una copa de vez en cuando a los chicos. No fue una mala noche: Nina era mejor poniendo copas que las otras sobre el escenario. La llevé a su apartamento esa noche y ella no paraba de reírse.

Fue extraño al día siguiente. Entraba a trabajar a las 6 y vino calle abajo hacia mi garito a las 4.30 de la tarde. Ocupaba toda la acera con ese cuerpo tremendo y todo el mundo mirándola, y llevaba minifalda, con carreras por todas las medias, se cimbreaba de aquí para allá, los quiosqueros y los viandantes no le quitaban ojo —se la menearían durante un mes recordándola— y entonces chocó contra el escaparate de Billy's Half-Hard Club fuerte, chocó muy fuerte, y no se rompió, y llevaba puesta una peluca pelirroja, una peluca pelirroja grande que se le cayó de la cabeza, pero no se dio cuenta y siguió caminando hacia mi garito —iba colocada— y alguien recogió la peluca y la siguió. Era algo más que nieve. Entró y se puso a hacer un baile cutre de narices mofándose de la chica que estaba sobre las tablas entonces. Me irritó.

—Oye —dije—, llegas una hora y media temprano.

—¿Y qué? —preguntó.

—Pues que te den, estás despedida.

—Que te den —repuso, y se largó.

Ahora me acuerdo de ella a veces, pero me da el pálpito de que no está en este pueblo ni en ningún otro cercano. Vaya, acabo de llamar pueblo a L. A. Es una ciudad, ¿no? Pero por fin averigüé quién le había robado sus cosas. Era la de la silicona que tenía una teta más grande que la otra. Ahora lo lleva ella, los tacones de aguja/plateados, las perlas, los largos guantes negros con todos los anillos, 17 anillos, y las medias con la palabra «AMOR», todo. Incluso ha aprendido a bailar un poco, pero, sencillamente, no surte efecto.

Barry, a quien llevaba dos años sin ver, me llamó por teléfono y me preguntó si quería follarme a la madre de su mujer. Dije que vale, pedí indicaciones para ir a donde vivían, me monté en el coche y fui hacia allí. Estaba en algún sitio a la salida de la autopista de San Berdo, bastante lejos. Busqué la calle, la casa, aparqué el coche, me apeé. Barry estaba sentado en las escaleras de entrada bebiendo una cerveza. Yo llevaba cuatro cartones de seis. Entramos en la casa y Barry empezó a meter la cerveza en el frigorífico.

—La madre tiene el coño igualito que la hija. Me las he follado a las dos. No hay ninguna diferencia.

—Si no hay ninguna diferencia, me quedo con la hija.

—Vete a la mierda —dijo Barry—. Venga, están ahí detrás.

Llevamos unas cervezas al patio trasero. Ya conocía a la mujer de Barry, Sarah. Me presentó a la madre, Irene, que ofreció una sonrisa enorme.

—¡Ay, señor Bukowski, he leído sus libros y creo que es un escritor maravilloso!

Las dos iban en pantalón corto y blusa, calzaban sandalias. Irene tenía las piernas bonitas, pero se le veían muchas venas azules.

—Vamos a hacer unos perritos —dijo Barry.

—Me encantan los perritos calientes —aseguró Irene.

Barry me llevó aparte y me enseñó su moto nueva.

—¿Quieres dar una vuelta? —me preguntó.

—No, gracias, chaval, es malo para las hemorroides.

—¡Ay, Barry —dijo Irene—, ya voy yo!

Irene se subió al asiento de atrás y salieron a toda velocidad del jardín a la calle. Me terminé la cerveza y abrí otra. Me senté al lado de Sarah.

—Irene cree que eres el más grande desde Hemingway —dijo.

—Soy más bien una mezcla de Thurber y Mickey Spillane.

—Eso no parece muy bueno.

—No lo es.

—Mi madre está muy sola. Le cuesta conocer gente.

—Eso me asusta.

—No tiene por qué asustarte.

Barry solo había dado una vuelta a la manzana. Volvieron envueltos en una nube de polvo. Irene se bajó.

—¡YUPIII!

—Venga —me dijo Barry—, ayúdame a traer leña.

Fui detrás del garaje con él.

—Está cachonda de verdad —dijo—. Creo que se ha corrido en la moto. ¡Dios, qué cachonda está!

—Barry, no sé qué hacer.

—Relájate. Ya ocurrirá.

—Claro.

Rodeamos el lateral del garaje con la leña.

—¡Deprisa —dijo Irene—, me comería uno de esos crudo!

–Venga, Irene –comenté–, seguro que no serías capaz.
–¡Ay, qué *gracioso* es! –respondió–. Siempre he dicho que era uno de los pocos escritores que hay con sentido del humor. –Apuró la lata de cerveza, la lanzó contra los arbustos y se abrió otra. Sarah untó el pan con mostaza y aliño e Irene se ocupó de las salchichas.
–¡Ay, yo quiero la *grande!* –dijo.
–Tú también eres muy graciosa, Irene –dije, y abrí otra cerveza. Tiré la lata vacía contra los arbustos al lado de la de ella–. Nuestras latas bien juntitas.
–¡Ayy –rio Irene–, ja, ja, ja, ja!
–Creo que vamos a mudarnos a México –comentó Barry–, un buen escritor necesita soledad.
–Lo que necesita un buen escritor es dinero –repuse.
–Yo he vendido nueve novelas este año –dijo Barry. Barry escribía una novela al mes, todas en torno al incesto. Lo conocí justo después de que hubiera salido del psiquiátrico. Solía trabajar de canguro antes de hacerse un hueco en el mercado del incesto.

Terminamos las salchichas y nos sentamos en las tumbonas a beber cerveza y ver ponerse el sol. Barry se levantó, sacó dos cartones de seis cervezas y los llevó al cobertizo del fondo. «Ahí vais a dormir Irene y tú», me dijo. Miré a Irene. Estaba encendiendo un cigarrillo. Llevaba las uñas pintadas de púrpura.

De pronto Barry y Sarah se levantaron y entraron en su casa. Me quedé a solas con Irene.
–Ay –dijo–, me encantan las puestas de sol, ¿a ti no?
–La verdad es que no.
–Eres un cínico, ¿verdad?
–Supongo que lo sería si dijera que me encantan las puestas de sol cuando no es cierto.
–Ah, no, entonces serías un hipócrita.

—Eres una listilla, ¿eh?
—He vivido lo mío.

«SALIERON A TODA VELOCIDAD DEL JARDÍN.»

—¿Vassar?
—¿Cómo dices?
—Así se llamaba el francés que inventó la bomba hidráulica.
—Ay, joder. Vamos ahí a montárnoslo de una vez.
Seguí a Irene al interior del cobertizo. Había una cama y una silla, una lámpara y una mesilla. Se tiró encima de la cama. Me senté en la silla y abrí una cerveza para ella y otra para mí. Nos quedamos ahí bebiendo cerveza y mirándonos. Se abrió la puerta mosquitera y entró un gatito negro. Lo cogí.
—¿Verdad que es una monada? —pregunté.
—Sí —dijo.
Acaricié al minino.
—Qué inocentes son. Mírale los ojos. Mírale los ojos, ¿quieres, Irene?

224

Irene se levantó de la cama, cogió el gatito, abrió la puerta de rejilla y lo lanzó al aire. Luego volvió y se tiró otra vez encima de la cama.

—Necesito otra cerveza —dije—. Oye, apenas nos conocemos. ¿Dónde naciste? ¿En Italia?

—En Denver.

—Oye. ¿Por qué no te pones unos tacones altos? ¿Medias de nailon? Adornos. Me gustan los pendientes.

—Ya llevo.

—Ah.

Irene se levantó y salió. Estuvo fuera un buen rato. Estuvo fuera tanto rato que me metí en la cama con la cerveza. Dios santo, pensé, ¿tuvo que pasar por esto D. H. Lawrence? ¿Qué tenía que hacer un hombre para convertirse en un escritor inmortal?

Entró Irene. Rigurosamente ataviada de la tienda de lencería Frederick's: tacones de aguja, una pulsera en el tobillo, braguitas translúcidas, un sujetador que dejaba los pezones a la vista cual brasas de puro. Se contoneó hasta la cama y se tumbó a mi lado.

—¡Ay, joder! —dije—. ¡Te has pasado! Es tan estupendo que tengo que tomarme otra cerveza. ¡Solo una cerveza más, Irene!

—De acuerdo.

Me bebí la cerveza y le miré los zapatos de tacón de aguja, las pantorrillas, los tobillos, los pezones. No tardaría en ser mía, toda mía. Terminé la cerveza y la abracé. Nuestros labios se encontraron. Una lengua gorda y enorme se abrió paso entre mis dientes y me entró en la garganta. Le chupé la lengua. Estaba muy húmeda. Luego se la mordí y la sacó. Le desabroché el sujetador y los pechos le cayeron hasta abajo. Mientras le chupaba un pezón, jugueteaba con el otro con los dedos. Valentino debía de hacer esto en sus mejores momentos, pensé, pero no voy a seguir todo el recorrido. Le quité las bragas y la monté.

Debía de haberme bebido 15 o 16 cervezas. Bombeé. Bombeé y seguí bombeando. No estuvo mal. Bombeé durante 15 minutos. Se había dejado los zapatos puestos. Volví la mirada y vi los zapatos de tacón de aguja en sus pies. Bombeé durante 15 minutos más. No podía correrme. Bombeé, golpeé, roté, cambié de ritmo, usé parte de la tranca, usé toda la tranca y el somier chirriaba y chirriaba y tenía a Irene debajo y la miré y tenía los ojos en blanco, me estaba enseñando el envés de los ojos, sin pupilas ni color. Lancé una última serie de embestidas con todas mis fuerzas. No sirvió de nada, no me corrí. Me aparté.

—Lo siento, Irene.

La luz estaba apagada. Se levantó y pasó por encima de mí.

—Ahora vuelvo.

Se fue. La oí caminar por el sendero y entrar por la puerta trasera de la casa principal. Me vestí. Luego salí, enfilé el camino de acceso, me monté en el coche y me fui a casa.

Barry me llamó al día siguiente.

—Lo siento, tío —dije—, no fui capaz.

—Qué va. Le encantó. Quiere verte otra vez.

—¿Cómo?

—Lo digo en serio.

Lo siguiente que supe de ellos fue gracias a una carta de Barry. Estaban en México. El servicio era maravilloso. Maravilloso. Limpiaba la casa y lo hacía todo. Una chica joven. Sarah está celosa. Irene está cachonda. Acabo de vender otra novela. La pesca cerca de la costa es estupenda.

No sé cuántos meses transcurrieron. De algún modo, como suelen ocurrir esas cosas, me encontré viviendo con una mujer canosa, una tal Lila. Lila tenía un buen cuerpo y unas veces tenía una cabeza excelente y otras no tenía cabeza en absoluto. Tenía los incisivos torcidos y amarillos y, cuando me gritaba, los labios se le separaban y me enseñaba todos esos dientes, eran aterradores, pero era buena en la cama, culta, y llevaba las uñas limpias. Su cuerpo era bonito, como decía, pero una de sus debilidades era asistir a un montón de reuniones, reuniones del Partido Comunista, recitales de poesía, y un día volvió toda vestida de negro, dijo que iba a ir de negro hasta que se acabara la guerra de Vietnam, era su manera de protestar, se tapaba todo ese cuerpo tan bonito con prendas negras de segunda mano compradas en la beneficencia, en tiendas de ropa usada y demás, se cubría de ropa negra holgada e iba muy desaliñada porque una no protesta con un elegante vestido negro enseñando las tetas, sino que sufre. Así que sufríamos los dos y la guerra de Vietnam llevaba librándose desde hacía 40 años y continuaría otros 40. Así pues, renuncié a ella pero seguí viviendo con ella, como suele ocurrir...

Entonces un día sonó el timbre. Eran Barry e Irene. Había vuelto de México. Barry iba a publicar una revista guarra en North Hollywood. Sarah había ido de compras a Van Nuys. Sarah también pintaba acuarelas. No se le daba mal. Todos se sentaron y yo fui a sacar cerveza. Irene cruzó las piernas muy arriba. Llevaba zapatos de tacón de aguja. Y medias de nailon con ligueros azules fruncidos. No me había fijado en que tuviera las piernas tan largas. Irene miró a Lila.

—¿No te sientes *orgullosa* de estar viviendo con un gran escritor como Bukowski?

Lila puso la espalda rígida y no contestó.

Procuré evitar mirarle las piernas a Irene. Las tenía gloriosas. Sabía que la estaba mirando pero no se bajaba el vestido.

—¿Por qué vistes de negro? —le preguntó a Lila.

—Se pierden demasiadas vidas en causas inútiles —respondió Lila.

—Ni que lo digas, guapa —comentó Irene.

Barry dijo que tenía que irse pero yo insistí en otra ronda de cervezas. Irene se subió el vestido más aún. Estábamos *todos* mirando las piernas de Irene.

—Tenéis que venir a vernos —dijo Irene. Luego se levantaron y se fueron.

Le dije a Lila que iba a darme un baño. Fui al cuarto de baño y cerré la puerta. Hacía años que no usaba jabón. Para eso, quiero decir. Lady Godiva rosa. Esta vez me corrí.

–La mitad de lo que ganas va a parar a la casa, la otra mitad es para ti –dijo Marty. Era la tercera chica que entrevistaba esa mañana. El anuncio decía que el sueldo era de entre 500 dólares y uno de los grandes a la semana. Esta tenía unos 23, era más bien imponente, incluso parecía limpia, rubia, con unos ojos azul pálido que miraban y miraban fijamente. Iba vestida con blusa blanca y pantalones negros.

–¿Haces mamadas? –le preguntó a la chica.

–¿Qué?

–Tienes que hacer mamadas. ¿Se te da bien?

–Supongo.

–La mayoría de los que vienen quieren que les hagan una mamada.

–Ya veo.

–Más vale que lo veas. Si trabajas aquí, tienes que rendir. Somos una institución que funciona bien. No tenemos muchas quejas. Nos ocupamos de los polis y nos ocupamos de los clientes. De vez en cuando viene algún tipo que se queja. En ese caso, le sacamos TODO el dinero en vez de una parte. Luego le damos de hostias un rato y lo ponemos otra vez en la calle. Quítate la ropa.

–¿Qué?

–Quítate la ropa. ¿Te afeitas el coño?

Marty encendió el puro y esperó. La chica llevaba bragas verde claro.

–Las bragas también. Quítate las bragas. Déjalo todo en esa silla.

La chica se quedó ahí de pie, desnuda.

–No tienes mucho pecho, pero qué coño. Y deberías lavarte más los dientes, los tienes manchados. ¿Has ido a la universidad?

–Un año.

–Un año. Eso está bien. ¿Dónde?

–Claremont.

–Claremont. Qué bien. Date la vuelta. ¿Te chulea un chaval negro?

–No.

–No pasa nada si te chulea un chaval negro, pero que no venga por aquí. Tienes una verruga en el culo.

–Es un lunar.

–Ah. Bueno, oye, ¿te he dicho que empieces a vestirte?

–No, señor.

–Pues no te vistas. Se me está poniendo dura. Me parece que ha sido por la verruga esa.

–Lunar.

–Lunar. Harás el turno de 6 de la tarde a 2 de la madrugada. ¿Puedes mear?

–Claro.

–Me refiero a mearle a un tipo en la boca y el pecho, las piernas, los huevos y los dedos de los pies. ¿Puedes hacer algo así?

–Sí, señor.

—Eres una buena chica. Con clase. Me gusta eso de un año de universidad. Yo tengo una hija en la universidad. ¿Y cagar?

—¿Cómo dice?

—Ya sabes a qué me refiero. Vienen por aquí muchos obsesos de la mierda. ¿Eres capaz de dejar que un tipo te saque un zurullo del culo con la lengua?

—Creo que sí.

—Pues más vale que lo sepas con antelación, coño. ¿Estás casada?

—No.

—¿Vives sola?

—Vivo con mi madre.

—Tú y tu madre, ¿a qué estáis enganchadas, a la coca o a la H?

—No nos drogamos.

—Ya lo haréis. Mira, todavía la tengo dura. Se me va a salir de los pantalones. ¿La ves?

—La veo.

—¿Crees en Dios?

—Sí.

—Ya me parecía. Buena chica.

—¿Puedo vestirme ya?

—¡NO te pongas la puta ropa! No te cuesta nada, ¿verdad?

—No.

—Aquí tenemos montado un chanchullo que no tiene rival en todo Hollywood y Western. Tenemos algo para todo hijo de vecino. Hay tipos a los que les gusta venir a ver la tele con una chica. Hay una sala especial para eso. Luego tenemos rollos que duran dos o tres días. Hay apartamentos especiales para eso: estufas, bañeras, toda la pesca. Hasta van a hacer la compra juntos a Ralphs. Hay dos plantas y las usamos todas. Somos una institución y tratamos a nuestros empleados mejor que en Mark C. Bloome. A veces hay que rajarle el culo a algún tipo con algo así.

«QUÍTATE LAS BRAGAS.»

Marty metió la mano en el cajón de la mesa y sacó el látigo de cuero. Le pasó el látigo a la chica.

—Este puto látigo nos costó 80 dólares y ya ha hecho felices a más de doscientos hombres y chicos. A ver si eres capaz de usarlo. Venga, prueba.

La chica levantó el látigo.

—¡Eh! ¡No me des a MÍ, so zorra! Dale a esa silla de ahí.

Descargó un latigazo sobre la silla.

—No, haz chasquear la PUNTA. ¡Prueba otra vez! Ahora imagina que esa silla es el culo en pompa de un tipo. ¿Lo ves ahí? ¿Le ves el ojete? Tiene los huevos colgando. ¡Dale bien fuerte en las nalgas! ¡Disfrútalo!

La chica descargó un latigazo sobre la silla.

—Eso está mejor. Pero vamos a tener que prepararte. Tienes que azotarlos hasta hacerlos sangrar. Te suplicarán que pares pero no lo dicen en serio. Tú ya sabrás cuándo parar. Pararás cuando se corran. La mayoría se la menean pero los auténticos profesionales pueden correrse sin tocarse la polla.

La chica volvió a descargar otro latigazo sobre la silla.

—Vale, ya está bien. Todavía no hemos acabado de pagar el mobiliario. ¿Cuál es tu número de la seguridad social?

—651-90-2010.

—¿Número de teléfono?

—614-8965.

—¿Dirección?

—Fountain 4049.

—¿Nombre?

—Helen Masterson.

—Helen, tócame la polla.

—¿Qué?

—Ven aquí y tócame la polla. No voy a sacármela de los pantalones. Tú acércate y tócamela con un dedo. No tienes que hacer nada más.

Helen se acercó, alargó la mano y le tocó el pene a Marty.

—Vale, estás contratada. Vístete. Empiezas mañana por la tarde.

Helen se vistió y fue a la puerta, la abrió. Había otra chica allí sentada. Marty la vio.

—Pasa, cielo, y cierra la puerta detrás de ti.

Helen salió a Hollywood Boulevard. Fue en dirección a Western, cruzó la calle y entró en una cabina de teléfono cerca del puesto de comida mexicana. Marcó el número 614-8965.

—¿Mamá?

—¿Sí?

—Soy Helen. Mamá, me han dado el trabajo.

—Ay, Helen, cómo me alegro. Y creo que yo también tengo un empleo. He presentado una solicitud en La Casa de las Tartas.

—Estupendo, mamá.

Helen colgó. Luego fue al puesto de comida mexicana y pidió un burrito con chile y una coca grande.

Lucille no era mala tía, por lo menos en comparación con la mayoría de las que habían vivido conmigo. Al igual que las otras bebía, mentía, engañaba, robaba y exageraba, pero a medida que pasan los años un hombre deja de buscar el percal entero, se conforma con un pedazo de trapo. Y luego se lo pasará al siguiente mientras se rasca la oreja.

Pero, por lo general, mientras las cosas funcionen aunque solo sea un poquito, un hombre con dos dedos de frente tiende a aceptar el momento porque si no lo haces lo único que consigues es una bolsa contigo dentro y cuando la sacudes solo oyes un ruido. Tío, hay que echarle huevos de vez en cuando para averiguar dónde alumbra el sol.

Lucille contaba anécdotas sobre el sur. Bueno, no el sur real sino el sur de Arizona y Nuevo México, el sur del Medio Oeste. Nos quedábamos en la cama bebiendo vino y ella decía:

—Dios mío, era horrible. Aquel convento. Aquellas zorras. Éramos todas niñas y nos mataban de hambre. La Iglesia más rica del mundo, la Iglesia católica, y nos mataban de hambre.

–La Iglesia católica me cae bien, montan un buen espectáculo, con los hábitos, el latín, lo de beber la sangre de Cristo...

–Qué hambre pasábamos, qué hambre. Por la noche salíamos por las ventanas, íbamos a la huerta y cogíamos nabos, estaban cubiertos de mugre y barro, y nos lo comíamos todo, la mugre, el barro, los nabos..., qué hambre pasábamos. Y cuando nos cogían, nos sometían a unos castigos terribles... Esas zorras con sus vestidos negros y sus tocas...

–No derrames vino en las sábanas, es más difícil sacarlo que el zumo de remolacha.

Lucille, como todas las demás, había pasado por un largo y desdichado matrimonio. Todas me contaban historias sobre sus largos y desdichados matrimonios y yo me quedaba tumbado a su lado pensando: «Bueno, ¿qué se supone que debo hacer?»

Nunca me quedaba muy claro, conque bebía mucho con ellas y me las follaba a menudo y escuchaba sus peroratas pero me parece que no hacía mucho por ellas. Les prestaba oído y una polla, escuchaba y follaba, mientras que la mayoría de los hombres solo *fingían* escuchar. Supongo que tenía un as en la manga, pero me veía obligado a oír un montón de mierda y luego sopesarla y medirla y, cuando acababa de hacerlo, habría bastado con soplar por una ventana de la nariz para que saliera volando por los aires la sustancia que me quedaba. Pero era un hombre bueno. Todas lo reconocían: era un hombre muy bueno...

–Qué ricos estaban aquellos nabos, con barro, arena y todo...

–Tócame la polla. Sóbame las pelotas.

–¿Sigues siendo católico?

–Ni de coña. Se te ha enganchado un pelo en el anillo.

Me estás matando. Detesto a las mujeres que llevan anillos, sobre todo turquesas. Eso demuestra que están con el diablo, que son brujas... Tócame la punta de la polla.

–Tienes los huevos más grandes de todos los hombres que he conocido.

–Yo también podría decir algo sobre ti, pero me parece que voy a callarme...

Aparte de eso, Lucille tenía una pequeña debilidad. Se emborrachaba de vino y se tendía en la cama mientras yo estaba sentado en un sillón y empezaba a desvariar: «Eres un marica, una horma, una pimpinela..., te cargaste a los gabachos en Verdún, le depilaste los pelos del coño a Juana de Arco y te los metiste en las orejas cual flores... Te comes tu propia mierda como tu legado americano..., crees que Beethoven es una verruga de Sevilla inferior..., tu madre te hizo untarle las bragas con cera de abejas mientras ella se sometía a una histerectomía...»

Estaba así, dale que te pego, esa noche de la que estoy hablando. Me puse de rodillas:

–Lucille, amor mío, ya sabes que soy un hombre bueno, lo has reconocido. Te suplico de rodillas que hagas el favor de callarte. ¡Por favor, te lo *suplico!* Hay ciertas verdades en tus desvaríos enajenados, también hay ciertas exageraciones menores. ¡Te ruego que pares, amorcito!

–Se la chupaste a Enrique VIII y le rociaste el culo de suero de leche. Dirigiste el asedio de la Luisiana francesa. ¡Detestas a Henry Fonda!

–No digas eso de Fonda o te parto la boca.

–¡Asesinaste a los niños de cabello dorado de la Valencia de mis sueños!

–¡No, no, eso fue cosa de tu marido!

–¡Fuisteis los *dos!* ¡Tráeme más vino!

–Sí, amor mío.

Esa noche en concreto Lucille seguía dale que te pego. Soy un hombre bueno pero hay que entender la *entonación* de la voz para entender algo. Se puede emitir un ponzoñoso sonido en concreto, un sonido que pica y rasca, intimida, vomita y maúlla. Mantiene la misma tonalidad despiadada e incesante y, diga lo que uno diga o al margen de cómo intente aplacarlo, sigue y sigue sin parar. A veces te lo pueden hacer los bebés o las mujeres, a veces los hombres.

Pasaban las horas y Lucille seguía. No sé cuántas veces le supliqué piedad ni cuántas advertencias le hice. Pero ocurre, al final. Fui hacia la cama y le dije al tiempo que me acercaba: «Bueno, amorcito, ya vale.»

Pero Lucille seguía gimoteando, boca arriba, con la barriga distendida por efecto del vino barato, dos centímetros de ceniza en la punta del cigarrillo, los letreros de neón del centro de L. A. tiñéndola de blanco, luego rosa, luego amarillo, luego azul... Cogí la cama por abajo, la levanté contra la pared y volví a sentarme. Me puse un trago, encendí otro pitillo y crucé las piernas.

Lucille había desaparecido. No había nada delante de mí salvo los paneles marrones del enmaderamiento. Tanto si es un cliché como si no, tuve que reconocer una indudable sensación de paz. Recordé a Lucille cuando la conocí, sus piernas, sus ojos, sus labios, sus orejas tan redondas, y su lengua pastosa. No conocer a una persona en absoluto era mucho mejor, siempre, que conocerlas a todas. Uno podía al menos achacarles una suerte de magia que no podía existir nunca y, luego, después de vivir con ellas, echarles en cara que la magia no había llegado a surgir.

Me terminé la copa y empecé a oír algo detrás del enmaderado:

—¡Dios todopoderoso, ayúdame! ¡Ayúdame!

–No te va a pasar nada, cariño. Tranquila. Veo el zepelín de Goodyear desde aquí. Las ráfagas de luces. Voy a leerte el mensaje...

–¡Déjame salir, TE LO SUPLICO! ¡ME MUERO!

–Ay, joder –dije, y me acerqué para bajar la cama. Ahí estaba. Mi flor.

–¡Ay, coño, creo que tengo el brazo roto!

–Ahora no empieces a darme la tabarra, joder. Voy a ponerte un vino. ¿Quieres un puro?

–Te aseguro que tengo el brazo roto. ¡Lo tengo roto!

–¡Por el amor de Dios, pórtate como un hombre! ¡Toma una copa! Bébetela.

–¡Me duele, me duele, ay, Dios, cómo me duele!

–¡Deja de gritar de una puta vez o vuelvo a incrustarte en esa pared contra tu propio ojete!

Por lo visto, no la asustaba nada. Era repugnante. Me metí otro buen lingotazo de Tokay y bajé en el ascensor. Caminé un poco calle abajo y encontré la trasera de un supermercado. Había apiladas unas cuantas cajas de madera contra el lateral del edificio. Eché una meada a la luz de la luna y luego me acerqué a las cajas de madera. Empecé a arrancar tablas, tablillas. Salió un clavo curvado y me arañó la cara interna de la muñeca cuando arrancaba una tabla. Me resbaló por el brazo un hilillo de sangre. Maldije. Joder, lo que es capaz de hacer un hombre por una puta.

Volví a subir con mi montón de mierda. Primero tomamos un poco de Tokay y fumamos. Luego me levanté, arranqué la sábana de arriba y como un inmenso león furioso, con un puro barato girando en mitad de la boca, rasgué la sábana y empecé a partir tablas contra la rodilla para darles la longitud adecuada. Entablillé el brazo ese como era debido igual que el mismísimo doctor Keene. Luego me senté y puse la radio. La *Quinta* de Shostakóvich. Estupendo. Siempre me habían encantado las masas. Me bebí un tercio de la botella de Tokay y busqué el zepelín de Goodyear.

–Ay, Dios mío –dijo Lucille.

–Cállate. Te he dicho que te calles. No pienso seguir diciéndote que te calles mucho rato. El caso es que no sé. Ella seguía venga a gemir que tenía el brazo roto. Por fin dije que vale, la llevé hasta el ascensor, nos montamos en el coche, puse el coche en marcha y la llevé al Hospital General...

Llevé a la vieja bruja directa a urgencias en vez de a la entrada, consciente de que eso suponía por lo menos 72 horas de diferencia. Tuvimos suerte. Sabiendo que Lucille se había roto el brazo la llevaron a toda prisa a rayos X y le hicieron una radiografía del pecho. Luego la sentaron en una silla de ruedas con una sábana blanca encima y había cola: víctimas de accidentes de tráfico chorreando sangre como petróleo árabe del bueno que iba a parar al suelo; jóvenes residentes negros de aspecto saludable saltaban por encima, hablando de la suerte que habían tenido en el hipódromo ese día o de que Lucille Ball debería retirarse antes de que el coño le cuelgue por debajo de las rodillas.

Me aburrí y empecé a gorronear cigarrillos a diestro y siniestro a los casos de muerte por hemorragia, las sanguijuelas y los pulpos submarinos. Lucille entró en silla de ruedas por una puerta y salió caminando por otra. Iba bien vendada. El numerito del brazo roto. Estaba mona. Como si hubiera estado besando al médico.

La acompañé al coche y nos montamos. Llegamos a tiempo, justo antes de que cerraran, para comprar oporto y moscatel en una tienda, cuatro botellas en total. La luna estaba bien alta esa noche y seguimos nuestro camino lentamente, tomando algún que otro sorbo...

Luego corrió por todos los bares, estuve oyéndolo durante semanas: «Soy la única mujer del mundo a la que han encerrado contra la pared en una cama plegable y se ha roto el brazo», se lo contaba a todo el mundo. Supongo que era algo fuera de lo común. Aunque, claro, era matemáticamente posible que le hubiera ocurrido eso mismo a otra mujer.

Lo más raro es que después de romperle el brazo me quería más que antes de que se lo rompiera. Sea como sea, nos echaron del apartamento de la cama plegable por alguna razón y fuimos a otro en la acera de enfrente, el alquiler era más barato, no eran tan entrometidos ni susceptibles al ruido y a la gente en paro y la cama estaba ahí en el suelo, no se podía mover, tal como debería ser con las camas.

Harry llamó de su casa tres o cuatro veces después de volver del hipódromo. Pasaron dos horas, se comió un filete New York en el Sizzler, luego fue hasta allí. Lilly estaba arrodillada en el suelo envolviendo regalos de Navidad. Sus hijos estaban en casa de su exmarido.

–Bueno –preguntó ella–, ¿qué tal? Has perdido, ¿no?

–No, he tenido suerte. He ganado 94 pavos. Te he estado llamando. Te dije que vendría después de las carreras.

–Dijiste que durarían mucho.

–Duran mucho. Pero no corren en la oscuridad. Era el día más corto del año.

Lilly no contestó.

–Bueno, supongo que iré a comprarle un regalo a Nadia.

–Claro. Y tráeme papel de envolver, papel de regalo, y comida para gatos. Y, oye, ¿tienes un martillo en el coche?

–Sí.

–Trae también el martillo.

Harry salió, se montó en el coche y fue a la tienda. Un juguete para una niña de 6 años. Paseó por la tienda. Era todo celofán y plástico, pintura barata y fraude. Se dio por vencido y compró 6 u 8 cosillas: un compás, un reloj de muñeca de juguete, un estuche de maquillaje, un estuche de manicura, globos, un puzle, jabón para soplar burbujas, un bolso y un estuche de adornos. Era mejor mierda variada que un pedazo de mierda sin más. Harry compró otras cosas, además de un cartón de 6 de Diet Rite y un bote grande de frutos secos variados. Después de aparcar levantó el capó del Volks y cogió el martillo. Luego se encontró con que no podía volver a cerrar el capó. Se quedó allí descargando golpes sobre el capó para cerrarlo. Estuvo 10 minutos golpeando el capó.

Lilly salió al porche.

–¿Qué coño pasa aquí?

–He sacado el martillo y ahora no se cierra el capó. Es por el añadido que le puso el tipo ese al parachoques. Estorba. No me fijé cuando compré el coche.

Lilly volvió dentro sin decir nada. Harry siguió dándole golpes al capó. Había niebla, el acero estaba húmedo, se le resbaló la mano y se despellejó un nudillo. Lilly volvió a salir al porche.

–¿Has cogido el martillo?

–Sí. Lo he cogido. Así ha empezado todo esto.

Lilly bajó las escaleras.

–Me hace falta el martillo. –Fue al coche y levantó el capó.

–Oye –dijo Harry–. Te he dicho que ya lo he sacado.

–Ah.

Harry cogió el martillo del techo del coche y se lo dio. Ella lo cogió y volvió subir las escaleras para entrar en casa. Harry golpeó el capó unas cuantas veces más, luego se dio por vencido. 1.299 dólares por un Volks del 67 y el capó no cerraba.

Cuando entró con las cosas, ella estaba viendo en la tele *Geronimo,* interpretado por Chuck Connors. Chuck Con-

244

nors era el peor actor en un Hollywood lleno de actores malos. Le enseñó los regalos que le había comprado a Nadine. Lilly no hizo ningún comentario.

—¿Quieres un Diet Rite?

—No, he puesto té al fuego.

—¿Y unos frutos secos? Son buenos para el alma. —Desenroscó la tapa del bote.

—No, no me apetecen.

Se sentaron a ver *Geronimo*. A Harry le resultaba difícil creer que los indios no sonrieran nunca. Tenían que sonreír, sobre todo cuando las cosas iban mal. Lilly alargó el brazo y cogió unos frutos secos. Vieron la tele juntos. Luego empezaron las noticias. La niebla había hecho que cancelaran muchos vuelos y toda la gente que quería ir en avión a ver a la familia por Navidad estaba perdiendo los nervios.

—La gente da demasiada importancia al parentesco consanguíneo. Solo porque estás emparentado con alguien no quiere decir que sea más importante que otros.

—Desde luego que sí.

—¿Por qué?

Lilly no contestó. Harry se metió un puñado de frutos secos a la boca mientras los asesores económicos del presidente Ford caminaban hacia el Capitolio con sus maletines.

Terminaron las noticias y se fueron al dormitorio. Ella fue al cuarto de baño primero y Harry se acostó en la cama y echó un vistazo al programa de carreras de ese día. Había tenido mucha suerte. La próxima vez que fuera seguramente lo crucificarían. Ojalá fuera capaz de hallar un patrón. Pero lo que pasaba era que todo cambiaba una y otra vez. Te ofrecían unas pautas en una carrera y en la siguiente veías justo lo contrario. Si alguien fuera lo bastante brillante como para dilucidar el movimiento de las mareas... Todo el mundo necesitaba alguna clase de veneno para mantenerse limpio. El veneno de los caballos era su desinfectante. Otros tenían el arte, los crucigramas o robar ceniceros en bares y cafés.

Lilly volvió y se metió en la cama, le dio la espalda y se puso a leer un libro sobre un hombre especializado en abandonar su cuerpo y salir flotando hacia el espacio. Harry se levantó, fue al cuarto de baño y se lavó los dientes. Luego volvió y se acostó de nuevo. Estuvo un rato leyendo la revista *The London Magazine,* buscó su nombre y la frase donde un crítico lo describía como un «escritor de inmenso éxito». Gracias, gracias. Dejó la publicación en la mesilla, se volvió y cerró los ojos.

—Fui a una tienda —oyó la voz de Lilly— y conocí a la chica que lleva la tienda y dijo que igual podemos montar un negocio juntas. Ella hace cosas de metal y yo puedo hacer mis cabezas.

—Hay crisis —dijo Harry—, tienes que andarte con cuidado. ¿Crees que eso se venderá?

—No lo sé. Pero hay que probar suerte.

—Supongo. Pero ten cuidado: algunos sitios de esos tienen contrato de arrendamiento. Tienes que arrendar el local durante 6 meses o un año y, aunque no haya ventas, hay que seguir pagando el alquiler.

—Esa chica hace unas cosas estupendas. Me encantan.

—Las cosas estupendas y lo que compra la gente a menudo no coinciden.

—Pues igual lo intento. Estoy harta de poner copas a los borrachos del bar. Todos quieren que los salve.

—No es más que una frase. Ya están salvados en cuanto levantan esa copa.

—Tú de eso sí que sabes.

—Bueno, si abres esa tienda, podría dar recitales de poesía.

—¡Ya estamos! Cada vez que hablo de abrir una tienda tú dices que puedes dar recitales de poesía. ¡Es una humillación! ¡Me relegas al papel de un tipo como Vangelisti! ¡Reconoce que es una humillación!

Harry pensó un rato.

—Bien, igual es una humillación. Pero tendrías que dar a conocer tu tienda. Montar un puto guiñol o algo así.

Lilly encendió la luz. Entonces la oyó:

—El caso es que tengo más potencial del que tienes tú. Desde luego que sí. Te digo lo que hay. Mis hermanas dicen lo que hay. Nos haremos famosas. No puedes quedar impune de tanta mentira.

—Haz el favor de ser amable. Llamémoslo ficción.

—Te están calando.

—Vale, me están calando.

—¡Siempre tienes esa actitud de *superioridad!* —Lilly se incorporó en la cama y gritó—: Virgen Santa. ¡Ya Sabemos Todos Que Eres Harry Dubinski El Gran Escritor!

Luego se dejó caer contra la almohada.

—Mi hermana, Sarah, no ha publicado nada todavía pero tiene *empuje,* ronda los 47 años y, cuando voy a su casa la máquina de escribir está *funcionando todo el rato,* tiene empuje y agallas. Le rechazan una y otra vez las novelas y ella saca otra. Tiene lo que hace falta. No sé cuándo escribes *tú.* Siempre estás dormido o borracho o en el hipódromo.

—Wallace Stevens tenía un dicho: «El éxito como resultado de la laboriosidad es un ideal de patanes.»

—¡Con mi hermana puedo *hablar!* ¡Llegamos Al Origen, Llegamos Adonde De Veras Están Ocurriendo Las Cosas! ¡Hablamos De Cosas! ¡Llegamos Hasta La Raíz!

—Bien, pues vale. Dime algo que hayáis averiguado.

Lilly se dio la vuelta en la cama.

–¡Ay, joder, qué asco me das! ¡Es que no entiendes nada: el amor, los sentimientos, nada de nada! ¡Mis hermanas tienen más vida en el dedo meñique que tú en todo ese cuerpazo de ballena!

–Hay chicas a las que no parece importarles mi cuerpazo de ballena.

–¡Tus putas, las lectoras de tus poemas!

–Te trato bien cuando no estamos separados.

–Pero nos las arreglamos para separarnos, ¿verdad?

–Eso es, en plural.

–¡Mis hermanas tienen ambición, ambición de *verdad,* tú no lo entiendes, sencillamente no lo entiendes!

–La ambición sin talento es inútil a menos que tengas un publicista de los buenos.

–Tú no haces más que soltarme esas cosas, no *hablas* conmigo. No haces más que soltar eslóganes como un puñetero John Thomas.

Harry rezongó.

–¡Habla conmigo! –dijo ella–. ¡Habla conmigo!

–Por lo general un caballo gana cuando su ventaja en las apuestas se ha reducido con respecto a la carrera anterior.

–Necesito esculpir nuevas cabezas, eso es lo que me pasa. ¡Necesito nuevas cabezas que esculpir! Creo que voy a hacer hombres desnudos, ¡de dos metros y medio de alto! No te haría ninguna gracia que tuviera modelos desnudos por aquí, ¿verdad? No te haría ninguna gracia, ¿verdad?

–No lo sé.

–Necesito que me den cuerda, mucha cuerda.

Harry no contestó.

–Me hace falta una patada en el culo –continuó ella–, necesito gente que me *motive.* ¡Necesito novedades, cosas distintas! ¡Lo único que hacemos es dormir! ¡Dormir! ¡Dormir me *deprime!* ¡Dormía tres semanas seguidas cuando era niña! ¡Lo odiaba! ¡No haces más que vaguear! ¡Eres AÑOS MAYOR QUE yo! ¡Necesitamos cosas distintas! ¡Deberíamos probar algo distinto!

–Mira, Lilly, lo que necesitas es una clase distinta de tipo...

–¡Ah, los hombres *siempre* decís eso! ¡No os ADAPTÁIS nunca! ¡Nunca os sentáis y decís, bueno, mira, igual debería probar tal o cual o probar *cualquier cosa!* ¡Siempre decís: «Bueno, si no te gusta cómo soy, pues me LARGO, me LARGO»! ¡Cada vez que hablamos de esto, te largas! ¡Y llevamos juntos cuatro años! ¡Al principio teníamos unas peleas *violentas* y luego nos reconciliábamos y el reencuentro era maravilloso! ¡Ahora simplemente vuelves. ¡Antes me acusabas de cosas, antes te quejabas! ¡Ahora simplemente vuelves, te quitas los zapatos y lees el periódico! ¡No tienes ni rastro de energía!

–Las cosas cambian. Antes pensaba que eras otra persona pero no era más que la persona que había creado en mi imaginación. El error fue mío. Ahora no espero lo que esperaba. Coño, estamos madurando, ¿no lo ves? No tenemos necesidad constante de tanto puto barullo. Tenemos los objetivos identificados, nos lo podemos tomar con calma.

–¡Ya ni siquiera tienes celos de lo que hago con otros hombres!

–Me dijiste que aborrecías mis celos, que amar de verdad supone confiar en la otra persona.

–Bueno, ¿qué es el verdadero amor?

–Dos gatos follando en el patio a las 2 de la madrugada.

Lilly se quedó en silencio 3 o 4 minutos, luego volvió a hablar:

–Creo en ese vidente al que fui. Me dijo que nunca llegarías a ser un escritor grande de veras. Y le creo. ¡Tienes un montón de puntos *muertos* en todas tus historias, puntos *muertos* grandes, pero que muy grandes! ¡No lo lograrás nunca!

–No estoy especialmente interesado en lograrlo. La ambición me hace vomitar.

Transcurrieron 2 o 3 minutos. Entonces Lilly saltó de la cama, levantó los brazos por encima de la cabeza y gritó:

–¡Voy A Hacer Cosas Importantes! ¡Nadie Se Da Cuenta De Lo Importante Que Voy A Ser!

–Vale –dijo Harry–, serás importante. Yo me largo.

–¡Te *largas!* ¡Te *largas!*... ¡No te das cuenta de hasta qué punto has sido un lastre para mí! ¡Me has IMPEDIDO ESCULPIR, ME HAS IMPEDIDO HACER TODO LO QUE QUERÍA! ¡VETE! ¡VETE! ¡VETE! –Lilly se puso a correr por la casa gritando–: ¡VETE, VETE, VETE! ¡Eso es lo único que *sabes hacer:* IRTE!

Lanzó un largo grito, luego tiró el árbol de Navidad, destrozando los adornos y las luces. Se oyeron más ruidos mientras se paseaba por la casa. El terremoto de los años treinta perdió al menos por medio cuerpo. Harry ya lo había visto antes en su casa, la de ella. Puertas de cristal hechas añicos, espejos, todo.

Ella entró a la carga en la habitación y Harry recordó las otras veces, todas las otras veces.

–No lo hagas –le advirtió– o te meto una buena zurra. ¡Lo digo en *serio!*

Lilly reculó. Luego fue a la otra habitación y él oyó los ruidos y los gritos.

–Te vas. ¡Siempre te vas! ¡Bueno, Pues Vete; Vete, Vete, Vete!

Harry cogió las gafas, el último número de *The London Magazine*, los dos últimos capítulos de la novela que estaba escribiendo y abandonó la casa en abrigo, pantalones y zapatos, sin calzoncillos, camisa ni calcetines y sin el programa de las carreras. Salió por la puerta y fue al coche por el sendero de acceso mientras ella gritaba: «Odio Las Navidades. Odio Esta Casa. Te Odio... Te...»

Yo también odio las Navidades, pensó, al tiempo que intentaba meter la llave en la portezuela, y se había equivocado de llave, pero encontró la que era y abrió la portezuela, se montó y pulsó el botón justo cuando llegaba ella en el momento en que él intentaba poner en marcha el coche e intentó abrir la portezuela.

«¡Voy a cargarme este precioso coche, voy a cargarme este coche, te voy a matar!» Y empezó a golpear el parabrisas.

Harry dio marcha atrás y salió mientras ella arrancaba el buzón que había delante de la casa, un artilugio enorme de hierro que casi se cargó el vidrio del parabrisas, y luego cogió una piedra y lo alcanzó, pero solo dio en el capó inservible y, poco después, Harry iba conduciendo por las calles del pequeño barrio y había niebla, una niebla inmensa, y puso en marcha los limpiaparabrisas del Volks del 67 recién comprado y no funcionaban, conque bajó la ventanilla izquierda y escudriñó la noche.

Fue a peor hasta que llegó al bulevar central y luego se abrió paso hasta la licorería de Western, justo encima de Hollywood Boulevard, y aparcó, Harry aparcó y entró, y llevaba puesto el abrigo sin camisa e intentó abrocharse el abrigo sobre el pecho y el vientre, pero había engordado, Harry el ballena, y se dio por vencido, fue a los estantes y cogió un cartón de seis de Heineken (Light) y dos botellines de Michelob y volvió al mostrador.

El tipo del mostrador cogió su dinero y contó el cambio y, mientras contaba el cambio, preguntó:

—¿Tabaco?

—Nada de tabaco —contestó Harry.

251

Harry salió, buscó el Volks azul, volvió a equivocarse con las llaves, tuvo que dejar la cerveza en el techo mientras buscaba la llave de la portezuela, y había 3 chicas sentadas en un coche enfrente de él y el coche tenía todas las puertas abiertas, no había ningún hombre dentro y estaban ahí sentadas y una de ellas dijo: «¡Eh, fijaos en ese!»

Y se echaron a reír, eran risas lentas, apagadas, y Harry dio con la llave adecuada, abrió la portezuela, cogió la cerveza del techo para dejarla en el otro asiento, el delantero de la derecha, unos botellines se desprendieron y cayeron al suelo, y entonces miró a las chicas, les lanzó un guiño lento, malvado, hizo una inclinación igual que un hombre tranquilo y santo, se montó, arrancó y se fue.

Condujo hasta Carlton Way, aparcó, cerró con llave, llevó las cervezas a la puerta, metió la llave en la cerradura y entonces sonó el teléfono.

Supongo que uno de los sucesos más asombrosos e inesperados acaecidos en el mundo del deporte fue el que se dio en el partido inaugural de fútbol americano profesional de la temporada regular entre los Razors de Nueva York y los Wolfhounds de L. A. en 1977. Yo cubría el partido para uno de los periódicos locales y, cuando los Wolfhounds se disponían a recibir el saque inicial, el estadio entero se transformó en un galimatías de voces incoherentes al fijarse el público en el único zaguero receptor, un desconocido. Parecía medir 2 metros 40 y pesar cerca de 220 kilos. Lo presentaron como Graham Winston. El balón de saque fue descendiendo hacia él y Graham empezó a moverse. Y se movía con rapidez y elegancia y, con semejante tamaño, los placadores de los Razors de Nueva York chocaban contra él y salían rebotados como si de un tanque se tratara. De hecho, más de uno rehusó chocar contra él y Graham Winston cruzó hasta la línea para marcar un tanto. El resto del partido fue parecido. Los Wolfhounds le pasaban el balón a Graham y él corría de aquí para allá por el campo. A veces lo placaban pero por lo general eran necesarios tres o cuatro hombres y tenían

253

que abalanzársele todos a la vez. El resultado final fue Wolfhounds de L. A. 84, Razors de Nueva York 7.

Después de aquello, los periodistas teníamos unas preguntas mientras Graham Winston estaba sentado en una camilla de masaje bebiéndose botellas de litro de cerveza. Chubby Daniels, el entrenador, estaba a su lado masajeándole el cuello y sonriendo.

–¿Dónde lo han encontrado? –planteé la pregunta que tenían en la cabeza todos los demás periodistas.

–Lo encontramos trabajando en una granja de mala muerte en el Medio Oeste.

–¿Así sin más?

–Sí, uno de nuestros ojeadores pasaba casualmente por allí de camino a ver a un posible fichaje cuando vio a este pedazo de hombretón detrás de un arado.

–Dame otra puta botella de cerveza –dijo Graham.

–Hasta es guapo. Igual lo contratan los del cine.

–Le hemos hecho firmar un contrato, blindado.

–Tan grande y rápido como es, probablemente vencería al campeón de los pesos pesados.

«QUE EL PERDEDOR COMA MIERDA CONFITADA.»

—Le hemos hecho firmar un contrato, blindado.

—¿Te gusta el fútbol? —le preguntó a Graham un periodista.

—Joder, sí. Toda esa gente gritando me hace sentir bien. Bueno, esto es Hollywood, ¿no?

—Sí, bueno, estamos cerca.

—Pues yo quiero follar. Quiero follarme a una aspirante a estrella.

—Tranquilo, Graham —dijo Chubby Daniels—. Acabas de ser descubierto hoy mismo. Eres invencible, todo llegará.

—Quiero follar esta noche. Y dame otra botella de cerveza. Esta está caliente.

—¿Cómo van a parar a este tipo, Chubby?

—Eso es problema suyo.

—Es posible que dé al traste con todo su juego.

—El juego se fue al traste hace mucho tiempo —respondió Chubby—. El fútbol profesional es como la sociedad: gana y gana como puedas y tanto como puedas. Y deja que los perdedores coman mierda confitada. Ahora os voy a pedir que os vayáis para que mi hombre pueda descansar un poco. Además, tengo que hacer unas llamadas.

Se rumoreó que esa misma noche, con dos guardaespaldas presentes, Graham Winston se cepilló a Mona St. Claire, la joven aspirante a estrella, en el dormitorio del apartamento de la chica. Lo raro era que Graham no la hubiera partido por la mitad. Sin embargo, se comentaba que dos días después la joven ya se levantaba, paseaba y comía yogur, nata y dónuts de Winchell's...

Los Wolfhounds ganaron a los Bluebirds 94 a 14 y a los Mounties 112 a 21. La foto de Graham Winston aparecía en la primera plana de prácticamente todo y había historias sobre su vida, sus necesidades, su filosofía en docenas de revistas. Se lo veía con Elizabeth Taylor, Liza

Minnelli y Henry Kissinger. Se precipitó a ríos desde puentes en coches y sus mujeres resultaron ahogadas. Lo pillaron con droga, lo pillaron abusando de una niña de 7 años, pero siguió en libertad, corriendo de punta a punta de campos de fútbol, quebrando placajes y defensas...

A mitad de temporada, anunció que iba a dejar el fútbol para dedicarse a la «interpretación». Los Wolfhounds emprendieron acciones judiciales y las cámaras empezaron a rodar. Le dieron un papel en una serie de televisión: *Gran corazón de vaquero*. Era el bueno, el chico bueno y duro. Arreglaba todos los líos en la pradera y unos cuantos en la ciudad también. Mientras tanto, el fútbol profesional volvió a la normalidad, lo que suponía que las capacidades asesinas de los equipos estaban más o menos igualadas. Graham Winston salía en todos los anuncios. El supermán de la imaginación de todo hombre y toda mujer había bajado a la Tierra y la había heredado. Era lo más parecido que cabía imaginar al segundo advenimiento de Cristo, aunque nadie llegó a plantearlo así: era menos sagrado y, por tanto, más interesante, más capaz de cometer errores, y había superado por 46 millones al Hombre de los 6 Millones de Dólares. De hecho, así le empezaron a llamar: el Hombre de los 50 Millones de Dólares. Empezaron a llamarlo así con mi ayuda, claro. Tuve suerte y me convertí en su jefe de prensa, lo que me va muy bien para contar esta historia...

Estaba una noche con él en su ático de la ciudad de Nueva York. Estaba ocioso, el rodaje de su serie *Gran corazón de vaquero* iba adelantado y celebraba una fiesta. A Graham le encantaban las fiestas. Le encantaba bailar, cantar y emborracharse. Así pues, allí estábamos esa noche en concreto. Graham estaba sentado al piano, lo acababa de aporrear hasta dejarlo ensangrentado. Estaba bebiendo whisky escocés, vodka, cerveza y vino y fumando puros de 5 dólares. Estaba un poco aburrido.

–Ha venido todo el mundo, Graham. Están Truman Capote, John Wayne, Sammy Davis Jr., Cal Worthington, Billy Graham, Liz Taylor, Liza Minnelli, Henry Kissinger, Richard Burton, Cher, Charo, Earl Wilson, Nick el Griego, Linda Lovelace, Marlon Brando y unos indios.

–¿No es coña?

–No es coña.

–Estoy harto de todo esto, Charlie.

–Yo tengo un dicho, Graham. «Solo la gente aburrida se aburre.»

–Joder, eso no me sirve de nada.

Graham se levantó del piano. Se acercó a una rubia delgada y sumamente encantadora con un reluciente vestido largo blanco. Se sacó la polla y se puso a mearle todo el vestido. El gesto la dejó en estado de *shock* y Graham se quedó ahí rociándola, arriba y abajo y por todas partes. Al final la chica gritó y se fue corriendo. Graham se guardó la polla y se subió la bragueta. Fue al bar y se sirvió su propia bebida, whisky escocés mezclado con oporto. Luego se dio la vuelta y gritó a la concurrencia: «¡OS ODIO A TODOS! ¡SOIS TAN FALSOS COMO YO!»

Cesaron todas las conversaciones y la gente permaneció sentada y en pie sonriendo, tomando sorbos de sus copas.

–La falsedad es el estado del universo –dijo Truman Capote–. Simplemente somos los más excelentes de entre los falsos.

–¿Por qué no sorbes mierda por una pajita? –repuso Graham.

Luego volvió al bar y se puso otro especial. Entonces miró otra vez a su público:

–Antes me preguntaba cómo sería la cima del mundo.

Ahora estoy aquí y ojalá estuviera detrás de un arado siguiendo el ojete de una mula.

–Se puede alejar al chico del ojete, pero no se puede alejar el ojete del chico –comentó un joven humorista judío que estaba trabajándose el éxito en los clubes nocturnos de Las Vegas.

Graham Winston apuró la copa y se acercó a Billy Graham.

–¡Oye, oye, tienes el mismo apellido que yo!

–¡Dios nos bendiga! –dijo Billy.

–¿Por qué tendría que bendecirnos Dios?

–No exigimos su bendición, solo la pedimos.

–Qué soso es todo. No haces más que decir palabras.

–Palabras de amor del Señor.

–¿Cómo es que no bebes?

–Soy abstemio.

–Mis amigos beben conmigo. Tú vas a beber conmigo o serás enemigo mío.

–El único enemigo es el diablo y el mal.

–O sea que estás aquí comiendo mis aceitunas y muslos de pollo y mirándoles a todas estas mujeres el culo y las tetas, las piernas, los ojos y los movimientos, ¿y no vas a beber conmigo?

–No, hijo mío.

–Hay que joderse –dijo Graham Winston–, supongo que así son las cosas.

Cogió a Billy Graham, lo levantó por encima de la cabeza y pasó entre Joe Namath y Norman Mailer y luego siguió andando y fue hasta una ventana que daba a la calle. Estábamos a 40 plantas de altura. Lanzó a Billy Graham contra el cristal y Billy Graham cayó al vacío. Graham Winston volvió al piano, se sentó e intentó sacarle a golpes una melodía.

—Nunca he sido capaz de tocar el piano —me dijo.

A Graham Winston le cayó cadena perpetua. Y yo estaba buscando otro empleo. Ocurrió en el patio un día. Graham no se juntaba con los grupos. Había quien no lo hacía, la mayoría se veían obligados. Pero un día los de los grupos de Supremacía Blanca, Supremacía Negra, Supremacía Morena y Amarilla montaron una pelea en el patio, y presos que no pueden tener cuchillos los encuentran de alguna manera o los fabrican, y Graham Winston era tan grande que se metió en medio. Nadie supo quién se lo cargó, qué grupo. Pero allí estaba al sol, 2 metros 40 y 220 kilos agonizantes, sangrando por tres orificios en el vientre. Luego el Hombre de los 50 Millones de Dólares estaba muerto. Pero lo recordaré sobre todo llevando el balón campo adelante, especialmente después del saque inicial, y viéndolo avanzar. Era más prodigioso que cualquier prodigio. Me hacía sentir inmenso por dentro, como si de verdad hubiera posibilidad de que ocurrieran milagros en un mundo desbordado y a la postre soso y agotado. Tendría que haberlo sabido. Y, como decía, ahora estoy buscando trabajo, pero también lo buscan muchos otros.

Llegó una noche al pueblo todo vestido de negro. Su caballo era negro y las estrellas ni siquiera habían salido. Llevaba un arma y la barba desaliñada. Entró en el bar y pidió un whisky. Se lo tomó y pidió otro. Todo el mundo se quedó muy callado. Una de las chicas se acercó y lo cogió por la muñeca.

—¿Cuánto, cielo? Tengo el cuerno bien duro.

—Seguro que no llevas mucho dinero —dijo Minnie.

—Tengo un dólar, guapa.

La chica se apartó.

—De todos modos, seguro que tienes la gonorrea —dijo él, a la vez que apuraba el segundo whisky.

—¿Dónde está el baño? —preguntó a la clientela. No contestó nadie—. Así que no vais a decirme dónde está el baño, ¿eh?

No hubo respuesta. Se sacó la polla y meó en el suelo del bar.

—Eso no nos hace ninguna gracia, forastero —le advirtió el camarero.

—Bueno, la próxima vez que pregunte, espero respuesta. Noto que voy a tener que evacuar pronto.

—¿Cómo te llamas, forastero?

—Certero y Fiable. Me follo a la primera que hable.

—¿Buscas problemas?

—Sí, bueno, problemas de los que tienen chochito. Eso lo sabe cualquier hombre.

El forastero se aproximó a la partida de póquer en la mesa del fondo, acercó una silla y tomó asiento.

—¿Te hemos invitado a que te sientes? —preguntó uno de los chicos.

—Me meo en las tetas de tu madre muerta —dijo el forastero—. Reparte.

—Vale. Apuesta.

Se repartieron las cartas. El forastero se quedó tres, pidió dos. Billy Culp se quedó cuatro, pidió una. Los otros se retiraron. Culp y el forastero subían la apuesta cada vez más. Llegaron a 75 centavos y Culp vio la apuesta. Entonces dejaron las cartas sobre la mesa. El forastero volcó la mesa de una patada y tiró a Billy Culp al suelo.

—¡No hay más que un as de corazones en la baraja, hijo de puta! —El forastero había desenfundado la pistola—. ¡Hijo de puta, voy a empalmarte el ombligo con el culo!

—¡Eh, forastero, te juro que no volveré a hacer trampas! Coge el dinero, pero perdóname la vida.

—De acuerdo, mamarracho —dijo el forastero, que recogió todo el dinero y volvió a la barra.

—Quiero una botella —le espetó al camarero. El forastero se quedó allí, bebiendo a morro de la botella. Echó un trago y lo escupió sobre la camisa del camarero—. Este pueblo parece aburrido de cojones —dijo el forastero—, me parece que no hay ni un solo hombre entre todos vosotros. Pero —guiñó un ojo—, hay muchas mujeres. —Y cuando pasaba por su lado Stardust Lil, alargó el brazo, le arrancó la parte de arriba del vestido y le dejó las tetas al aire.

—Preciosas —dijo—, preciosas.

Un vaquero con camisa roja se puso en pie al otro lado del bar.

—Esa es mi mujer, forastero.

—Muchacho —dijo el forastero—, ninguna mujer es propiedad de un hombre. Hay mujeres que poseen hombres, pero hay hombres a los que nadie puede poseer. Las mujeres tienen corazones como serpientes de cascabel. Te hacen pedazos las entrañas y luego se agachan y se te mean encima.

—¿O sea que los hombres son mejores que las mujeres?

—No hay mucha diferencia.

—No me hace gracia que enseñes los pechos de mi mujer a todo el bar.

—Joder, chaval, a ver si entiendes a las mujeres. Eso que ha pasado la ha hecho más feliz que cualquier otra cosa que le haya ocurrido en años.

—¡Debería volarte los huevos a tiros!

—Bien, vale. Espera a que se me ponga la polla dura.

El chico desenfundó. El forastero desenfundó. Luego el chico tenía la camisa más roja aún y Stardust Lil había perdido a su decimoséptimo amante. Lloró inclinada sobre él, se le escapó un pedito y se fue corriendo al almacén.

—Vaya cerdo machista cabronazo —suspiró una vocecilla desde algún sitio del bar.

—¡Dios —exclamó el forastero—, Dios, esto es el colmo! —Cogió la botella de whisky y se bebió una cuarta parte—. ¿Qué coño hacéis aquí para divertiros? ¿Ahogaros en vuestra sosa languidez? Si Dios os creó, desde luego andaba necesitado de práctica.

Se abrieron las puertas batientes y apareció el *sheriff*.

—Me llamo Billy Bud y soy el *sheriff* de este puñetero pueblo y cobro un sueldo por mantener el orden público. Mi padre se fugó cuando tenía 6 años y mi madre pasó a

263

ser la puta del pueblo, pero me eduqué como es debido y creo en el bien y me parece que lo que estás haciendo no está precisamente bien, así que uno de los dos va a tener que marcharse del pueblo. ¡Veo tu carta, forastero, veo toda tu puñetera mano!

—¿Tienes algún familiar cercano? —preguntó el forastero.

—Ninguno.

—Me alegro. A uno no le gusta provocar más dolor del necesario. Bastante frío es el mundo. Si la gente me dejara en paz, no tendría que hacer lo que tengo que hacer una y otra vez.

El forastero echó otro buen trago de la botella, la dejó y se acercó al *sheriff*. Alargó la mano hacia la estrella y se la desenganchó de la camisa.

—Abre la boca.

—¿Qué?

—¿Necesitas un puto audífono? ¡He dicho que abras la boca!

—¿Por qué?

—Porque vas a mascar esta estrella hasta que te duelan los dientes. Y si no te apresuras y empiezas a hacerlo ya, igual te obligo a tragártela.

El *sheriff* abrió la boca y el forastero le metió la estrella.

—¡Venga, muerde! ¡He dicho que MUERDAS!

El *sheriff* empezó a mascar la estrella. Comenzó a sangrar por la boca.

—¡MUERDE! —gritó el forastero—. ¡MUERDE MÁS FUERTE! —Efectuó unos disparos a los pies del representante de la ley—. ¡Bien —dijo el forastero—, ahora sácate la estrella de la boca, préndetela en la camisa y lárgate a tomar viento!

El *sheriff* hizo lo que le decía y se largó justo en el momento en que Stardust Lil bajaba la escalera con un vestido nuevo, un vestido más sexi y bonito que el de antes.

—Guapa —dijo el forastero, mirándola desde la barra—, por fin conoces a un hombre.

Stardust Lil siguió bajando la escalera, sonriente.

—Joder, guapa, qué bien te queda ese vestido, es como si hubieras nacido para llevarlo, toda trémula y cimbreante. Creo que te voy a echar un polvo con el vestido puesto. No quiero que te lo quites. Igual tenemos que levantar un poco el dobladillo, claro.

«DIOS, CUÁNTO PODÍA LLEGAR A ABURRIRSE UNA MUJER.»

Stardust Lil se acercó al forastero y apoyó una cadera en él.

—Ponme una copa, fiera.

—Te gusto, ¿verdad?

—Claro.

—A las mujeres les gustan los ganadores, yo soy un ganador, sé buscarme la vida.

—Claro, forastero, me gustan los ganadores.

—También se me da bien chupar. Las tetas y el coño. Te puedo meter un viaje bien largo.

—Eso dicen todos.

—¿Cuántos lo hacen?

—Solo uno de cada 30 sabe hacer el amor de verdad.

—Qué putada.

—Es asqueroso. Llevo tres años follándome con los dedos. Casi prefiero acostarme con una mujer porque una mujer sabe lo que quiere una mujer.

—¿Eres torti?

—No, pero qué se supone que debe hacer una mujer cuando la mayoría de los hombres no son más que simios con la entrepierna apestosa y sin la menor imaginación.

—Tómate otra, cielo.

—Sí.

—Puedo llevarte más allá del paraíso, guapa.

—¿Qué fue de tus otras mujeres?

—He dejado 50 corazones partidos tras de mí.

—¿Por qué?

—Bueno, es que les daba por hacer muchas tonterías, como corregirte la ortografía o decirte que andes erguido.

—Vamos arriba a mi cuarto, forastero, si eres lo bastante hombre.

—Soy lo bastante hombre —dijo él.

Subieron la larga escalera seguidos por todas y cada una de las miradas del bar. Lil estaba reluciente con su vestido y sus movimientos. No había un solo hombre en el bar que no hubiera dado cinco años de vida por estar allá arriba con ella.

Esperaron. Pasaron cinco minutos, luego 15, luego 20. Entonces se abrió la puerta y salió Stardust Lil. Tenía más o menos el mismo aspecto, solo que llevaba el pelo un poco ladeado y revuelto. Bajó lentamente la larga escalera. Hacia la mitad, dejó escapar una risilla y dijo:

—Venga, chicos, subid ahí y cogedlo.

No se movió nadie y Lil siguió bajando.

—Nadie puede obligar a nuestro *sheriff* a comerse la es-

trella –dijo. Estaba de lo más preciosa, tenía un aire redentor, bajando hacia la luz del bar–. Id a por él, chicos
–insistió.

No se movió nadie, Lil llegó a los pies de la escalera.

–¡Maldita sea, bribones, ya me he ocupado yo de él!

–Llevaba una bolsa de papel marrón en la mano. La lanzó
y se deslizó por el suelo. Luego salió rodando el contenido.
Era blanco y con forma de salchicha y un extremo parecía
arrancado de un mordisco. Empezó a correr la sangre por
el suelo. Y justo en ese instante algún borracho en la torre
de la iglesia empezó a tocar la campana. Y la perra de la
señora McConnell parió una camada de 7,5 hembras y
2 machos. Y Stardust Lil fue hasta la barra y se terminó
la botella del forastero, metiéndosela entre los labios y
apurándola. Había sido una noche mejor que la mayoría,
pensó. Mejor que la mayoría, desde luego. Dios, cuánto
podía llegar a aburrirse una mujer.

Desperté a las 8.30 de la mañana. Meg había puesto a Brahms en la radio. Tenía la radio muy alta. Meg no solo llevaba dentadura postiza sino que tenía el coño reseco. Era imposible conseguir que lubricara. Era como meter la polla en un rollo de papel de lija: rozaba y arañaba y te dejaba la piel escocida.

–¡Baja la radio! ¡Intento dormir!

–La música sinfónica solo se puede escuchar así.

Me levanté de la cama, fui a la cocina y bajé la radio.

–Después de todo, vivo aquí –le advertí.

Meg estaba en el sofá tomándose el segundo whisky escocés y fumándose el cuarto pitillo. Tenía el periódico matinal.

–Quiero leerte el artículo de Jack Smith.

–Jack Smith no me gusta.

Meg pasó a leerme la columna de Jack Smith. Era muy ingeniosa, periodística y agradable. Escuché hasta que terminó.

–Jack Smith es un buen escritor –dijo–. Me gusta Jack Smith.

–Vale, pues que te guste.

—También me gusta *The New Yorker*. Tengo derecho a que me guste *The New Yorker*. En los viejos tiempos Thurber y el editor tenían largas discusiones sobre el uso de la coma. Vivían a base de sándwiches de jamón y café para sacar la revista.

—Sí, pobrecitos, mientras tanto el resto del país hacía cola en los comedores de la beneficencia.

—Sigue gustándome *The New Yorker*.

—Oye, voy a cagar.

Cuando volví a salir, tenía la radio otra vez a todo volumen e iba por el tercer whisky.

—¿Has ido alguna vez a un concierto?

—Sí.

—¿Qué te pareció?

—Había un ambiente muy estirado y me sentaron detrás de una columna.

—No te gustan muchas cosas, ¿verdad?

—No precisamente.

—Bueno, a mí no me gustan algunas cosas que escribes.

—A mí tampoco me gustan algunas que escribo.

—¿Lo has hecho ya?

—Que si he hecho, ¿qué?

—Follarte a mis hermanas.

—No.

—Lo harás.

Fui a la cocina y cogí una cerveza. Cuando volví a salir iba por el cuarto whisky.

—Oye, iba a irme hoy a casa pero ya estoy muy borracha para conducir. Me iré mañana.

—Mira, llevas aquí una semana.

—Te prometo que me iré mañana.

—Eso dijiste ayer. No puedo escribir nada, joder.

—Puedes escribir mientras estoy aquí. No me importa.

—Gracias.

—Sí que tenemos cosas en común.

—Como, ¿por ejemplo?

—A los dos nos gustan Knut Hamsun y Céline.

—Me voy al puto hipódromo.

—¿Tan temprano?

—Tan temprano.

Cuando volví a las 7 de la tarde seguía sentada en el mismo sitio del sofá, fumando y bebiendo todavía y en la radio seguía sintonizada la emisora de música clásica. Sonaba Mozart.

—¿Qué tal te ha ido?

—He perdido.

—Ha llamado una mujer mientras estabas fuera.

—¿Cómo se llamaba?

—No ha dicho su nombre.

—¿Qué quería?

—No lo ha dicho.

Fui al cuarto de baño y abrí el grifo de la bañera. Salí y cogí una cerveza.

—Oye. Quiero saber una cosa —dijo.

—¿Qué?

—¿Te has follado ya a mis hermanas?

—No.

—Lo harás.

Meg se levantó y encendió todas las luces. Luego prendió las cuatro velas largas que había comprado. Había traído las palmatorias en una bolsa grande de papel junto con un ejemplar de *El corazón es un cazador solitario*. Fui a la otra habitación, me desvestí y me metí en la bañera. Ella entró con una vela.

—Tienes el cuerpo de un joven. Eres un hombre extraordinario.

–No olvides, Meg, que has prometido irte mañana.

–Ah, me iré. Hay *otros* hombres.

Salió con la vela en alto.

Cuando volví a salir estaba en la misma parte del sofá. De pronto se alzó una llama enorme a su lado. Debía de medir dos palmos de alto. Ella no la vio.

–¡Meg, por el amor de Dios, levántate!

–¿Qué pasa?

–¡El puto apartamento se ha incendiado!

Se levantó y yo fui corriendo a la cocina y volví con una cazuela de agua. Aparté el cojín y eché el agua al hueco. Meg había dejado caer un cigarrillo encendido en el sofá. Fui a por más agua y la eché al hueco.

–Vamos a tener que vigilar el sofá toda la noche. Puede volver a arder en cualquier momento.

Así que nos quedamos allí dos horas bebiendo, echando agua al sofá y escuchando música clásica en la radio. Meg estuvo hablando las dos horas sobre su exmarido, sobre su viaje a Grecia, habló de D. H. Lawrence y A. Huxley, habló de sus hermanas. Luego apagó todas las velas menos una y nos acostamos. Se llevó la botella y la copa y el tabaco y los dejó en la mesilla a su lado. Se sirvió un trago, encendió un cigarrillo y se quedó recostada en la cama. Yo me tumbé y cerré los ojos.

–Déjame que te la chupe –dijo.

–¿Cómo?

–Quiero chupártela.

–No.

–¿Por qué no?

–Estoy cansado de las carreras y a punto de vomitar.

Me puse boca abajo e intenté dormir. Ella se quedó allí bebiendo y fumando.

–Prepararé huevos Benedict para desayunar –dijo.

Por la mañana estaba otra vez en el sofá, la radio estaba puesta y ella fumaba. Me vestí y salí.

–Bueno, Meg, ya es por la mañana y te vas a ir.

–¿Cuándo volveremos a vernos?

–No lo sé. Ya pensaremos algo.

Meg tenía un bolso gigantesco y empezó a meterlo todo allí.

–Hay un vaquero. Lo conocí en un bar. Me fui a casa con él. Tiene una casa grande. Sus hijos se han ido. Tiene una casa grande y quiere que me quede con él.

–¿Por qué no pruebas suerte?

–¿Por qué no te arrancas la polla de un mordisco?

–Eso es bastante difícil.

–Me voy.

Y se largó sin más, cerró la puerta y se fue por el sendero. Fui al dormitorio y me fijé en que había dejado una quemadura de vela en la pantalla de la lámpara de la mesilla. Volví la quemadura de la pantalla hacia la pared. Llamaron a la puerta. Fui a la entrada y abrí. Era Meg.

–Mi coche no funciona bien. –Tenía un Mercedes.

–Joder, qué pasa ahora.

–Es verdad, apenas funciona. No puedo irme así. Seguro que no llego a Claremont. Ni siquiera llegaría a la autopista.

Salí y eché un vistazo al motor, el cableado y demás. Luego di una vuelta a la manzana. Se calaba y no pasaba de 15 kilómetros por hora.

–Hay un taller de Mercedes a la vuelta de la esquina –dijo Meg–. Lo he visto. Llévalo allí.

Los mecánicos estaban sentados por allí bebiendo cerveza. Salió una chica con los pechos al aire y le dio un formulario a Meg para que lo firmara.

–Le echamos un vistazo y os llamamos –dijo un mecánico, a la vez que nos hacía un gesto con la lata de cerveza.

273

Volvimos a mi casa y puse la radio. Me serví un whisky de la botella de Meg.

–Venga, ponte a escribir –dijo–, no me molesta.

Me senté y bebí whisky con unas cervezas de acompañamiento y esperamos a que sonara el teléfono. Sonó. Cuando Meg acabó de hablar, salió.

–Me va a costar 400 dólares –dijo–, más vale que haya traído la chequera.

–¿Cuándo estará arreglado?

–Quizá el jueves, el viernes seguro.

Eso quería decir el sábado.

–¿Qué día es hoy? –pregunté.

–Miércoles.

Meg se sentó en su sitio preferido del sofá.

–No puedo hacer nada –dijo–. Son unos chorizos pero necesito el coche.

–Claro.

–Mi hermana mayor tiene su propio caballo y además piernas bonitas. A ti te gustan las piernas bonitas, ¿verdad?

–Sí.

–Quiero que me prometas que no te follarás a ninguna de mis hermanas.

–Te lo prometo.

Meg se levantó, fue a la cocina con la copa y dijo:

–Voy a preparar huevos Benedict.

Luego puso la radio más alta. Era otra vez Brahms.

Gary contestó al teléfono. Era Joan.

—Oye, estoy preocupada —dijo—, esa no volverá, ¿verdad?

—¿Quién?

—Diane.

—Ya te lo dije, Diane se fue a Nevada. Iba a echarse un «Hombre de Verano». Se supone que yo soy su «Hombre de Invierno». Estamos a 7 de julio. Tú eres mi «Mujer de Verano».

—He oído hablar de Diane.

—Todo bueno, supongo.

—No.

—Oye, ella vive en su casa y yo vivo en la mía. Está en Nevada con su Hombre de Verano o sus Hombres de Verano.

—No quiero que me ataque ninguna reina del patinaje sobre ruedas.

—Está en Nevada.

—Me hablaron de aquella vez que ella...

—Ni caso. Ya sabes cómo es la gente. Se inventan toda clase de chorradas.

–Vale.

Gary colgó.

Sonó el interfono, pulsó el botón y sonó la voz de Marie:

–Ha venido a verle un tal Charles K. Strunk.

–¿De dónde es?

–No lo ha dicho.

–Bien, que pase.

Se abrió la puerta. El hombre llevaba un atuendo morado ceñido a la piel con un burdo círculo en la parte delantera: Marte detrás de un relámpago. Lucía un cinturón grueso y ancho con puntas metálicas. Tenía la cara muy roja. Parecía un borracho.

–Strunk –dijo–. Charles K. Strunk.

–Gary Matton –respondió Gary.

Se estrecharon la mano y Gary le dijo que tomara asiento.

–Tenemos que construir pistas para que puedan aterrizar los platillos volantes –dijo Strunk–. Ese es su problema. No pueden aterrizar porque necesitan pistas especiales. Llevan intentando aterrizar desde 1923.

–¿Cree que la función de un museo de arte moderno es construir pistas para platillos volantes?

–No encuentro apoyo para mi plan en ninguna otra parte.

–Todos tenemos problemas. Una vez tuve una novia que detestaba la comida y solo pesaba 40 kilos y resulta que quería escalar una montaña de 2.500 metros con tacones altos.

Sonó el teléfono. Era otra vez Joan:

–¿Quieres patatas fritas?

–Me encantan las patatas fritas. Sí, haz muchas. ¿Estás bien?

–Estoy bien –dijo, y colgó.

–¿Llegó a subir su novia la montaña de 2.500 metros? –se interesó Strunk.

–No lo sé. Una noche de lluvia se largó y no volví a verla, después de que nos bebiéramos tres o cuatro botellas de vino Cold Duck.

–La pista tiene que ser toda de zinc.

–¿Dónde puedo localizarle si ponemos el proyecto en marcha?

–No se haga el gracioso.

–Quiere decir que usted...

–Sí.

–Pero si aterrizó, ¿por qué ellos no pueden?

–La pista tiene que ser toda de zinc.

–Y ustedes son como nosotros.

–No, ustedes son como nosotros.

–¿Dónde está la diferencia?

–En nosotros.

–¿Cómo?

–Bueno, para empezar: la energía sexual.

–¿Por ejemplo?

–Podemos copular durante 12 horas.

–¿Y?

–No necesitamos comer, beber agua, dormir ni hacer la guerra.

–Entonces, ¿qué hacen aquí?

–Queremos probar a sus mujeres.

–¿Quiere decir que llevan intentando aterrizar desde 1923, han estado volando por ahí desde 1923 en esos platillos, solo porque quieren probar a nuestras mujeres?

–Sí.

–¿Son conscientes de que tenemos sobre todo orgasmos patogénicos?

–Sí. Y nos hacen falta pistas de zinc.

Charles Strunk se puso en pie. Volvieron a estrecharse la mano.

—Tendrá noticias mías.

Luego se fue.

Cuando Gary llegó a casa —que era un apartamento que daba a un patio central justo al lado de la zona de salones de masaje—, Joan ya tenía la bazofia preparada e iba en minifalda, y Gary se puso a remojo en agua caliente, bebiendo vodka con 7-Up y algún trago de cerveza, fumándose algún que otro Salem o un poco de maría y, cuando salió, se puso unos calzoncillos para guardar las formas y le dijo a Joan que no tenía hambre, y ella se sentó en el sofá; Gary la vio acariciarse las piernas, y era desdichada pero resistente y él siguió bebiendo en la cama, y entonces sonó el teléfono y era Diane que había vuelto de Nevada, y dijo:

—Sé que estás con otra mujer pero no me importa. Quiero que vengas a por tus cosas.

—¿Qué cosas?

—Me refiero al albornoz, los álbumes de fotos y ese bastón de 2 dólares que compraste en K-Mart cuando te hiciste un esguince en el tobillo intentando bailar música griega.

—Ya —respondió Gary—, oye, ¿por qué no quemas todo eso o lo tiras a la basura? No me interesa.

—INSISTO —dijo ella—. ¡INSISTO en que vengas a llevártelo de aquí! Es lo único que pido. No te pido nada más.

—Oye, no me has oído, te he dicho que lo quemes o lo tires a la basura. La verdad es que no importa.

—No, INSISTO, INSISTO, INSISTO.

—De acuerdo.

Gary empezó a vestirse y Joan se dio cuenta.

—¿Adónde vas?

—Voy allí.

—¿Adónde?

—A casa de Diane.

—Te la vas a follar.

—Que no, coño.

—Sí, claro que sí.

—Oye, tú no entiendes a las mujeres.

—Solo las mujeres entienden a las mujeres —dijo ella.

—Igual ese es el problema —repuso Gary.

Cuando llegó, Diane no le dio el albornoz, el álbum de fotos ni el bastón de 2 dólares de K-Mart. Simplemente empezó a pegarle. Gary la tiró al suelo de un empujón y empezó a alejarse. Ella lo alcanzó, le agarró la manga del abrigo y se la arrancó de cuajo. Tenía los labios cubiertos de saliva.

«PODEMOS COPULAR DURANTE 12 HORAS.»

—¡No te saldrás con la tuya! —gritó—. ¡No te saldrás con la tuya! ¡Nunca, nunca, NUNCA!

—Lo único que quiero es alejarme de ti. —Gary fue hacia la puerta. Diane se levantó y se le echó encima, lanzándole puñetazos a las orejas, el cuello, los ojos, la boca...

–¡Maldita seas –dijo–, como sigas así, te vas a llevar una buena, joder, te voy a enseñar pero que bien RÁPIDO!

–¡ME DA IGUAL! ¡ME DA IGUAL! ¡PÉGAME, PÉGAME! ¡MÁTAME, NO ME IMPORTA!

Luego lanzó un largo gemido enajenado. Los vecinos pensarían que la estaba matando. Gary abrió la puerta y salió. Ella se le abalanzó, se le colgó a la espalda, a los costados, venga a golpearlo y gemir. Por una parte estaba asustado, por otra era inmune a todo ello porque estaba convencido de que era injusto: un acto rastrero. El mundo no era siempre un lugar propicio.

–¡LÁRGATE DE MI CASA! –gritó–. ¡LÁRGATE DE MI CASA! ¡TE EXIJO QUE TE LARGUES DE MI CASA!

Gary abrió la puerta y empezó a bajar la larga y empinada escalera de hormigón hacia la calle. Diane seguía golpeándolo, era casi imposible mantener el equilibrio. Le devolvió los golpes. Le metió un buen gancho derecho en las costillas. Ella se quedó aturdida un momento en un rincón de la caja de la escalera bajo una hiedra de la que goteaba agua. Antes de que se recobrara y bajase a la calle, Gary abrió la portezuela del coche, se montó y se puso en marcha con los puños de Diane golpeando el cristal.

Gary volvió a quedarse en calzoncillos, beberían un par de horas, y estaba saliendo del baño para ir al dormitorio cuando Joan preguntó:

–¿Voy yo?

–¿Adónde?

–Llaman a la puerta.

–Ah.

Se sentó en el borde de la cama y tomó unos sorbos de su bebida. Entonces oyó la voz de Diane:

–Hola, he venido a darle un repaso a mi rival. Quiero ver qué pinta tienes.

280

No hubo respuesta.

Ah, pensó Gary, eso está bien. Es muy humano y razonable. Les serviré a las dos una copa. Luego las dos pueden llegar a la conclusión de que soy un buen tipo. Gary se levantó. Entonces Diane dijo:

—Vaya, eres una monada, ¿no?

Se oyeron gritos. Y un torbellino de cuerpos. Gary fue a separarlas, tropezó con el extremo de unas pesas que nunca usaba y se torció la rodilla. Cuando se levantó renqueando en calzoncillos, oyó gritos que parecían procedentes del centro mismo del infierno. Las mujeres salieron por la puerta y echaron a correr por el jardín. Él se lanzó hacia delante, cayó de nuevo, luego se levantó. Se miró la barriga. La tenía muy blanca. Entonces cesaron los gritos. Diane entró y se sentó en una silla cerca de la puerta. Gary cerró la puerta, cogió una cerveza, se sentó y esperó. Llegó la policía.

—Abran. Abran la puerta.

—No —respondió Gary—, no tienen derecho a entrar.

—Pregúntales si tienen una orden de registro —dijo Diane.

—¿Tienen una orden de registro?

—No nos hace falta. Queremos ver si están asesinando a alguien ahí dentro.

—Qué va. No es más que una discusión familiar.

—¿Es esa mujer su esposa?

—Solo de acuerdo con la ley de la jungla.

Pasó un rato. Luego la policía consiguió una llave gracias a la casera y abrieron la puerta.

—Me niego a otorgarles derecho a entrar —se interpuso Gary.

—Cállate, colega —dijo el poli de cejas rubias y finas. Pero los dos polis metieron las punteras de los zapatos dentro. Entonces el poli de cejas rubias y finas miró a Diane.

—¿Ha agredido usted a esa otra mujer?

–¿Agredido? –preguntó–. ¿Quién ha agredido a quién? ¡Fíjense en mi blusa!

Diane tenía la blusa desgarrada, una manga casi arrancada.

–¿Qué relación tiene con este hombre? –preguntó el poli.

–Oye, Diane –señaló Gary–, no tienes por qué responder la pregunta.

El poli adelantó un pie e inclinó el cuerpo hacia delante.

–Bien, señor, si me interrumpe otra vez tendré que detenerlo bajo el código n.º 82a-9b17, lo que significa interferencia directa e intencionada contra la estabilidad de una investigación matemática...

–De acuerdo –cedió Gary–, ya me callo.

El poli de cejas rubias y finas y Diane siguieron cruzando preguntas y respuestas.

–Bien, señor –dijo el poli, volviéndose por fin hacia Gary–, ¿a cuál de estas mujeres quiere?

–Me quedo con esa –dijo Gary, que señaló a la mujer sentada en la silla cerca de la puerta.

–De acuerdo, señor –asintió el poli, y cerró la puerta. Gary los oyó irse andando por el centro del patio. «Ese tipo –oyó que le decía uno al otro– parece que sabe lo que se hace.»

Eso animó a Gary, que se levantó y fue a la cocina y se puso otra copa de ron y zumo de pera. Cuando volvió, miró a Diane y dijo:

–¿Por qué no te das un baño? No sé cómo, pero has conseguido mearte toda encima.

Y era verdad que tenía la ropa oscurecida de orina. Igual de ahí venía la expresión «mear fuera del tiesto». Diane fue al cuarto de baño. Gary oyó que abría el grifo, retiró las mantas y se acostó. Se quedó oyendo cómo se llenaba la bañera. Entonces sonó el teléfono. Gary contestó.

—Soy Strunk, Charles K. Strunk. ¿Van a construirnos la pista de zinc?

—Sí, he decidido hacerlo. Creo que sé cómo manejar los fondos del Museo de Arte Moderno.

—¿Puedo sugerirle áreas de aterrizaje y plazos?

—De acuerdo. Manténgase en contacto. Ya lo resolveremos.

—De acuerdo —dijo Strunk, y colgó.

Unos instantes después, Diane salió del cuarto de baño secándose con la toalla aquel cuerpo precioso.

—Te he oído al teléfono. Era otra vez esa zorra, ¿verdad?

—No.

—¿Quién era?

—Voy a construir una pista de aterrizaje de zinc para los hombres del espacio exterior.

—¿De verdad?

—No sé. Es posible.

Diane se metió bajo las sábanas y las mantas y ya estaban de nuevo juntos, una vez más.

A las afueras de La Paz, a una hora y media o así, hay una jungla y es una jungla extraña: no hay reptiles ni animales, solo pájaros, pájaros muy raros, todo pico o cola, y se alimentaban de fruta de los árboles y mierda de esa todo el tiempo, igual que los nativos. Los nativos vivían casi eternamente, sobre todo los hombres, deambulaban bronceados y encorvados, flacos y con unos harapos a la cintura, pero los harapos no les servían de gran cosa (me pareció) porque los huevos y la polla se les salían e iban colgando, y los hombres te miraban y sabían que seguirían allí –en esa jungla– mucho después de que hubieras desaparecido. Por lo visto, las mujeres pasaban más rato sentadas, haciendo cosas con las manos –masturbarse–, pero, pese a todo, parecían más tristes y morían antes, justo lo contrario de lo que ocurre, pongamos por caso, en una ciudad como Santa Mónica, California. Sea como sea, estaba con el Cuerpo de Paz enseñando unas primeras nociones de geometría y álgebra a exladrones parapléjicos alcohólicos rehabilitados. Los del Cuerpo de Paz volvían de aquel lugar con una mirada de pájaro alucinado, así que al final me enviaron para que intentara organizar el cotarro, a mí y a mi esposa, Angela.

285

Angela y yo teníamos problemas, lo nuestro iba de capa caída, desde luego, pero como muchas otras personas queríamos tener bien claro que se hubiera acabado definitivamente porque suponía una sobrecarga considerable del cableado eso de salir y buscar un recambio que quizá desembocara en el mismo lío. Así que nos encontrábamos en un estado de lento alejamiento. Todo estaba teñido de una crudeza inflexible y, sin embargo, teníamos que atravesar esa crudeza, la necesitábamos, de algún modo, como una vez necesitamos el amor.

Así que allí estábamos en la jungla –distanciándonos– en medio de un pueblo que parecía capaz de sobrevivir sin crudeza ni amor, y los pájaros pululaban y medio volaban y vete a ser qué coño. Me hacía falta ayuda. Había un viejo blanco llamado Jamproof Albert. No sé qué pintaba allí, pero hacía recados entre la jungla y la ciudad, así que le dije: «Jam, toma pasta. Necesito un respiro. Aquí las cuentas no cuadran y el silencio..., bueno, tráeme algo, vamos a ver, sí, tráeme un mono.»

Jamproof estuvo ausente dos y tres días y, cuando volvió, llevaba un mono; me lo dio y me dijo: «¡Toma, quédate con el puto bicho!» Y luego se largó. Miré al mono y era igualito que un tipo que una vez fue candidato a presidente y tuvo suerte y murió, así que le llamé *Dewey*. O igual fue candidato a presidente y murió.

Intenté acariciar a Dewey y me mordió el dedo. Luego se bajó de mi regazo de un brinco y, mientras me miraba, se cogió la manguera y se meó encima y luego se untó las manos en la orina y se la frotó por todo el pelaje. El problema de las mascotas en el campo era que la gente no las consideraba posesiones, sino formas de competencia directa en cuestión de comida y alojamiento. Así que la mayoría de la gente apaleaba a las mascotas en lugar de acariciarlas.

Además, Dewey era un mono hecho y derecho y ya tenía costumbres arraigadas. Dewey también tenía un pene enorme para su tamaño y siempre parecía sumido en un estado de alboroto, con esa protuberancia tan roja asomando, era como un lápiz de color rojo intenso, solo que estaba húmedo y parecía gotear. Me estaba fijando en eso cuando llegó Angela. Miró a Dewey y sonrió por primera vez desde hacía semanas.

—Me alegra ver que te sientes mejor —le dije.

—Vete a la mierda —replicó, y entró en la choza. Dewey la siguió. Cuando entré, estaba sentado en su regazo.

—Ese mono es mío —señalé.

—No entiendes a los animales ni a las mujeres —dijo ella—. Vete a la mierda.

—Voy a bañar a ese cabrón —le expliqué—. Se ha meado encima.

—¿Cómo se llama?

—Dewey.

Angela miró al mono:

—Ay, Dewey, Bonituey, Tueyy, Tueyy...

El mono levantó la vista hacia ella, le metió rápidamente la lengua en la boca y la sacó.

—Dame a ese cabrón —dije. Alargué los brazos y lo cogí. Cuando lo hacía, me atrapó un dedo entre los dientes y no quería soltarlo. El dolor era intenso. Se quedó colgando en el aire de mi dedo y con la mano libre lo agarré por el cuello y empecé a estrangularlo.

—¡Canalla —gritó Angela—, le estás haciendo daño al pequeño Dewey!

—¡Eso espero, joder!

Mantuve la presión. De pronto, los dientes que me atenazaban el dedo lo soltaron. Brotó un chorro de sangre. Dewey cayó al suelo y se quedó inmóvil.

–¡Lo has *matado!* ¡Lo has MATADO, igual que mataste todo lo bueno que alguna vez tuve en mi interior! –gritó Angela.

Me incliné sobre él, lo palpé en busca de pulso. No lo había. Escuché a ver si le latía el corazón. No tenía pulso. Fui a ponerme una copa.

–Lo siento, Angela, tendremos que celebrar un funeral como es debido. Con un cura católico, varitas de incienso y tal...

–Siempre has estado lleno de ODIO –dijo Angela–. De todos los hombres sobre la faz de la tierra, tuve que cruzarme con un mierda como tú...

Dewey se levantó de un salto y corrió hacia la puerta.

–¡Eh, cabrón! –grité, y salí corriendo tras él.

No esperaba atraparlo. El viejo Dewey, para ser un mono, simplemente no era muy veloz. Igual era por la manguera esa que le colgaba. Sea como sea, comprobé encantado que era más rápido que él. Lo atrapé después de correr 25 metros. Lo llevé a la bañera de estaño en la que nos bañábamos todos. Bombeé el agua y eché jabón. Luego metí a Dewey. Era probablemente su primera experiencia con el agua –por fuera– y su iniciación al jabón. Fue mejor que nada que hubiera visto desde lo de Dempsey-Firpo. Pero le di un buen repaso. Le limpié hasta el ojete. Luego, cuando empezaba a lavarle detrás de las orejas, se quedó muy quieto. Me preocupó. Lo saqué y lo dejé en el suelo. Había tenido la boca abierta durante el baño y había tragado mucha agua enjabonada. Tenía el vientre inmensamente hinchado. Angela se quedó mirándome.

–Ni siquiera te puedo odiar ya. Eres algo así como un ciempiés, como una cucaracha..., como un piojo..., como un caracol..., como mierda de insecto... Eres un gusano asqueroso e imbécil...

–Lo siento, Angela... Creo que se está muriendo..., pobre cabroncete..., ha tragado un montón de agua enjabonada... Cómo me arrepiento..., joder..., soy un mierda...

Entonces Dewey dejó escapar un gemido. Volvió la cabeza y vomitó agua enjabonada como para llenar dos cafeteras. Luego se puso en pie y se irguió apoyándose en una columna de la cama. Después se volvió y se dirigió lentamente hacia la puerta. Lo dejé ir.

–Es libre –dije.

–Es más hombre de lo que tú llegarás a ser nunca –me espetó Angela.

–Es por la educación que me dieron mis padres –dije–, no puedo dejarla atrás... No se lo vio durante días. Temí que hubiera muerto.

Pero teníamos un recinto vallado, algo parecido al observatorio que hay en las colinas detrás de Los Ángeles, y los nativos habían almacenado allí provisiones de cereales y alimentos que el gobierno de Estados Unidos les había enviado para que comiesen, pero los nativos, después de un par de bocados, habían vuelto a las cosas más naturales que crecían en los árboles o en la tierra misma; bueno, el caso es que habían almacenado paquetes de alimentos en el recinto y Dewey había entrado allí, se había amadrigado y había hallado sustento más que de sobra al abrigo de la oscuridad y la guerra del dólar norteamericano contra la Amenaza Roja. Entre tanto, yo me había roto la pierna...

El primer día que vi a Dewey fuera del recinto se fijó en mi pierna escayolada pero no supo lo que significaba. Siempre había podido atraparlo y él lo sabía. Cuando fui hacia él, hizo su habitual intento en vano de escapar, mirando hacia atrás. Entonces se dio cuenta de que no le daba alcance. Se detuvo y me dejó acercarme y luego salió corriendo. De algún modo comprendió que ya no era capaz de atraparlo. Se me acercó a la carrera, me gritó algo y huyó. Volvió a hacerlo. «¡Cabronazo –dije–, ya te pillaré, soy más listo que tú!»

Dewey se quedó ahí y me miró. Luego se meó encima y se restregó el meado por todo el pelaje. Después se largó meneando el culo arriba y abajo para que yo lo viera... Sabía que dormía en el recinto y esa noche fui a atraparlo. Había luna llena y dormían hasta los pájaros de mierda. Entré con sigilo en el recinto. Dewey estaba dormido en un estante cerca de una ventanita al fondo del recinto. Estaba abotargado por efecto de los alimentos americanos. Avancé hacia él. Lanzaba unos ronquidos de lo más desagradables. Llegué a dos palmos de él y alargué una mano. Hizo un movimiento en dos partes: con una se puso en pie y con la otra salió por la ventana de un brinco...

Ese mediodía, mientras Dewey estaba en la casa con mi mujer, fui allí y cerré con unas tablas la ventanita del recinto. Esa noche volví a entrar sigilosamente en el recinto. Dewey estaba dormido en el estante, sus ronquidos más desagradables que nunca. Me acerqué más. Estaba justo encima. «El hombre blanco americano –le susurré–, domina el universo.» Hizo el primer movimiento para ponerse en pie y entonces se fijó por primera vez en la ventana entablada. Sus manitas la golpearon y entonces lo atrapé. Lo llevé de vuelta a la casa y lo senté en una silla, le tiré de las orejas y le lancé humo de tabaco a los ojos. No se resistió. Simplemente me miraba como un mono mirando a un hombre. Entonces se despertó Angela.

–¡Deja en paz a Dewey! ¡Es mío!

Al oír su voz, asomó el lapicero rojo.

–Y un cuerno es tuyo. Pagué 40 dólares americanos por él.

–¡Te digo que es mío! ¡Hay cosas que no se pueden comprar con dinero!

—¿Como qué?

—Déjalo en paz o te mato.

—Venga, venga. Pero bueno, cariño, ¿qué ha estado pasando entre vosotros dos?

—Qué desconfiado eres, estás celoso... ¡hasta de un mono! Eres el hombre más celoso que he conocido. ¿Sabes lo que significa?

—Ajá.

—Es indicio de una inseguridad básica, una falta de fe en ti mismo, una falta de fe en el ser amado.

—Sí, me preocupo.

—Reaccionas de manera exagerada.

—Sí. —Le cogí la cabeza a Dewey y la volví hacia mí. Le lancé una bocanada de humo de tabaco a los dos ojos. Angela dio un salto. Gritó. Luego se me abalanzó con una lámpara de gasolina en una mano y una palmatoria en la otra. Solté a Dewey, me encaré con Angela y le lancé un izquierdazo al plexo solar. Se derrumbó y Dewey salió corriendo por la puerta.

—Sí —dijo Angela, tendida en el suelo—, eres capaz de pegarle a una mujer pero no a un hombre, ¿verdad?

—Joder, claro que no le pegaría a un hombre, ¿crees que estoy loco? ¿Qué coño tiene eso que ver con nada?

—¡Qué asqueroso eres —dijo—, eres asqueroso a más no poder!

—Eso ya lo sé —reconocí—. Ahora, ¿por qué no haces el pronóstico del tiempo?

Dewey se mantuvo alejado de los dos después de aquello. El bicho sabía que Angela y yo estábamos en las últimas, pero no le apetecía quedarse a ver las tazas de café rotas, las acusaciones y contraacusaciones. No volvió a presentarse en el recinto vallado y, claro, yo seguía con la pierna escayolada...

Fue una semana y media después cuando volví a verlo un rato. Yo estaba sentado bajo un árbol con resaca mientras Angela estaba en la casa arrancando fotos y cuadros de los marcos, haciendo trizas los álbumes de fotos, mis camisas y mi ropa interior, mis libros, mis cartas de amor... Dewey estaba en el tejado del recinto, con el sol un poco a su espalda iluminándolo como un dios en miniatura. Captó mi atención, me gritó algo y luego se meó encima y se lo restregó por todo el pelaje. Pasó un grupo de niños. Los niños siempre pasaban en grupos de 12, 14, 17 y así, camino de alguna parte... sin vigilancia adulta. La mayoría no había visto nunca un mono salvo quizá en foto o por los comentarios de alguien. Cuando vieron a Dewey se pusieron a gritar: «¡MONO! ¡MONO! ¡MONO!»[1] Dewey los oyó y reaccionó. Era un fantasmón. Saltó desde el recinto y surcó alegremente el aire, se agarró con las manos a un tendedero y se balanceó de aquí para allá. «¡MONO! ¡MONO! ¡MONO!» Se detuvieron y lo contemplaron. Dewey se dejó caer del tendedero y correteó por el suelo. Se dirigió hacia una de las estructuras provisionales de tablones y ramas clavados que sostenían los cables, los cables eléctricos, procedentes nada menos que de La Paz..., más o menos..., nunca teníamos electricidad cuando llovía o había mucho viento y a veces se cortaba, al parecer, por capricho, pero siempre volvía cuando uno había perdido la esperanza por completo. Dewey se lanzó hacia nuestro poste telefónico de la jungla. «¡MONO! ¡MONO! ¡MONO!»

Sin embargo, la diferencia entre Los Ángeles y donde estábamos era que los cables no tenían aislamiento: no eran más que cables pelados. Dewey trepó hacia lo alto del

1. En castellano en el original. *(N. del T.)*

poste telefónico. Yo fui incapaz de pronunciar palabra. Se acercó al extremo superior. Luego se encaramó allí arriba y miró el cable. Yo ya sabía lo que iba hacer. Para él no era más que otro tendedero.

«¡DEWEY, NO LO HAGAS!», grité.

«¡MONO! ¡MONO! ¡MONO!», gritaron los niños.

Dewey dio un salto y se aferró al cable con las dos manos. Estaba ahí colgado y se veían las descargas que le sacudían el cuerpo. No podía soltarse. Le salían chispas del pelaje. Alcancé a oler el pelo y la carne quemados. Luego se quedó quieto y suspendido en el aire como un dibujo. Los niños permanecieron allí dos o tres minutos ingiriendo y digiriendo la escena. Luego, con la experiencia en la vida que tenían, se fueron todos juntos.

El poste era muy endeble para trepar por él, no habría aguantado mi peso. Fui al cobertizo que hacía las veces de almacén detrás de la casa, abrí el candado del arcón verde de estaño y saqué el hacha. Siempre tenía esos accesorios fuera del alcance de Angela. Saqué el hacha. Volví y talé nuestro poste telefónico de la jungla. Cayó como el cuello de una jirafa que hubiera recibido un disparo en las tripas. Lo malo fue que los demás postes solo permitieron que el cable –donde colgaba Dewey– descendiera hasta quedar a metro y medio del suelo. Dewey se quedó ahí suspendido más o menos a la altura de mi pecho. Volví y me senté otra vez debajo del árbol a mirarlo. No era más que un adorno. Y yo no sabía nada de mujeres, ni de electricidad. Me levanté de bajo el árbol y fui hasta Dewey. Cogí los dedos de una de sus manos y uno por uno los enderecé para retirarlos del cable. La mano se soltó. Luego hice lo mismo con la otra mano y Dewey cayó al suelo.

Naturalmente, entonces –después de haberse quedado sin nada que romper y rasgar– Angela salió de la casa.

«¡Ay, ¿qué le has hecho? ¿QUÉ LE HAS HECHO?» Se inclinó sobre Dewey y yo no contesté. Empezó a lloviznar. Angela estaba muy bonita. Casi le perdoné que fuera mujer. Me miró: «¡Eres un bestia, tienes por alma un trozo de madera podrida y apestosa! ¡El diablo podría cagarse en el infierno y el hedor parecería perfume a cinco dólares la onza en comparación contigo!»

Luego recogió a Dewey, lo levantó del suelo y, cuando lo hacía, el mono abrió un ojo: el ojo izquierdo. Angela se echó a reír. Luego se abrió el ojo derecho. Angela empezó a reír y a llorar. Lo llevó lentamente a la casa. Abrió la puerta, la cerró y se quedaron dentro. Yo volví y me senté bajo el árbol.

UNA AVENTURA DE MUY POCA IMPORTANCIA

La conocí así, más o menos así: yo daba un recital de poesía allá en Venice, en un antro de mala muerte a la orilla del mar, pero el público lo abarrotó y les solté el rollo, y estaba borracho durante el recital y mucho más borracho después, me dieron la pasta y luego me monté en el coche y crucé Venice a una velocidad considerable con 3 o 4 coches llenos de gente siguiéndome. Iba a haber una fiesta, pero les dije: «Antes tengo que dar un paseo en coche para que me dé el aire.» Y allá que me fui con ellos detrás. En la última vuelta cogí el coche y me subí a la acera en una zona residencial y pisé el gas a fondo. Me siguieron por la calle, venga a tocar la bocina y gritar. No sé dónde estaría la policía. Luego volví a bajar a la calzada y seguí a los demás coches hasta la fiesta. Ella conducía uno de los coches y se llamaba Mercedes, pero no conducía uno de esos.

La fiesta no fue excepcional; ni siquiera conocer a Mercedes fue excepcional. Había mujeres más interesantes. Tenía unos 28 años, llevaba una minifalda verde, tenía el cuerpo bonito, piernas bonitas, era una rubia de metro cincuenta y cinco o así, una rubia de ojos azules; llevaba el pelo largo, eso sí, ligeramente ondulado, y fumaba continuamente. En la fiesta me pareció que estaba casi siempre a mi lado, pero hablaba muy poco y, cuando hablaba, parecía insulsa, aburrida incluso, y su risa era muy sonora y muy falsa.

No me gustó especialmente Mercedes, pero la fiesta me gustó menos aún. Ella se dio cuenta de lo de la fiesta.

–Vámonos de aquí, a mi casa –me dijo.

–Sigo tu coche.

Le dije a la gente que me iba. Fuimos a la puerta.

–¡Échale un buen polvo, Chinaski!

–¡Cómele el coño!

No fue un trayecto muy largo. Mercedes vivía en un apartamento cerca del paseo marítimo de Venice. La seguí. Cuando abría la puerta, dije:

–Eh, ¿qué pasa con la priva? Necesitamos algo de beber.

–Tengo algo.

La seguí al interior. Era un apartamento grande. Había un piano y unos bongos. Mercedes tenía una jarra de vino Red Mountain. La seguí a la cocina cuando se disponía a servir las bebidas.

La cogí por detrás, le di la vuelta y la besé: un beso largo, lento. Le eché la cabeza atrás tirándole del pelo, dejé una mano allí y llevé la otra hasta su culo. Moví la boca lentamente en torno a la suya, saboreándola, dominándola. Ella me rozó muy levemente con la lengua. Se me puso dura y la apreté contra ella, luego me aparté.

Llevamos los vasos a la otra habitación. Me senté al piano y empecé a aporrear las teclas. No sé tocar el piano. Lo toqué como si fuera un instrumento de percusión, buscando el ritmo. Me quedé en el extremo derecho del teclado, sacándole los sonidos más gélidos y agudos. Mercedes se puso los bongos entre los muslos y empezamos a tocar juntos. Nada mal.

Luego nos sentamos en su saco de dormir, apoyados en la pared, y nos tomamos el vino. Mercedes sacó la jarra del frigorífico y la trajo al saco de dormir. Tenía unos petas ya liados y encendió uno. Se oía el océano ahí fuera, pero Venice me resultaba deprimente.

Había pasado del síndrome del marginado a lo Timothy Leary a las drogas pasando por el amor libre. Los Timothy Learys se habían hecho viejos o habían muerto de sobredosis. El sueño se había ahogado. Llegó la religión y recogió lo que quedaba por ahí entrando y saliendo de los manicomios, en los bancos de los parques y en las habitaciones diminutas.

Mercedes y yo nos besamos de nuevo. Besaba bien. Le toqué los pechos: bien. Encendió otro peta y nos servimos algo más de beber.

—Trabajo para un gabinete de terapias de pareja —dijo—. Estamos todos divorciados.

—Entonces, ¿qué les decís?

—Nos ceñimos a las normas. Lo más divertido es cuando vienen los dos juntos.

—Las relaciones humanas no funcionan —señalé—. No les podéis decir nada.

—Lo sé.

—¿Por qué vives aquí?

—Me gusta. Tenemos un grupo. Tengo una guitarra.

—¡Vaya!

—Sí, está en el armario. A veces nos juntamos los viernes o los sábados por la noche delante de la casa de un tipo, en su jardín, y tocamos. Viene gente a escuchar. Tenemos bastante público.

Tumbé a Mercedes sobre el saco de dormir, me puse encima de ella, le cogí la cabeza con las dos manos y metí mis labios entre los suyos; se los aplasté hasta entreabrírselos, cebándome con sus dientes, su boca desgarrada hasta abrirse del todo como una flor. Me quedé en su interior; sacó la lengua y se la chupé, luego introduje la mía debajo de la suya. Se me puso dura otra vez y restregué la polla contra su entrepierna. Luego me aparté, me incorporé; teníamos otro peta, nos quedamos ahí sentados y terminamos la jarra.

Desperté por la mañana, hecho polvo, sin habérmelo hecho con ella. Mercedes estaba en el cuarto de baño. Me levanté, me arreglé un poco la ropa y me calcé. Ella salió.

–Buenos días –dijo.

–Buenos días. Estoy hecho polvo.

–Yo tampoco me encuentro muy bien.

–Tengo que volver a L. A.

Fui al cuarto de baño a adecentarme. Cuando salí, me dio un papel. Era su número de teléfono. Le di un beso muy suave.

Afuera hacía calor. Las moscas se arremolinaban en torno a los cubos de basura apoyados en la pared del edificio de apartamentos. Me monté en el coche y me largué, decidido a no volver a verla.

Un jueves por la noche sonó el teléfono en mi casa. Contesté. Era Mercedes.

–Veo que tu nombre está en la guía...

–Sí.

–Bueno, escucha, trabajo en tu barrio. He pensado que podía pasar a verte.

–De acuerdo.

Veinte minutos después ya estaba allí. Llevaba otra minifalda, pero esta vez tenía un poco mejor aspecto. Lucía zapatos de tacón alto, una blusa escotada y pendientitos azules.

—¿Tienes hierba?

—Claro.

Saqué la hierba y el papel y ella se puso a liar unos petas. Abrí la cerveza y nos sentamos en el sofá a fumar y a beber. Con cerveza tenías una oportunidad. Me quedé allí y bebí, la besé y jugueteé con sus piernas. No hablamos mucho. Pero bebimos y fumamos un rato bastante largo.

Nos desnudamos y nos fuimos a la cama, primero Mercedes, luego yo. Empezamos a besarnos y le sobé el coño, luego el clítoris. Ella me cogió la polla. Al final, la monté. Mercedes me guio hacia el interior. La polla entró y se abrió paso hacia delante, mi boca contra la suya mientras lo hacía. Tenía el coño bastante firme, nada flácido, y empecé a darle.

Después de unas cuantas embestidas, la atormenté un poco, sacándola casi hasta fuera y moviendo el glande adelante y atrás justo en la embocadura del coño. Luego se la metí en varios tiempos, lentamente, en plan perezoso. Después, de pronto, se la clavé 4 o 5 veces, brutalmente. Se le balanceó la cabeza. «Ahhhhh...» Emitió un sonido. Luego cejé un poco y la acaricié, después roté, de lado a lado, haciéndola oscilar, entonces me enderecé y se la endilgué.

Era una noche muy calurosa y los dos sudábamos. Mercedes se había colocado bastante con la cerveza y los canutos. Decidí acabar con ella. Empecé a meterla y sacarla, meterla y sacarla; la desgarré a besos, y la cabeza se le balanceaba por efecto de las embestidas. Seguí bombeando, 10 minutos, 15 minutos más. Estaba empalmado, no podía correrme. La puta cerveza, demasiada puta cerveza.

«¡Acaba —dijo—, ay, acaba, cariño!»

Me aparté. Joder, qué noche tan calurosa. Cogí la sábana y me enjugué el sudor. Oía el latir de mi corazón ahí tumbado. La polla se me quedó blanda. Mercedes volvió la cabeza hacia mí. La besé. Se me empezó a poner dura otra vez.

Me puse encima de ella, besándola como si fuera mi última oportunidad en la vida de hacerlo. Mi polla se deslizó hasta dentro. Empecé de nuevo, pero esta vez sabía que iba a lograrlo. Notaba el milagro creciente avanzando hacia el punto final. Iba a correrme dentro de su coño, so zorra. Iba a derramar mis jugos en su interior y ella no podía hacer nada al respecto, so zorra. Era mía. Yo era el ejército conquistador, era el violador, era el dominio, era la muerte.

Estaba indefensa debajo de mí, su cabeza oscilaba, se bamboleaba, mientras emitía gemidos: «¡Ahhhh!..., ¡uhhh!..., oh..., oh..., ¡ooof!..., ¡ooooh!» Mi polla lo percibía todo, se alimentaba de ello. Hice un ruido raro y entonces me corrí a chorro. Me corrí a chorro justo en el centro y ella lo recibió todo, hasta la última gota. Me aparté.

Me limpié con la sábana. 5 minutos después Mercedes ya roncaba. Yo también me dormí enseguida.

Por la mañana los dos nos duchamos y nos vestimos.

—Te invito a desayunar.

—Vale —dijo Mercedes—. Por cierto, ¿follamos anoche?

—Dios mío, ¿no lo recuerdas? ¡Debimos de estar follando tres cuartos de hora!

—Desde luego tengo el cuerpo como si me hubieran follado.

Fuimos a un sitio a la vuelta de la esquina. Pedí huevos fritos con beicon y café, además de tostadas. Mercedes pidió tortitas con jamón y café. Nos sentamos junto al ventanal y vimos pasar el tráfico mientras tomábamos el café. La camarera nos trajo el desayuno. Terminé con el huevo. Mercedes echó almíbar a las tortitas.

—¡Dios mío —comentó—, debiste de echarme un polvo de la *hostia!* Me está resbalando el semen por la pierna.

Decidí no volver a verla.

Me llamó 2 o 3 semanas después.

—Me he casado —dijo—, con Little Jack. Lo conociste en la fiesta. Tiene la polla corta y gorda. Me gusta la polla corta y gorda que tiene. Y es un buen tipo y tiene dinero. Nos vamos a mudar al Valle.

—Bien, Mercedes. Mucha suerte.

Un par de semanas después era otra vez Mercedes al teléfono:

—Echo de menos las noches que pasamos bebiendo y hablando. ¿Y si voy por ahí esta noche?

—Vale.

Estaba allí 15 minutos después, liando petas y bebiendo cerveza.

—Little Jack es un buen tipo. Somos felices.

Seguí bebiendo cerveza.

—No quiero follar —continuó—. Estoy harta de abortar. Estoy pero que muy harta de abortar.

—Ya se nos ocurrirá algo.

—Solo quiero fumar, hablar y beber.

—Con eso no me basta.

—Lo único que queréis los tíos es follar.

—Me gusta.

—Bueno, no puedo follar. No quiero follar.

—Tranquila.

Estábamos sentados en el sofá. No nos besamos. Mercedes no tenía muy buena conversación y su risa seguía siendo ordinaria y aguda y nada sincera. Pero tenía las piernas y el culo y el pelo. Dios sabe que había encontra-

301

do mujeres interesantes, pero Mercedes simplemente no era una de ellas. Tenía intención de escribir un relato guarro para una revista esa noche y allí estaba esa, jodiéndome la noche o, más bien *sin* jodérmela.

La cerveza seguía llegando y los petas seguían rulando. Tenía el mismo empleo. El coche le estaba dando problemas. Little Jack iba a comprarle uno nuevo, o igual se compraría un Yamaha. Little Jack tenía la polla corta y gorda. Estaba leyendo *Pomelo,* de Yoko Ono. Seguía harta de abortar. El Valle estaba bien, pero echaba en falta Venice, el grupo. Y le gustaba ir en bici por el paseo marítimo.

No sé cuánto rato hablamos o habló ella, pero bebimos mucha cerveza y dijo que estaba muy borracha para volver a casa en coche.

—Quítate la ropa y acuéstate en la cama —le dije.

—Pero nada de follar —repuso.

—Ni siquiera te tocaré el coño.

Se desvistió y se metió en la cama. Me desvestí y fui al baño. Me vio salir con un frasco de vaselina.

—¿Qué vas a hacer?

—Tú tranquila, cielo, tranquila.

Cogí la vaselina y me la unté en la polla. Luego apagué la luz y me acosté.

—Vuélvete de espaldas —le dije.

Le pasé un brazo por debajo y empecé a sobarle el pecho de abajo y, con la mano de arriba, le sobé el pecho de arriba. Era agradable tener la cara en su pelo. Se me puso dura y se la metí en el culo. La cogí por la cintura y tiré de su trasero hacia mí, deslizándola dentro.

«Aaaaaah...», gimió.

Empecé a darle. Se la clavé más hondo y seguí arremetiendo. Tenía las nalgas muy grandes y suaves, eran como almohadones llenos de aire. Seguí desgarrándola y empecé a sudar. Luego la puse boca abajo contra el colchón y se la metí más hondo. Aquello cada vez era más estrecho. Llegué hasta el extremo del colon y gritó.

«Cállate, maldita sea. ¿Quieres que venga la poli?» Notaba muy estrecho el colon. Se la metí más adentro aún. Me apretaba con una fuerza enorme. Era como si me estuviera follando el interior de una manguera de goma, la fricción era inmensa. Seguí embutiéndosela, noté una punzada en el costado, un dolor lacerante, pero seguí. La estaba partiendo por la mitad, le estaba destrozando las agallas. Se la metí estrepitosamente como un loco y, entonces, empecé a correrme. Le bombeé leche en los intestinos, no paraba de correrme. Después me quedé allí tumbado. Ella lloraba.

«Maldita sea –le dije–, no te he dado por el coño. Te he dicho que ni siquiera te tocaría el coño.» Me aparté.

Por la mañana Mercedes apenas habló, se vistió y se fue a trabajar. *Ya está,* pensé.

Fue 6 u 8 semanas después nada menos cuando contesté al teléfono y era Mercedes:

–Hank, quiero pasar por ahí. Pero solo para hablar, tomar cerveza y fumar unos canutos. Nada más.

–Ven si quieres.

Mercedes no tardó ni 15 minutos. Estaba muy guapa. No había visto nunca una minifalda tan corta y tenía unas piernas bonitas. Le di un largo beso ya de entrada. Se apartó.

–Después de la última vez, no pude andar durante dos días. No vuelvas a reventarme el culo.

–Vale, te lo prometo, no lo haré.

Fue más o menos lo mismo. Estuvimos sentados en el sofá con la radio puesta, hablamos, bebimos cerveza y fumamos. La besé una y otra vez. No podía parar. Esa noche estaba buenísima, pero insistía en que no podía hacerlo. Little Jack la amaba, el amor significaba mucho en este mundo.

—Desde luego que sí —convine.

—Tú no me amas.

—Estás casada.

—No quiero a Little Jack, pero lo aprecio mucho y él me quiere.

—A mí me parece bien.

—¿Has estado enamorado alguna vez?

—Sí, un par de veces.

—¿Dónde están esta noche?

—No lo sé. Probablemente con otros hombres. Me da igual.

Hablamos largo rato esa noche y bebimos largo rato y a saber cuántos petas fumamos. A eso de las dos de la madrugada, Mercedes dijo:

—Estoy muy colocada para volver a casa en coche. Seguro que lo destrozo.

—Quítate la ropa y vete a la cama.

—Vale, pero tengo una idea.

—¿Cuál?

—Quiero ver cómo te la meneas. ¡Quiero ver cómo te corres!

—Vale, me parece bien. Trato hecho.

Mercedes se desnudó y se acostó. Yo me desvestí y me quedé junto a la cama.

—Incorpórate para que lo veas mejor.

Mercedes se incorporó en el borde de la cama. Me escupí en la palma y empecé a sobarme la polla.

—¡Ay, mira, está creciendo!

—Ajá.

—¡Se está poniendo *morcillona*!

—Ajá.

—¡Ay, es toda *púrpura* con *venas* gruesas! ¡Está *palpitando*! ¡Qué *fea*!

—Sí.

Seguí meneándome la polla y se la acerqué a la cara. Ella se quedó mirándola. Cuando estaba a punto de correrme, paré.

—Ay —dijo.

—Mira, tengo una idea mejor.

—¿Qué?

—Menéamela tú.

—Vale.

Se puso manos a la obra.

—¿Lo estoy haciendo bien?

—Un poco más fuerte. Y cógela casi toda, frótala casi toda, no solo cerca de la punta.

—Bien... Ay, Dios, *fíjate*... ¡Quiero ver cómo sueltas la *leche*!

—¡Sigue dándole! ¡Ay, Dios mío!

Estaba a punto de correrme y se la arranqué de la mano.

—¡Ay, joder! —se quejó Mercedes.

Entonces se inclinó hacia delante de pronto y se la metió en la boca. Empezó a chupar y a mover la cabeza, pasándome la lengua por la parte inferior de la polla mientras la tenía en la boca.

—¡Ah, so *zorra*!

Entonces retiró la boca de mi tranca palpitante.

—¡Venga! ¡Sigue! ¡Termina ya!

—¡No!

—¡Bueno, a tomar por saco!

La tumbé de espaldas en la cama y me puse encima de ella. La besé con saña y le metí la polla. Me afané violentamente, venga a bombear; llegué cerca del orgasmo enseguida; gemí y entonces empecé a chorrear; se la metí toda, notándola entrar, notando cómo le llegaba al centro mismo.

Me aparté.

Cuando desperté por la mañana, Mercedes se había ido. No había dejado ninguna nota, simplemente se había ido. Me levanté, me di una ducha y tomé un Alka Seltzer, dos Alka Seltzers. Meé. Me lavé los dientes. Luego volví a la cama y dormí hasta mediodía.

Han pasado 4 meses ya y no ha llamado. No llamará. No volveré a ver nunca a Mercedes y ninguno de los dos echará de menos al otro. No tengo ni idea de lo que significó. Hay una tía nueva de Berkeley. Tiene los dientes salientes y una vocecita de niña pequeña. Me folla sentada en el regazo y mirándome. Tiene 22 años y no tiene pechos. No tengo ni idea de lo que quiere. Se llama Diane. Se levanta por la mañana temprano y se pone a beber whisky.

A veces paso en coche por delante del edificio donde trabaja Mercedes. Es lo más cerca que llegaré a volver a verla. Eso le ocurre a mucha gente por toda América. Hacemos cosas sin saber por qué y luego no nos importa por qué las hicimos. Pero ojalá Diane tuviera tetas; digo, pechos.

UN ALLANAMIENTO

Era una de las habitaciones exteriores de la planta baja. Tropecé con algo –creo que era un taburete– y casi me caigo. Me apoyé de golpe en una mesa para mantener el equilibrio.

–Eso es –dijo Harry–, despierta a todo el puto edificio.

–Oye –repuse–, ¿qué vamos a encontrar aquí?

–¡Baja la puta voz!

–Harry, ¿tienes que decir siempre *puta?*

–Qué, ¿eres un puto lingüista? Hemos venido a por pasta y joyas.

Aquello no me gustaba. Parecía una auténtica locura. Harry estaba loco, había pasado por más de un manicomio. Entre eso y cumplir condena, había pasado tres cuartas partes de su vida adulta encerrado. Me había convencido para hacerlo. No sabía yo oponer mucha resistencia.

–Este puñetero país... –dijo–. Hay demasiados capullos ricos que lo tienen muy fácil. –Entonces Harry tropezó con algo–. ¡Joder! –exclamó.

–¡Eh! ¿Qué pasa ahí? –Oímos una voz de hombre que venía de arriba.

–Nos hemos metido en un lío –susurré. Noté cómo me resbalaba el sudor desde las axilas.

–No –dijo Harry–, el que se ha metido en un lío es *ese*.

–Hola –insistió el hombre de arriba–. ¿Quién anda ahí abajo?

–Venga –me dijo Harry.

Empezó a subir la escalera. Lo seguí. Había un pasillo y llegaba luz de una de las habitaciones. Harry avanzó con rapidez y en silencio. Luego irrumpió en la habitación. Yo iba detrás de él. Era un dormitorio. Había un hombre y una mujer en camas separadas.

Harry apuntó al hombre con su Magnum del 38.

–Bien, colega, si no quieres que te vuele los huevos, guarda silencio. No me ando con tonterías.

El hombre tenía unos 45 años y un rostro fuerte, imperial. Saltaba a la vista que se había salido con la suya desde hacía mucho tiempo. Su mujer tenía unos 25 años, era rubia, con el pelo largo, preciosa de verdad. Parecía un anuncio de tal o cual producto.

–¡Largaos a tomar viento de mi casa! –clamó el hombre.

–Eh –me dijo Harry–, ¿sabes quién es este?

–No.

–Es Tom Maxson, el famoso presentador de las noticias del Canal 7. Hola, Tom...

–¡Largaos de aquí! ¡AHORA! –bramó Maxson.

Alargó el brazo y descolgó el teléfono.

–Operadora...

Harry se abalanzó sobre él y le dio en toda la sien con la empuñadura del 38. Maxson se derrumbó sobre la cama. Harry volvió a colgar el teléfono.

–¡Cabrones, le habéis hecho daño! –gritó la rubia–. ¡No sois más que unos cobardes!

Iba vestida con un salto de cama verde claro. Harry se

acercó a ella y le arrancó un tirante. Le cogió un pecho y se lo sacó.

—Bonito, ¿eh? —me dijo. Entonces le cruzó la cara de una bofetada, bien fuerte.

—¡Dirígete a mí con respeto, puta! —le advirtió Harry. Luego rodeó la cama e incorporó a Tom Maxson.

—Y tú: ya te he dicho que no hagas tonterías. Maxson revivió.

—Tienes el arma, eso es lo único que tienes.

—Idiota. Eso es lo único que necesito. Ahora tú y tu puta vais a cooperar o esto va a ponerse mucho peor.

—¡Matón! —dijo Maxson.

—Tú sigue así, sigue así. Ya verás —le espetó Harry.

—¿Crees que me dan miedo un par de chorizos de tres al cuarto?

—Si no te dan miedo, deberían.

—¿Quién es tu amigo? ¿Qué hace él?

—Hace lo que yo le digo.

—¿Como qué?

—¡Como, Eddie, besa a la rubia!

—¡Eh, a mi mujer no la metas en esto!

—Y si grita, te meto un balazo en las tripas. No me ando con tonterías. Venga, Eddie, besa a la rubia...

La rubia intentaba sostener el tirante roto con una mano.

—No —dijo—, por favor...

—Lo siento, guapa, tengo que hacer lo que me dice Harry.

La cogí por el pelo y apreté mis labios contra los suyos. Ella me empujó, pero no era muy fuerte. Nunca había besado a una mujer tan hermosa.

—Vale, Eddie, ya es suficiente.

Me aparté. Rodeé las camas y me puse al lado de Harry.

—Vaya, Eddie —señaló él—, ¿qué es *eso* tan gordo que tienes ahí delante?

No contesté.

—¡Oye, Maxson —dijo Harry—, tu mujer se la ha puesto dura a mi amigo! ¿Cómo coño se supone que vamos a trabajar aquí? Hemos venido a por pasta y joyas.

—Los matones listillos como vosotros me dais asco. Sois peores que gusanos.

—¿Y qué tienes *tú*? Las noticias de las seis. ¿Qué tiene eso de importante? Manipulación política y espectadores gilipollas. Cualquiera puede leer las noticias. Yo *hago* las noticias.

—¿*Tú* haces las noticias? ¿Como *qué*? ¿Qué puedes hacer?

—Pues un montón de números. A ver, déjame que piense. ¿Qué tal: «Un presentador de las noticias se bebe la orina de un ladrón»? ¿Qué te parece?

—Antes muerto.

—Qué va. Eddie, alcánzame ese vaso. El que hay en la mesilla. Tráemelo.

—Eh —dijo la rubia—, llevaos nuestro dinero, por favor. Llevaos las joyas. Pero idos de aquí. ¿Qué necesidad hay de todo esto?

—Es el bocazas engreído de tu marido, guapa. Me está poniendo de los putos nervios.

Le acerqué el vaso a Harry y él se bajó la bragueta y empezó a mear dentro. Era un vaso alto, pero lo llenó hasta el borde. Luego se subió la cremallera y se acercó a Maxson.

—Ahora se va a beber mi pis, señor Maxson.

—Ni pensarlo, cabrón, antes muerto.

—No vas a morir. Te vas a beber el pis, ¡todo!

—¡Nunca, canalla!

—Eddie —Harry me hizo un gesto con la cabeza—, ¿ves el puro ese en el tocador?

—Sí.

—Cógelo. Enciéndelo. Hay un mechero ahí mismo.

Cogí el mechero y encendí el puro. Era de los buenos. Le di unas chupadas. El mejor puro que había probado en mi vida. Nunca había fumado nada parecido.

—¿Te gusta el puro, Eddie? —me preguntó Harry.

—Es estupendo, Harry.

—Bien. Ahora acércate a la puta y sácale el pecho debajo del tirante roto. Sácaselo. Voy a darle a este mamarracho el vaso lleno de mi pis. Tú sujeta el puro junto al pezón del pecho de la chica. Y si este gilipollas no se bebe todo el pis hasta la última gota, quiero que le quemes el pezón con ese puro. ¿Entendido?

Lo pillé. Me acerqué a la señora Maxson y le saqué el pecho. Me noté mareado al mirarlo: no había visto nunca algo parecido.

Harry le tendió a Maxson el vaso de orines. Maxson miró a su mujer, inclinó el vaso y empezó a beber. La rubia estaba temblando de la cabeza a los pies. Era una gozada sostenerle el pecho. El pis amarillo descendía por la garganta del presentador. Se detuvo un momento cuando iba más o menos por la mitad. Parecía a punto de vomitar.

—Todo —dijo Harry—. Venga, es rico hasta la última gota.

Maxson se llevó el vaso a los labios y apuró el resto. El vaso se le cayó de la mano.

—Sigo creyendo que sois un par de matones de pacotilla —dijo Maxson con voz entrecortada.

Yo seguía allí sosteniendo el pecho de la rubia. Ella lo apartó de pronto.

—Tom —dijo la rubia—, ¿quieres hacer el favor de dejar de contrariar a estos hombres? ¡Estás cometiendo la mayor de las estupideces!

—Vaya, les sigues el rollo a los *ganadores*, ¿eh? ¿Por eso te casaste conmigo? ¿Porque era un ganador?

311

–Claro que se casó contigo por eso, gilipollas –dijo Harry–. Fíjate qué barriga tienes. ¿Creías que fue por tu cuerpo?

–Tengo algo –respondió Maxson–. Por eso soy el Número Uno de los presentadores. Eso no se consigue por mera suerte.

–Pero si no se hubiera casado con el Número Uno –señaló Harry–, se habría casado con el Número Dos.

–No le hagas caso, Tom –dijo la rubia.

–No pasa nada –aseguró Maxson–, sé que me quieres.

–Gracias, papi –dijo la rubia.

–No pasa nada, Nana.

–Nana –terció Harry–. Me gusta ese nombre, Nana. Tiene clase. Clase y buen culo. Eso consiguen los ricos mientras a nosotros nos tocan las fregonas.

–¿Por qué no te haces del Partido Comunista? –preguntó Maxson.

–Tío, no quiero esperar durante siglos algo que igual ni siquiera acaba por dar resultado. Lo quiero ahora.

–Oye, Harry –dije–, lo único que estamos haciendo es pasar el rato y mantener conversaciones con esta gente. Así no vamos a sacar nada. Me da igual lo que piensen. Vamos a pillar el botín y nos largamos. Cuanto más rato nos quedemos, más llamaremos la atención.

–Vaya, Eddie –contestó–, es la primera vez en seis años que te oigo decir algo con sentido común.

–Me trae sin cuidado –continuó Maxson–. No sois más que los débiles alimentándoos de los fuertes. Si yo no estuviera aquí, vosotros difícilmente existiríais. Me recordáis a esos que van por ahí asesinando a líderes políticos y espirituales. Es la peor clase de cobardía, es lo más fácil de hacer con el menor talento disponible. Tiene que ver con el odio y la envidia, tiene que ver con el rencor y la amargura y la estupidez definitiva, se deriva del peldaño más bajo de la escalera humana, hiede y apesta y hace que me avergüence de pertenecer a la misma tribu.

—Coño —dijo Harry—, vaya discurso. Ni siquiera el pis te impide seguir soltando chorradas. Eres un capullo consentido. ¿Te das cuenta de cuánta gente hay por ahí en el mundo sin la menor oportunidad? ¿Por dónde nacieron y cómo nacieron? ¿Porque no tuvieron educación? ¿Porque nunca tuvieron nada y nunca lo tendrán y a nadie le importa una mierda y tú te casas con el mejor cuerpo que eres capaz de encontrar, a pesar de tu edad?

—Coged el botín y largaos —dijo Maxson—. Todos los cabrones que no llegáis a ninguna parte siempre tenéis alguna excusa.

—Ah, espera —respondió Harry—, aquí todo cuenta. Ahora estamos llegando a alguna parte. No lo acabas de entender.

—Tom —dijo la rubia—, dales el dinero, las joyas..., que se vayan..., déjate del rollo ese del Canal 7.

—No es el Canal 7, Nana. Se trata de ponerles las cosas claras. Tengo que ponerles las cosas claras.

—Eddie —dijo Harry—, echa un vistazo al baño. Trae cinta aislante.

Fui por el pasillo y encontré el baño. En el botiquín había un rollo de esparadrapo ancho. Harry me ponía nervioso. Nunca sabía lo que iba a hacer. Llevé el esparadrapo al dormitorio. Harry estaba arrancando el cable del teléfono de la pared.

—Venga —me dijo—. Haz callar al Canal 7.

Lo pillé. Le cerré la boca con esparadrapo a base de bien.

—Ahora, las manos, las manos a la espalda —indicó Harry.

Se acercó a Nana, le sacó los dos pechos y se los miró. Luego le escupió a la cara. Ella se limpió con la sábana.

–Venga –dijo–, ahora a esta. Tápale la boca, pero déjale las manos sueltas. Me gusta que forcejeen un poco.

La apañé.

Harry tumbó de costado a Tom Maxson en la cama; lo puso de cara a Nana.

Fue a coger uno de los puros de Maxson y lo encendió.

–Supongo que Maxson tiene razón –dijo Harry–. Somos las sanguijuelas. *Somos* los gusanos. *Somos* la bazofia y es posible que seamos cobardes.

Le dio una buena calada al puro.

–Es tuya, Eddie.

–Harry, no puedo.

–Claro que puedes. No sabes cómo. Nunca te han enseñado cómo. No has tenido educación. Soy tu profesor. Ella es tuya. Así de sencillo.

–Hazlo tú, Harry.

–No. Para ti será más importante.

–¿Por qué?

–Porque eres un capullo simplón.

Me acerqué a la cama. Era tan preciosa y yo era tan feo que me sentía como si tuviera el cuerpo entero recubierto por una capa de mierda.

–Venga –dijo Harry–, dale, gilipollas.

–Harry, tengo miedo. No está bien, no es mía.

–Es tuya.

–¿Por qué?

–Es como una guerra. Hemos ganado esta guerra. Hemos matado a todos sus machos, todos sus triunfadores, todos sus héroes. No quedan más que mujeres y niños. Matamos a los niños y mandamos a las viejas lejos de aquí. Somos el ejército conquistador. Lo único que queda son sus mujeres. Y la mujer más preciosa es toda nuestra..., es tuya. Está indefensa. Tómala.

Me acerqué y retiré las sábanas. Era como si hubiera muerto y de pronto estuviera en el cielo y tuviera a una criatura mágica delante. Le cogí el salto de cama y se lo arranqué por completo.

—¡Fóllatela, Eddie!

Todas las curvas estaban precisamente donde tenían que estar. Estaban justo ahí y más allá. Era como unos cielos hermosos, era como ríos hermosos discurriendo. Solo quería mirarla. Tenía miedo. Me quedé allí, con la tranca como un cuerno asomando. No tenía ningún derecho.

—Venga —dijo Harry—. ¡Fóllatela! Es igual que cualquier otra mujer. Recurre a jueguecitos, cuenta mentiras. Algún día será una vieja y las jóvenes la sustituirán. Incluso morirá. ¡Fóllatela ahora que está aquí!

La cogí por los hombros para intentar acercarla a mí. Ella había sacado fuerza de alguna parte. Me empujó al tiempo que echaba atrás la cabeza. Estaba angustiada a más no poder.

—Oye, Nana, la verdad es que no quiero hacerlo..., pero sí quiero. Lo siento. No sé qué hacer. Te deseo y me da vergüenza.

Emitió un sonido a través del esparadrapo que le cubría la boca y me empujó. Qué hermosa era. No me la merecía. Me miró a los ojos. Su mirada decía lo que estaba yo pensando. No tenía derecho humano.

—¡Venga —me instó Harry—, métesela! Le encantará.

—No puedo hacerlo, Harry.

—Bien —cedió Harry—, entonces vigila al Canal 7.

Me acerqué y me senté al lado de Tom Maxson. Estábamos uno junto al otro en su cama. Estaba haciendo ruiditos a través del esparadrapo. Harry fue hasta la otra cama.

—Bien, puta, supongo que voy a tener que preñarte.

Nana se levantó de un salto y fue corriendo hacia la puerta. Harry la cogió por el pelo, le dio la vuelta y le soltó una bofetada bien fuerte en la cara. Cayó contra la pared y se deslizó hasta el suelo. Harry la levantó por el pelo y la golpeó de nuevo. Maxson emitió un ruido más fuerte a través del esparadrapo y se levantó. Echó a correr y arremetió contra Harry con la cabeza. Harry le dio un golpe cortante en la nuca y Maxson se derrumbó.

—Átale los tobillos con esparadrapo al héroe —me indicó.

Le até los pies a Maxson y lo tumbé de un empujón en su cama.

—Incorpóralo —señaló Harry—. Quiero que lo vea.

—Oye, Harry —dije—, vámonos de aquí. Cuanto más rato estemos...

—¡Cállate!

Harry arrastró a la rubia hasta la cama. Aún llevaba puestas las bragas. Se las arrancó y se las lanzó a Maxson. Las bragas cayeron a sus pies. Maxson gimió y empezó a forcejear. Le metí un buen puñetazo, en todo el estómago.

Harry se quitó los pantalones y los calzoncillos.

—Puta —le dijo a la rubia—, voy a hundirte esta tranca bien dentro y vas a sentirla y no puedes hacer nada por evitarlo. ¡La vas a encajar toda! ¡Y voy a correrme bien dentro!

La tenía boca arriba; ella seguía forcejeando. La golpeó de nuevo, fuerte. Se le fue la cabeza hacia atrás. La abrió de piernas. Intentó meterle la polla. Estaba teniendo problemas.

—¡Afloja un poco, zorra, ya sé que lo deseas! ¡Levanta las piernas!

La golpeó con fuerza dos veces. Ella levantó las piernas.

—¡Así está mejor, puta!

Harry hurgó y hurgó. Al final, la penetró. Empezó a meterla y sacarla, lentamente.

Maxson comenzó a gemir y a moverse de nuevo. Le pegué otro puñetazo en el vientre.

Harry fue cogiendo ritmo. La rubia gemía como si le hiciera daño.

—Te gusta, ¿verdad, so puta? Es mejor polla que la que te ha dado nunca ese viejo, ¿verdad? ¿La notas crecer? No podía aguantarlo. Me levanté, me saqué la polla y empecé a masturbarme.

Harry estaba metiéndosela a la rubia con tal fuerza que a la chica le rebotaba la cabeza. Luego la abofeteó y se la sacó.

—Todavía no, puta. Voy a tomarme mi tiempo.

Se acercó adonde estaba sentado Tom Maxson.

—¡Fíjate que TAMAÑO tiene! ¡Y voy a volver a metérsela y a correrme dentro, amigo Tommy! ¡Ya nunca podrás hacerle el amor a tu Nana sin pensar en mí! ¡Sin pensar en esta! —Harry le acercó la polla a la cara a Maxson—. ¡Igual la obligo a que me la chupe cuando haya acabado!

Luego se volvió, regresó a la otra cama y montó a la rubia. La abofeteó otra vez y empezó a bombear como loco.

—¡Puta barata y apestosa, me voy a correr! —Y entonces—: ¡Ah, joder! ¡AH, DIOS MÍO! ¡Ah, ah, ah!

Se derrumbó sobre Nana y se quedó ahí tendido. Un momento después se retiró. Luego me miró.

—¿Seguro que no quieres un poco?

—No, gracias, Harry.

Harry se echó a reír.

—¡Hay que ver qué idiota, te la has meneado! —Harry volvió a ponerse los pantalones, riéndose.

—Bien —dijo—, átale las manos y los tobillos con esparadrapo. Vamos a largarnos de aquí.

Me acerqué y la até.

–Pero, Harry, ¿qué pasa con el dinero y las joyas?
–Nos llevaremos su cartera. Quiero irme de aquí. Estoy nervioso.
–Pero, Harry, vamos a llevarnos todo.
–No –dijo–, solo la cartera. Regístrale los pantalones. Coge solo el dinero.
Busqué la cartera.
–Aquí solo hay 83 dólares, Harry.
–Nos la llevamos y nos largamos. Estoy nervioso. Algo me huele mal. Tenemos que irnos.
–Joder, Harry, esto no es nada. ¡Podemos desplumarlos del todo!
–Ya te lo he dicho: estoy nervioso. Tengo un pálpito. Tú puedes quedarte. Yo me largo.
Lo seguí escaleras abajo.
–Ese hijoputa se lo pensará dos veces antes de volver a insultar a nadie –comentó Harry.
Buscamos la ventana que habíamos forzado y nos fuimos por el mismo sitio. Cruzamos el jardín y salimos por la verja de hierro.
–Venga –dijo Harry–, vamos a andar como si nada. Enciende un cigarrillo. Procura parecer normal.
–¿Por qué estás tan nervioso, Harry?
–¡Cállate!
Caminamos cuatro manzanas. El coche seguía allí. Harry se puso al volante y nos largamos.
–¿Adónde vamos? –pregunté.
–¿Al Guild Theatre?
–¿Qué peli ponen?
–*Medias de seda negra,* con Annette Haven.
El cine estaba allá en Lankershim. Aparcamos y nos bajamos. Harry compró las entradas. Fuimos dentro.
–¿Palomitas? –le pregunté a Harry.

–No.

–Yo sí quiero.

–Pues compra.

Harry esperó a que comprara las palomitas, grandes. Buscamos asientos hacia la parte de atrás. Estábamos de suerte. La película acababa de empezar.

EL AVIÓN ES EL MEDIO DE TRANSPORTE MÁS SEGURO

Eddie y Vince iban en dos asientos cercanos a la cola del avión. Tenían poco más de cuarenta años. Iban con traje barato, sin corbata, camisas de quita y pon, zapatos sin lustrar.

–Esa azafata, Vince, la bajita de piernas estupendas, me gustaría hacérmelo con esa. ¡Fíjate qué *culo!*

–No –respondió Vince–, a mí me gusta la alta. Me gusta su nariz y sus labios, el pelo desaliñado, a medio peinar. Me recuerda a una puta borracha que no sabe dónde está.

–No tiene pechos, tío.

–Me da igual.

El avión atravesó unas nubes y contemplaron los jirones blancos, humosos, rodando ahí fuera. Luego salieron de nuevo al sol.

–Eddie, ¿vamos a hacerlo?

–¿Por qué no?

Vince se terminó la copa y la dejó en la bandeja que tenía delante.

–Es una tontería.

–Vale. Olvídalo. Lo haré yo solo.

–Creo que es una tontería, Eddie. Mejor no lo hacemos.

–Vince, tienes menos agallas que un conejo. –Eddie se terminó la copa, dejó el vaso vacío en la bandeja de Vince, cerró su bandeja y la fijó contra el respaldo del asiento de delante. Luego se levantó, salió al pasillo, tiró del asa del compartimento superior y sacó un maletín muy grueso. Cerró el compartimento y se sentó con el maletín en el regazo.

–Venga, Vince. ¿Estás conmigo o no?

–Mira, Eddie, piénsalo bien...

–¿Estás conmigo o no?

–Vale, vale...

Eddie alargó la mano hacia el final del apoyabrazos, pulsó el botoncito con el dibujo de la azafata y aguardó.

–Eddie, no lo hagas. Vamos a pedir un par de copas sin más.

Tardó tres o cuatro minutos pero por fin llegó la azafata. Era la de las piernas estupendas.

–Sí, señor, ¿ha llamado?

–¿Cómo se llama, azafata?

–Vivian.

–Vivian, quiero que se acerque porque le voy a susurrar algo que más vale que no oigan los demás pasajeros.

–Señor, estoy *muy* ocupada...

–Le sugiero que haga lo que digo. Es muy importante.

La azafata se inclinó hacia delante.

–Bien, Vivian –susurró Eddie–, este maletín que ve aquí en mi regazo lleva dentro suficiente dinamita como para volarle las puñeteras piernas y el puñetero culo y todas las demás partes del cuerpo...

La azafata se quedó mirando a Eddie.

–Y lleva dinamita suficiente como para volarme todas mis preciadas partes y también las de todas las demás personas de este avión. Ahora nos va a acompañar a mi amigo y a mí a hablar con el capitán del vuelo y su copiloto.

–Sí, señor –dijo la azafata.

–Venga, colega –le indicó Eddie a Vince.

La azafata enfiló el pasillo y los hombres la siguieron. Cruzaron primera clase y entraron en la cabina de vuelo. Se quedaron los tres detrás de los pilotos.

–Capitán Henderson... –empezó la azafata.

–Capitán Henderson –dijo Eddie–, no va a enviar ningún mensaje de radio ni a responder ninguna llamada de radio.

–Toma los mandos, Marty –le indicó Henderson al copiloto.

Luego se volvió:

–¿Qué coño...?

–Vaya, fíjate en el capitán –comentó Eddie–. Está gordo, ¿verdad?

–Desde luego –convino Vince.

–Eh, chaval –le dijo Eddie al capitán–, estás un poco *gordo*, ¿no?

El capitán Henderson no contestó. Miró a Eddie con el maletín. Eddie había introducido la mano derecha bajo la solapa superior.

–¡Venga, capitán, te he hecho una *pregunta!*

–Bueno, igual me sobran seis u ocho kilos.

–Yo diría más bien diez. ¿Bebes mucha cerveza?

–A ver, ¿qué demonios es esto?

–¿Cuánta cerveza bebes, gordo?

–Cuando no estoy de servicio, cinco o seis botellines.

–Igual me doy el gusto de hacer saltar por los aires un poco de esa manteca. Ahora tú, copiloto, ¿cómo te llamas?

–Marty. Marty Parsons.

–Tú mantén este trasto rumbo a la ciudad de Nueva York, ¿entiendes?

–Entiendo.

—Resulta que mi amigo, Vince, no habla mucho. Yo soy el líder y él es el chiflado. Tiene complejo suicida. Es cosa de familia. Oye, Vince, cuéntales lo de tu hermano.

—Eddie, no les interesa.

—Venga, cuéntaselo. Quiero que sepan que es cosa de familia.

—¿Qué es esto? —preguntó Vivian—. ¿Ahora tenemos que oír anécdotas?

—¡Cállate, zorra! Ahora, venga, cuéntalo, Vince.

—Bueno, tenía un hermano. Se llamaba Dan. No era muy feliz...

—A ver —preguntó el capitán Henderson—, ¿qué quieren ustedes?

—Enseguida llegaremos a eso. Quiero oír la historia. Venga, Vince...

—Bueno, mi hermano no era muy feliz. Decidió matarse. Se tiró por la ventana de una segunda planta. Quería caer en la acera pero no...

—Vale. ¿Dónde cayó?

—Bueno, no cayó en la acera. Fue a parar contra una verja de hierro rematada con puntas, de costado...

—Sigue, Vince...

—Los de la ambulancia llegaron y tenía clavadas catorce estacas de hierro en el costado. Conque un enfermero dijo: «Tenemos que sacarlo de ahí ahora mismo.» Pero el otro enfermero dijo: «No, eso seguro que lo mata.» Nadie sabía qué hacer...

—Bien, Vince... ¿Y entonces...?

—Bueno, estaba sangrando mucho, así que sostuvieron en alto a mi hermano para evitar que las estacas se le clavaran más y esperaron a que llegara ayuda...

—Podríamos haberlo hecho volar por los aires con dinamita... ¿Y entonces...?

—Mi hermano lloraba y gritaba. Al final, apareció un jefazo médico y dijo: «Lo que hay que hacer es llamar a un soldador o alguien capaz de cortar esos hierros. Luego lo podremos llevar al hospital y sacárselos de uno en uno.»

—Oigan —dijo el capitán Henderson—, no entiendo nada de esto...

—Sigue, Vince.

—Así que llamaron a un soldador, que cortó los hierros de la verja. Llevaron a mi hermano al hospital y pasó allí los catorce meses siguientes. Le sacaban un hierro, vendaban el agujero y esperaban unas semanas antes de sacar el siguiente y luego se lo sacaban. Al final, después de más de un año de sacarle hierros, lo trasladaron a otro sitio y lo sometieron a una terapia...

—Terapia psicológica —dijo Eddie—. ¿Qué pasó entonces?

—Le dieron de alta. Dos semanas después, se pegó un tiro con una escopeta.

Guardaron silencio. El avión seguía rumbo a Nueva York.

Entonces Eddie dijo:

—Lo que vamos a hacer es violar cada uno a una azafata. Nos gustan vuestras azafatas.

—No pueden hacer eso sin más —les advirtió el capitán Henderson.

—O lo hacemos o morimos todos.

—¿Y luego qué? ¿Qué plan tienen?

—Tenemos un plan. No te preocupes.

—Miren, pueden echar un polvo en tierra, pueden echar un polvo en cualquier parte por 50 pavos.

—No queremos acostarnos con esas. Queremos a vuestras chicas.

—Lo que intentan es peligrosamente estúpido.

—Eso es cosa nuestra. Por cierto, yo también tengo el

mismo complejo suicida. Por eso me he conchabado con Vince.

–Bueno –saltó Vivian–. Yo no voy a cooperar. ¡Ya pueden mandarnos a todos al infierno!

Eddie le pasó el maletín a Vince.

–Cuidado... ¡Que no se te caiga! Mete la mano bajo la solapa. Despacio. ¿Notas el interruptor, Vince?

–Sí.

–No pulses eso a menos que creas que nos la han jugado...

–¿Espero a que me des la señal, Eddie?

–No, usa tu criterio. –Eddie se volvió hacia Vivian.

–¡Vete al cuerno –exclamó ella–, no me asustas, no eres más que un puñetero tarado!

Eddie le dio un puñetazo rápido en el vientre y, cuando se doblaba, le soltó otro en la cara. Vivian se desplomó en el rincón de la cabina detrás del asiento del capitán Henderson. Jadeaba y temblaba. Se puso a llorar en plan histérico. Eddie se apresuró a agacharse a su lado y le metió el pañuelo en la boca.

–¡Si se mueve alguno de esos dos, Vince, pulsas el detonador!

–De acuerdo, Eddie...

Eddie se inclinó sobre Vivian y le levantó la falda hasta las caderas. Llevaba pantis e intentó volverse de lado. Eddie la puso recta.

–¡Vaya –comentó Vince–, tenías razón, Eddie, tiene unas piernas *preciosas!* ¡Estoy asustado, estoy muy asustado pero se me está poniendo dura!

Era verdad, tenía las piernas preciosas y fornidas, rebosantes, como higos maduros en un árbol, culminados, perfectos, casi a punto de reventar en los pantis ceñidos. Vivian alargó los brazos y le arañó la cara a Eddie con las uñas de las dos manos. Él la golpeó de nuevo, bien fuerte en la cara, y la chica retiró las manos. Se bajó la bragueta y el aparato asomó delante de él, loco y desatendido. Se abalanzó sobre ella, la cogió por el culo y la acercó. Sus ojos lo miraron fijamente. Eran grandes y de un color castaño intenso. Recordó la vieja película de Marlon Brando y alargó las manos y le rasgó los pantis por delante, entre las piernas. «¡Voy a correrme dentro de ti, so zorra!» Hurgó en vano, luego bajó la mano y le metió la punta de la polla. Ella temblaba y se retorcía como una serpiente. Entonces la penetró un poco más. Y luego se la metió del todo. Empezó a embestir con furia, viendo cómo la cabeza se le bamboleaba contra el suelo. Ya no podía contenerse. Notó que llegaba al orgasmo y se la endilgó con furia hasta dentro y entonces se corrió. Tuvo la sensación de que el semen no se le acababa nunca, le brotaba sin parar mientras miraba fijamente sus grandes ojos castaños. Luego se quedó inmóvil. Eddie se levantó lentamente, permaneció un momento paralizado, mirándola desde su altura. Luego se la guardó, se subió la cremallera y se volvió hacia Vince.

—Venga, ahora te toca a ti. Ya voy yo a por la azafata.

—¡No vais a saliros con la vuestra! —dijo Henderson.

—¿Ah, no?

—¿Cómo vais a saliros con la vuestra? ¿Cómo vais a salir de aquí?

—Eso es cosa nuestra. ¡Entre tanto, cállate!

Vivian se levantó del suelo y la falda se le colocó bien, aunque un poco arrugada. Se tambaleó y se sacó el pañuelo de la boca.

—¿Qué te ha parecido, guapa? —le preguntó Eddie.

—Eres un cerdo rastrero —dijo—, ¡apestas! ¡Si pudiera, te mataría!

Se abrió la puerta de la cabina y entró la otra azafata, la alta con el pelo desaliñado.

—¿Qué ocurre aquí? —preguntó—. ¡He estado sirviendo bebidas ahí fuera sola y *todo el mundo* tiene sed!

—¡Vete de aquí, Karen! —le advirtió el capitán Henderson.

—¡Quédate donde estás, Karen! —dijo Eddie. Se acercó a Vince, le cogió el maletín e introdujo la mano bajo la solapa superior.

—Vince, cierra esa puerta. Tenemos toda la compañía que queremos.

Vince cerró la puerta de la cabina. Karen miró a Vivian.

—Ay..., ¿qué te ha pasado?

—Me han violado.

—Y ahora te toca a ti, Karen —señaló Eddie.

—Lleva dinamita en el maletín, Karen —señaló Henderson.

—¿Qué? Eso no significa que vaya a acceder a algo así —dijo Karen.

—Karen, eres la siguiente. Mi amigo te desea. Tenemos dinamita y estamos dispuestos a usarla. Recuerda que tienes que proteger el avión, a la tripulación y los pasajeros en los momentos de mayor dificultad. Tenía un amigo que trabajaba cargando equipajes. Él me contó lo de esa norma.

—¡Al carajo con esa norma —replicó Karen—, a mí no me viola nadie!

—Capitán Henderson —dijo Eddie—, ¿listo para rezar sus últimas plegarias?

—Oye, Karen —dijo Henderson—, creo que estos tipos están lo bastante locos como para hacerlo.

—Capitán Henderson —terció Marty, el copiloto—, Karen es mi novia.

—Piensa en los pasajeros —dijo Henderson—, piensa en el avión.

—Tú no piensas más que en salvar el cuello, Henderson.

—¡Venga, Vince —dijo Eddie—, tíratela! ¡Salta a la vista que ninguno de estos quiere morir! ¡Venga, tíratela!

—Eddie metió la mano más adentro bajo la solapa del maletín. Empezaba a sudar por el nacimiento del pelo, se le formaban gotitas en la frente.

Vince avanzó hacia Karen.

—Capitán, haga el favor de tomar los controles —dijo Marty. Henderson tomó los controles. Marty se volvió y miró a Vince—. ¡Aléjate de ella, hijo de puta!

—¡Venga, Vince —dijo Eddie—, *tíratela!* ¡Como alguien haga un solo movimiento, nos vamos todos a tomar por culo! ¡Lo digo en serio!

—Vale, Eddie...

Eddie miró a Karen y entonces vio por qué la deseaba Vince. Era el pelo descuidado y sin peinar, la nariz afilada y los labios, su manera de hacer pucheros, levemente estúpida. Vince se acercó a Karen, la cogió. Pegó su boca a la de ella y la chica lo rechazó poniéndole las manos en el pecho, sin mucha fuerza. Parecía afligida, paralizada...

—¡Te has llevado a la mejor —comentó Eddie—, qué hijoputa, vaya suerte!

Entonces, mientras seguía besando a Karen, Vince la sujetó con una mano por la cintura y le levantó la falda con la otra. Tenía las piernas largas, esbeltas y gloriosas. Llevaba bragas oscuras. Vince la sostuvo por la cintura besándola, arqueándola hacia atrás, mientras con la mano libre le magreaba el culo.

Marty se levantó del asiento.

—¡Ya está bien, cabrón! ¡Te digo que pares!

—No te metas en esto, Marty —dijo Eddie, el sudor le

329

resbalaba de una manera extraña por la cara–. ¡No te metas en esto, Marty, te lo advierto! ¡Quiero *verlo!* Entonces Vince bajó la mano y la agarró entre las piernas. La besó en la garganta al tiempo que le echaba la cabeza hacia atrás. Marty saltó de su asiento y se abalanzó sobre Vince y entonces estalló el sol y el fuselaje y las alas se separaron, los motores se desprendieron de las alas y cayeron y el fuselaje cayó, girando en picado, precipitándose como un dardo muy grande y perdiendo la sección de cola mientras los motores surcaban el cielo. Ocurrió sobre una pequeña población del Medio Oeste americano y no hubo muchos daños salvo por un trozo de una aleta de cola que atravesó un tejado y le amputó el brazo a la altura del hombro a una chica de diecisiete años que estaba estudiando la lección de historia.

SURCAR LOS CIELOS ACOGEDORES

Eran las 12.35 de la mañana, habían servido el almuerzo, habían servido bebidas y el reactor alcanzó velocidad de crucero y empezó la película: *El sueño de la bailarina,* una peli de trama insulsa con una pandilla de actores de tercera. Era un vuelo de Miami a L. A., #654 un jueves de marzo, con cielos casi despejados, sin mucho ajetreo. El mayor problema era un leve embotellamiento en los servicios, se estaban formando pequeñas colas, aunque eso era habitual después del almuerzo y las bebidas. Los pasajeros eran una mezcla de hombres y mujeres, ninguno excepcional, insólito o desesperado salvo por tres: Kikid, Nurmo y Dak. Tenían tres asientos, derecho, lateral, central. Habían estado observando a los otros y hablando en voz queda. Luego, al pasar una azafata, Kikid asintió y Dak se puso en pie de un salto provisto de un nudo corredizo hecho con un trozo de cordón. La siguió, le pasó el cordón por la cabeza y se lo ciñó al cuello para retenerla.

—¡No hagas ruido, zorra, o te mato!

La mayoría de los pasajeros se apercibieron de lo que ocurría pero se quedaron mirando como vacas o se comportaron igual que si estuvieran viendo una película que no tenía nada que ver con ellos.

Nurmo y Kikid se levantaron de un salto. Eran todos jóvenes menudos, morenos, delgados, nerviosos.

–Llévala adonde el capitán y pon en marcha el plan –le dijo Kikid a Dak.

Los pasajeros vieron cómo Dak empujaba a la azafata hacia la cabina del piloto. Un joven corpulento pasillo adelante se volvió en el asiento hacia Kikid y Nurmo y les dijo:

–Más vale que os penséis mejor este asunto, se trata de algo muy serio.

–¡Oye, tío –le advirtió Kikid–, no te metas en esto!

–¡Sí, tío –dijo Nurmo–, no te metas en esto, joder!

El joven corpulento, que bien podía ser jugador de fútbol americano, continuó:

–Solo os lo advierto por vuestro propio bien.

–¡Oye, tío, el que hace advertencias aquí soy yo! –respondió Kikid.

–Solo quiero repetir –continuó el joven– que...

–¡Maldita sea! ¿Qué te he dicho? ¿Qué coño te he dicho?

Kikid fue a toda prisa adonde estaba sentado el joven. El joven lo vio venir y empezó a levantarse pero primero tenía que desabrocharse el cinturón. Le costó. Kikid lo cogió por el cuello, entonces brilló algo en su mano: era un abrelatas metálico. Le clavó el extremo puntiagudo en un ojo al joven y se lo retorció. El grito de dolor casi sacudió el avión. El joven se llevó las dos manos a la cabeza, donde antes tenía el ojo. El ojo estaba en el suelo. Kikid bajó la mirada, lo vio, lo pisó con el zapato, aplastándolo como un caracol.

–¡Ahora –le advirtió–, si quieres conservar el otro ojo, más vale que tengas la puta boca cerrada!

Justo en ese momento se oyó por el intercomunicador la voz del capitán: «SOY EL CAPITÁN EVANS. LAMENTO IN-

FORMARLES DE QUE EL AVIÓN HA SIDO SECUESTRADO. HEMOS PUESTO RUMBO A LA HABANA, CUBA. HAGAN EL FAVOR DE COOPERAR CON LOS SECUESTRADORES. NO HAGAN NADA QUE PUEDA PONERLOS EN PELIGRO A US- TEDES O A OTROS PASAJEROS. GRACIAS.»

–Bien –dijo Kikid–, ahora quiero que se queden todos en sus asientos.

–Sí –advirtió Nurmo–, quédense en sus asientos.

Una azafata vino corriendo desde la cola del reactor. Llevaba un botiquín de primeros auxilios y empezó a tratar al joven ensangrentado que había perdido un ojo.

–¡Vaya, vaya –comentó Kikid–, hay monadas de estas por todas partes! ¡No hay nada como tener chochos en abundancia!

La observó, inclinada sobre el joven. Tenía un trasero precioso, tan abundante y joven, y una grupa para volverse loco. Alargó la mano y le cogió el culo, bien fuerte, y luego se lo soltó. La azafata se irguió y se encaró con Kikid. Tenía carita de niña, pecas, labios carnosos, largo cabello castaño rojizo.

–¡A mí no me toques, cerdo!

–¡Atiende al paciente y considérate afortunada de que no haga nada más! –le advirtió Kikid.

–Tú dedícate a secuestrar el avión. ¡Deja que me encargue de salvarle la vida a este hombre!

Volvió a ponerse manos a la obra.

Nurmo, que estaba detrás de Kikid, dijo:

–¡No somos secuestradores! ¡Somos GUERRILLEROS POR LA LIBERTAD!

–Hasta el final –convino Kikid.

Siguió mirándole el culo a la azafata. No había visto nunca un culo tan maravilloso y eso que había visto y observado muchos, pero que muchos culos. Seguía haciéndole esos movimientos. Alargó la mano de nuevo y cogió un cachete de ese culo, bien fuerte.

La azafata se volvió y se encaró con Kikid otra vez.

–¡Estoy intentando detener la hemorragia! ¡Si no, este hombre se va a morir!

–¿Ah, sí? –preguntó Kikid.

Sacó el trozo de cordón del bolsillo. Era igual que el de Dak. Tenía forma de nudo corredizo. Con un rápido movimiento se lo puso al cuello a la azafata. Lo tensó y acercó esa carita de niña con el culo enorme hacia él. Tiró de ella hasta tenerla justo delante y la besó con saña. Luego la soltó, la miró.

–¡Ay, Dios –exclamó–, creo que se me está poniendo dura!

Kikid seguía reteniendo a la azafata por el cordón. Le parecía estupenda, toda sonrojada y asustada. Los otros pasajeros observaban, aterrados.

–¡Eh, tío –objetó Nurmo–, estamos intentando secuestrar un avión! ¿A qué viene esa gilipollez con la tía?

Kikid se volvió hacia Nurmo, que todavía sujetaba a la azafata por el cordón.

–¡Oye, tío, soy yo el que dirige el cotarro! ¡Vete a la cabina a ver cómo lo lleva Dak, comprueba que vaya todo bien!

Luego volvió a mirar a la chica.

–Me gustas, guapa. ¡Me gustas mucho! ¡Ahora me la vas a chupar! ¡Delante de todas estas personas tan simpáticas!

–No –dijo la chica–, ¡antes muerta!

–Bueno, cielo –sonrió Kikid–, eso depende de ti.

Ciñéndole un poco más el cordón al cuello, Kikid bajó la mano y se abrió la bragueta. Se sacó el pene. Quedó ahí colgando, lánguido y feo. Mientras tanto, el hombre herido se había derrumbado en su asiento, la sangre que lo mantenía con vida goteando sobre el pasillo. Kikid acercó el rostro de la chica al suyo, le sonrió:

—Guapa, me la vas a chupar, ¡AHORA!

—¡Antes muerta! —gritó ella.

Kikid sonrió de nuevo al tiempo que apretaba el nudo corredizo. La chica se quedó allí, con la cara cada vez más sombría. Kikid volvió a apretar el nudo. La chica empezó a bajar la cabeza.

—¡Eso es, guapa! ¡Un poquito más abajo! ¡Ahí, ahí..., te va a gustar y a mí me va a gustar e igual también le gusta a toda esta gente que está mirando!

La chica tenía la cabeza ahí abajo.

—¡MÉTETELA EN LA BOCA, PUTA, O COMO HAY DIOS QUE TE MATO!

—Dios mío, ¿no puede hacer alguien algo? —gritó con voz ronca una anciana al fondo.

—Ya está haciendo alguien algo —dijo Kikid— y lo está haciendo muy bien, como una profesional. ¡Como una puñetera profesional! ¡Ah aaaaah, joder, no aguanto más! ¡Te quiero, so puta! ¡Ah, cómetela, cómetela TODA! ¡Trágatela, so zorra, trágatela!

Entonces Kikid se apartó, tiró al suelo de un empujón a la azafata y dijo:

—Es la mamada más rápida que me han hecho. Lames y chupas a la vez y este GUERRILLERO POR LA LIBERTAD desea agradecértelo.

Luego señaló al hombre agonizante:

—¡Venga, a ver si puedes apañar a este gilipollas! ¡Está poniendo el suelo perdido de sangre!

La película, *El sueño de la bailarina,* terminó en ese momento, aunque era dudoso que la hubiera visto nadie. Kikid se abrochó la bragueta justo cuando Nurmo volvía de la cabina del capitán.

–¿Qué tal va por ahí? –le preguntó Kikid.

–Todo bien, Dak tiene retenida a la chica y vamos rumbo a La Habana.

–Bien –afirmó Kikid–, como GUERRILLEROS POR LA LIBERTAD nuestra misión está a punto de concluir.

–¿Qué hacemos ahora? –preguntó Nurmo.

–Espera –respondió Kikid.

Era la 1.43 de la tarde, se estaban acercando al golfo de Florida y la azafata mostraba un gran coraje intentando atajar la hemorragia del hombre agonizante. Todo parecía cuestión de esperar, de un modo u otro. Kikid y Nurmo se quedaron mirando a los pasajeros.

–Bien, ya saben lo que les ha aconsejado el capitán. No den ningún problema. Tenemos a la chica como rehén ahí delante. Si intentan alguna tontería ahí atrás, la chica muere –les advirtió Kikid.

De pronto irrumpió en la cabina un destello de luz plateada.

–¿Qué coño ha sido eso? –preguntó Kikid.

–Vaya, no sé... –dijo Nurmo.

Kikid se abalanzó hacia la ventanilla, pasando por encima de unos pasajeros.

–¡Mira! ¡El destello ha salido de ahí! ¿Ves eso ahí fuera?

Nurmo se inclinó y miró por la ventanilla.

–¡Ya lo veo! ¡Mira, es plateado y redondo y reluciente!

–¡Es un puto platillo volante! –gritó Kikid.

–¡Eh, ha desaparecido!

–¿Adónde ha ido?

Se precipitaron hacia las ventanillas del otro lado. No había nada a la vista. Se quedaron en el pasillo central.

–Qué raro –dijo Kikid–, un platillo volante.

–¡Lo noto justo encima de nosotros! –señaló Nurmo–. ¡Y noto que va a pasar algo raro!

—¡Ya sé lo que es! —dijo la anciana que había hablado antes—. ¡Es Dios! ¡Dios ha venido a salvarnos para que no nos lleven secuestrados a La Habana!

Kikid se volvió hacia la anciana y dijo:

—¡Señora, no dice más que chorradas!

—¡El Señor ha venido a salvarnos! —insistió ella.

Entonces restalló un relámpago de luz púrpura, una luz púrpura como no se había visto nunca sobre la faz de la tierra, y apareció ante ellos una criatura más bien globular, casi toda cabeza con los ojos tan brillantes como bombillas eléctricas de 500 vatios. Todo en aquella Cosa era diminuto salvo la cabeza: boca, orejas, piernas diminutas. Debía de pesar 150 kilos y su piel tenía una textura metálica. Era increíble que se sostuviera sobre unas piernas tan diminutas. Pero el efecto total que causaba aquello era de una potencia increíble y una inteligencia espléndida y sin inhibiciones. Estaba allí plantado, consumiendo la escena entera.

—¡Oh, Dios! —gimió la anciana—. ¡No imaginaba que tuvieras ese aspecto!

—Calla, bruja imbécil —le dijo la Cosa.

Un momento después, la Cosa volvió a hablar:

—¿Por qué va rumbo a La Habana este avión? Intuyo que su destino original era el aeropuerto de Los Ángeles. Hmmm..., ya veo...

La Cosa se volvió hacia Kikid y Nurmo.

—Oye, tío —dijo Kikid—, igual podemos hacer un trato, ¿no?

—Yo no hago tratos —respondió la Cosa.

Y sin más, salió un rayo de uno de los ojos de 500 vatios de la Cosa.

Kikid empezó a fundirse lentamente y desapareció, dejando un hedor similar al del caucho al arder.

La Cosa se volvió hacia Nurmo.

—¡Oye, tío —dijo Nurmo—, lo que tú digas! ¡Estoy de tu parte! ¡Seré tu esclavo de por vida! ¡Trabajaré por 6 centavos la hora y donaré la mitad del sueldo a la caridad! ¿Qué dices?

La respuesta llegó del otro ojo de 500 vatios cuando Nurmo se fundió lentamente dejando un olor a caucho quemado.

—¡Dios, nos has salvado! —exclamó la anciana—. ¡Pero hay más ahí delante!

—Calla, vieja. Ya sé lo que ocurre ahí delante. Me ocuparé de ello cuando me plazca.

—Gracias, Dios —dijo la anciana.

—Gracias, Dios —dijo un hombre.

—Sí, gracias, Dios —dijo algún otro.

La Cosa se volvió hacia la azafata que seguía ocupándose del hombre agonizante. La chica se levantó. Había hecho un esfuerzo valeroso y tenía el uniforme manchado de sangre. Los pasajeros la miraron.

—¿Qué trabajo quiere que haga? —preguntó ella.

—¡Me la vas a chupar! —dijo la Cosa.

—¡No! ¡Eso nunca!

—No tienes elección. Mi voluntad es más fuerte que la tuya. Lo vas a hacer...

Y de aquella cabeza globular, ahí abajo entre las diminutas piernas, de pronto salió una larga antena como un poste fino y tieso. Era plateado pero parecía piel. Temblaba y relucía, ahí suspendido. La azafata se movió hacia aquello. Levantó el aparato entero hacia arriba, luego se metió la punta en la boca. Le temblaron las orejas y le resbaló saliva por el mentón. Se puso manos a la obra mientras la Cosa le agarraba del pelo con las manos diminutas. El reactor atravesó una nube de lluvia. Reinó la oscuridad un momento, luego se hizo la luz mientras la Cosa decía: «¡Trágatela toda, zorra! ¡Trágatela toda!»

Iba a ser otro de esos vuelos, otra llegada con retraso al aeropuerto de Los Ángeles.

LA MUJER DE LAS PIERNAS

La vi por primera vez en un bar de Alvarado Street. A Lisa, quiero decir. Yo tenía 24 años, ella unos 35. Estaba sentada hacia mitad de la barra y había un taburete libre a cada lado. En comparación con las típicas mujeres que entraban en ese bar, era una belleza. Tenía la cara un poco llena y el pelo no parecía excepcional, pero había quietud en su manera de sentarse, y tristeza. También noté un matiz extraño en ella.

Me levanté del taburete para ir al servicio. La miré y volví a mirarla al pasar, una vez por cada lado. Era pequeña, un poco rechoncha, aunque con el trasero bien proporcionado. Pero lo más maravilloso de ella eran las piernas: tobillos bonitos, pantorrillas perfectas, unas rodillas que se morían de ganas de que las sobaran y también unos muslos maravillosos.

Era como si *esa* parte de su cuerpo se hubiera conservado mientras el resto había empezado a echarse a perder.

Tenía el mentón demasiado redondeado y la cara levemente abotargada. Parecía alcohólica.

Los zapatos de tacón alto eran negros y lustrosos y llevaba tres pulseras de oro de imitación en el brazo izquierdo; también tenía un lunar oscuro justo encima de la muñeca. Fumaba un cigarrillo largo y tenía la mirada fija en la copa. Parecía estar bebiendo whisky escocés con un botellín de cerveza de acompañamiento.

Volví a mi taburete, me terminé el *whisky sour* y le hice un gesto con la cabeza al camarero para que me pusiera otro. Se fue a paso ligero. Cuando volvió con mi copa, le pregunté por la mujer de las piernas.

–Ah –dijo–, esa es Lisa.

–Está bastante buena –dije–. ¿Cómo es que no hay ningún tipo sentado cerca?

–Es sencillo –contestó–. Está loca.

Luego se fue.

Cogí mi copa y me acerqué a Lisa. Me senté en el taburete a su izquierda, encendí un cigarrillo y tomé un trago de la copa. Estaba bastante ebrio.

Cogí el *whisky sour* y lo apuré, le hice un gesto al camarero para que se acercara.

–Otra ronda para la señora y para mí. Y dos Heinekens de acompañamiento.

Al oírlo, Lisa se terminó la copa.

Cuando llegaron las nuevas, tomó un sorbo de la suya y yo tomé un sorbo de la mía.

Luego nos quedamos los dos ahí, mirando al frente.

Igual pasaron un par de minutos. Entonces habló:

–No me gusta la gente, ¿y a ti?

–No.

–Pareces un cabronazo de mucho cuidado. ¿Lo eres?

–No.

Apuró la copa, echó un buen trago de cerveza. Yo hice lo propio.

–Estoy loca –dijo.

–¿Ah, sí?
–¿Estás tú loco? –preguntó.
–Sí.
Le hice un gesto al camarero.
–Invito yo a la siguiente –se ofreció Lisa.
Pidió otra ronda como alguien acostumbrado más que de sobra a hacerlo. Cuando llegaron las copas, dije:
–Gracias, Lisa.
–De nada... ¿Cómo te llamas?
–Hank.
–De nada, Hank.
Lisa tomó un sorbo, luego me miró.
–¿Estás lo bastante loco como para romper el espejo de un bar?
–Creo que ya lo he hecho.
–¿Dónde?
–En el Orchid Room.
–El Orchid Room es un garito idiota.
–Ya no voy por allí.
Lisa tomó un buen trago de cerveza, dejó el botellín y suspiró.
–Bueno, voy a romper el espejo de *este* bar.
–Venga –le dije–, adelante.
Lisa se terminó el whisky, se levantó y cogió el botellín de cerveza.
La vi levantarlo por encima de la cabeza. Me puse en pie de un salto para agarrarle el brazo, pero llegué un poco tarde: solo le entorpecí un poquito el gesto de lanzarlo por encima de la cabeza.
El botellín de Heineken describió un arco lento y alto hacia el espejo del bar mientras yo repetía mentalmente: «¡No, no, no, NO!»
Sonó un estrépito tintineante cuando las esquirlas de

343

vidrio salieron despedidas como carámbanos gigantes y, por alguna razón extraña, las luces se apagaron.

Fue aterrador, glamuroso y precioso.

Me terminé la copa.

En la oscuridad, vi una mole blanca que venía hacia nosotros. Era el camarero, camisa y delantal en su mayor parte. Se movía aprisa.

—¡PUTA CHIFLADA! —gritó—. ¡TE VOY A MATAR!

Puse a Lisa detrás de mí.

Cogí a tientas mi botellín de cerveza. Procuré golpearlo en el momento en que llegaba. Tuve suerte. Le alcancé encima de la sien izquierda. Pero no se derrumbó. Se quedó ahí en la oscuridad todo cubierto de blanco. Era como un portero esperando un taxi.

Me pasé el botellín a la mano izquierda y le di en la sien derecha. Cayó contra la barra y detuvo el golpe agarrándose al borde con las dos manos. Se quedó allí un momento y luego empezó a caminar haciendo eses hacia Alvarado Street.

Cuando cayó al suelo, las luces se encendieron otra vez.

Por un instante fue como si todo el mundo se hubiera quedado inmóvil bajo la luz: los clientes, Lisa, el camarero y yo.

Entonces grité:

—¡VAMOS!

Cogí a Lisa por el brazo y tiré de ella hacia la salida de servicio.

Poco después estábamos en la callejuela y seguí tirando de ella.

—¡VENGA! ¡VENGA! ¡DEPRISA!

—¡NO PUEDO CORRER CON ESTOS PUÑETEROS ZAPATOS DE TACÓN ALTO!

—¡QUÍTATELOS!

344

Lisa se paró y se los quitó, me pasó uno. Se quitó el otro y nos fuimos corriendo por la callejuela.

Cuando llegamos al final, volví la vista. No nos seguían.

–Bien, vuelve a ponerte los zapatos.

Lo hizo, calzándose el primero. Luego, sujetándose a mi hombro, se puso el otro. Después se quedó ahí, tambaleándose.

–¡Vale –dije–, vamos!

–¿Adónde vamos?

–A mi casa.

Estábamos al final de la callejuela, cerca de la esquina. Entonces vi que se detenía un autobús para que se bajara un pasajero. Hice un gesto con la mano al autobús y tiré de Lisa hacia allí. El conductor había cerrado la puerta, pero nos vio. Era un buen tipo y la volvió a abrir. Ayudé a Lisa a subir y pagué los billetes. Intenté llevarla a un asiento pero se quedó agarrada a la barra encima de la máquina expendedora de billetes y permaneció allí tambaleante.

Me fulminó con unos ojos verdes y enloquecidos.

–¡JODER! ¡QUIERO IR EN TAXI! ¡SOY UNA SEÑORA! ¡YO NO COJO EL PUTO AUTOBÚS! ¡YO NO COJO EL PUTO AUTOBÚS!

Lisa era como una preciosa gacela borracha, con sus milagrosas nalgas oscilando al ritmo del autobús.

–¡QUIERO IR EN TAXI! ¡SOY UNA SEÑORA! ¿QUÉ HOSTIAS ES ESTO?

–Cielo, son solo cuatro manzanas.

–¡JODER! –gritó–. ¡JODER!

La siguiente parada era la nuestra. Tiré de la cuerda. El autobús se acercó a la acera y se detuvo.

Arranqué las manos de Lisa de la barra, la cogí por la cintura y la ayudé a bajar los peldaños a la acera.

El conductor del autobús me miró por la puerta abierta.

345

–Buena suerte, amigo. La va a necesitar.

–Está celoso –le advertí.

Rio, cerró la puerta y arrancó hacia la noche.

Lisa parecía estar cada vez más borracha y yo no andaba mucho mejor. La ayudé a caminar, pasándole un brazo por la cintura mientras con el otro le sujetaba el brazo derecho sobre mi cuello. Se bamboleaba y tropezaba. Sus preciosas piernas estaban cediendo.

–¿No tienes un puto coche?

–No.

–¡Eres un muerto de hambre!

–Sí.

Estábamos acercándonos lenta y laboriosamente a mi apartamento.

–¿Tienes algo de beber? ¡Si no tienes nada de beber ahí, no subo!

–Hay muchas botellas de vino... Del mejor...

–Estoy fatal –dijo.

Lisa dio un traspié hacia la izquierda. Yo iba muy borracho para sostenerla. Nos caímos. Por suerte, había un seto grande a ese lado. Nos estampamos contra el seto.

Yo me di contra el follaje, rodé hacia atrás y me quedé boca arriba en la acera. Me levanté. Luego miré hacia abajo.

Y ahí, a la luz de la luna, estaba Lisa, con medio cuerpo contra el seto y el otro medio en la acera. Colgaba de costado, meciéndose. Tenía la falda levantada, dejando a la vista las piernas más hermosas del mundo. Las miré con incredulidad.

Pero me recobré, consciente de que en cualquier momento podía pasar un coche patrulla.

–Lisa –dije–, ¡LISA! ¡HAZ EL FAVOR DE DESPERTAR!

–Ah...

–¡VIENE LA POLI!

Eso surtió efecto. Mientras la ayudaba a salir de entre el seto, se esforzó por que las piernas le respondieran. Era un acto de voluntad aterrada...

La llevé a la entrada del apartamento, entramos en el portal y la conduje hasta el ascensor. Pulsé el botón, el ascensor estaba allí y la ayudé a montarse. Pulsé el botón de la planta y mantuve a Lisa erguida, esperando.

–Echo de menos a mi hijo –dijo–. Quiero a mi bebé.

–Claro que sí –asentí.

La saqué de allí y la llevé hasta mi puerta. Cuando la abría, se inclinó hacia delante contra mí y los dos caímos allí dentro...

Lisa se levantó, se enderezó las medias, recogió el bolso, fue hasta un sillón en la otra punta del salón, se sentó y hurgó en el bolso en busca de cigarrillos. Desde la noche allá afuera se derramaba la luz de neón sobre todo roja de L. A.

Abrí una botella de vino para Lisa y le serví un vaso hasta el borde. Con el leve susurro del roce del nailon, cruzó sus mágicas piernas.

En el sillón enfrente de ella, yo tenía mi propia botella y me había servido mi propio vaso hasta arriba. Lo apuré, me puse otro.

Lisa me miró. Sus ojos eran cada vez más grandes. Daba la impresión de estar volviéndose loca. Entonces habló:

–¡Te crees la *hostia!* ¡Te crees que eres míster Van Bildercopón!

Me había quedado en calzoncillos y camiseta. Los llevaba sucios y rotos.

Me levanté.

Me pavoneé.

Me di palmadas en las piernas.

–Oye, guapa, ¿crees que tengo las piernas bonitas? ¡Fíjate qué piernas! –Luego saqué pecho y le enseñé el bíceps

347

del brazo derecho–. ¡Fíjate, guapa! ¡He tumbado a más de un cabrón rastrero de un puñetazo!

Volví al sillón, me senté, me bebí la mitad del vaso. Lisa seguía mirándome. Sus ojos eran cada vez más y más grandes.

–¡Te has creído que eres míster Van Bildercopón!

–¡ASÍ ES!

Alargó el brazo y cogió su botella de vino, a la que le había puesto el corcho. Mientras me miraba, con los ojos dilatados y furiosos, Lisa levantó lentamente la botella por encima de la cabeza hacia la posición de lanzamiento mientras yo gritaba:

–¡PARA!

Y paró.

Continué:

–¡BUENO, PUEDES TIRARME LA PUTA BOTELLA, PERO SI LO HACES, ASEGÚRATE DE DEJARME FUERA DE COMBATE! ¡PORQUE COMO NO LO CONSIGAS, TE LA VOY A DEVOLVER Y TE VOY A REVENTAR LA PUTA CABEZA!

Aunque siguió mirándome con furia, bajó lentamente la botella al suelo.

Me acerqué, la descorché y le llené el vaso. Luego volví al sillón y me senté. Estaba de un excelente ánimo positivo.

–Ahora, zorra –dije–, quiero que te levantes la falda un poquito más...

Positivo o no, me llevé una pequeña sorpresa cuando Lisa lo hizo.

Tenía el dobladillo de la falda unos cinco centímetros por encima de las rodillas. Vi un par de centímetros de piel por encima del borde de las medias de nailon.

–¡Ahora –dije–, un par de centímetros más! ¡*Nada más*!

Lisa se levantó la falda un par de centímetros.

Me acerqué y me planté delante de ella. Todos y cada uno de los valles y curvas de su carne eran asombrosos. Los zapatos negros de tacón alto relucían.

—¡GIRA EL TOBILLO! ¡LEVANTA UN POCO LA PARTE DE ARRIBA DE LA PIERNA!

Lisa accedió.

—¡AHORA, PARA!

Paró.

—¡VENGA, UN CENTÍMETRO MÁS!

Lisa se levantó la falda un poquito más.

—¡SÍ! ¡AHÍ!

Estaba cachondo. Me puse de rodillas, mirándole hacia lo alto de las piernas.

Lisa me sonrió lasciva.

—¡Eres un puto gilipollas, estás chiflado!

Alargué la mano y le agarré un pie. Le besé el zapato negro de tacón alto por un lado, justo donde empezaba el nailon. Luego le besé el tobillo.

—No eres un asesino, ¿verdad? —preguntó—. Una amiga mía fue a la habitación de un tipo y él la ató a la cama, sacó un cuchillo y le grabó sus iniciales en la piel... Ella gritó tan fuerte que vino la policía y la salvó... ¿No eres un...?

—¡CÁLLATE!

Me puse en pie y me la saqué.

Me escupí en la palma de la mano y empecé a sobármela.

—Eres una mala puta —dije.

Empecé a meneármela desenfrenadamente.

—¡OTRO PAR DE CENTÍMETROS! ¡ENSÉÑAME OTRO PAR DE CENTÍMETROS!

Seguí machacándomela.

—¡ENSÉÑAME MÁS! ¡ENSÉÑAME MÁS!

¡Era el secreto y la clave y el todo!

—¡ESO ES! ¡AY, DIOS MÍO!

Me corrí.

La grasienta sustancia blanca salió a chorros, una acumulación, una liberación de años de frustración y soledad. Mientras brotaba, me acerqué más a Lisa y le derramé el engrudo blanco por las medias de nailon y la parte de arriba de las piernas. Chorreando todavía, la sostuve ahí.

Ella gritó y se levantó de un brinco.

—¡CERDO! ¡PUTO CERDO IDIOTA!

Levanté la mano, cogí el dobladillo de la camiseta y me limpié. Luego volví al sillón, me serví un vaso hasta arriba y encendí un pitillo.

Lisa volvió, se sentó en su sillón y se sirvió un trago. Luego encendió un cigarrillo. Inhaló hasta dentro, exhaló. Y mientras exhalaba, su voz salió a lomos del humo:

—Pobre cabrón miserable.

—Te quiero, Lisa —dije.

Ella desvió la mirada hacia la izquierda.

Poco sabía yo que sería el comienzo de los dos años más miserables y estimulantes de mi vida.

Cuando volvió a mirarme, dijo:

—¿No tienes nada más de beber que este puto vino barato?

—No está tan mal, Lisa. Cuando lo bebo, lo que hago es pensar en algo agradable mientras me baja por la garganta, como unas cataratas o una cuenta en el banco con 500 dólares. O a veces me imagino en un castillo con foso. O imagino que soy propietario de una licorería.

—Estás loco —dijo.

Y tenía toda la razón.

350

¿NO QUIERES SER MI CORAZONCITO?

Norman los pilló yendo a 130 hacia el norte por la 405 en un Caddy color marfil de último modelo, encendió la sirena roja, lo vieron y aminoraron. Les indicó con la mano el desvío. Lo tomaron y los siguió por allí. Eran las 11.55 de un miércoles por la noche. Pero en lugar de detenerse en el bulevar principal, el Caddy torció de súbito a la izquierda y paró en una calle residencial, apagó las luces y se quedó allí. Norman aparcó detrás de ellos, llamó por radio para comprobar la matrícula. Luego se apeó de la moto y fue caminando hacia el lado del conductor con el talonario de multas.

La conductora era una mujer de unos 32 años, con el pelo teñido de rojo. Fumaba un pitillo fino. No llevaba puestas más que unas botas marrones cubiertas de arañazos y unas bragas rosas sucias. Tenía los pechos inmensos. En uno llevaba tatuadas las palabras EL AMOR ES UNA MIERDA. Debía de haberle dolido.

En el asiento de atrás iban dos tipos gordos de unos cuarenta y tantos años. El asiento de atrás estaba provisto de un minibar, una tele y un teléfono. Los gordos parecían muy prósperos y relajados.

–Su carné de conducir, por favor, señora...

–Lo llevo metido en el culo –respondió la mujer.

–Le presento a Blanche, agente –dijo uno de los hombres–. Venga, Blanche, enséñale el carné al agente.

–Lo llevo metido en el culo –repitió Blanche.

–Señora, voy a tener que citarla por exhibicionismo, exceso de velocidad y resistencia a la autoridad...

Blanche volvió la cara del todo hacia Norman. Escupió el pitillo. Sus carnosos labios pintados se fruncieron en una mueca desdeñosa, mostrando los dientes amarillentos e irregulares.

–Joder, tío, ¿qué quieres decir? ¿Estoy detenida? ¿Por QUÉ hostias?

–Su carné, por favor.

–¿Mi *carné*? *¡Aquí* tienes mi puto carné! ¡Échale un buen vistazo!

Blanche cogió dos manos y se levantó el inmenso pecho izquierdo, que dejó caer por el borde de la ventanilla con un sonoro plaf.

–Blanche –dijo el mismo tipo gordo que había hablado antes–, enséñale al agente tu carné.

–Agente –terció el otro gordo–, lamentamos todo esto. Blanche está muy disgustada. Su hermana murió anoche en Cleveland.

–El carné, por favor, señora...

–¡Anda, cómeme el coño!

Norman dio un paso atrás.

–¡Venga, bajen todos del coche!

–Ah, joder –rezongó uno de los gordos.

El otro hablaba por teléfono:

–Oye, Bernie, nos están trincando. ¿Hay instrucciones? ¿Sí? ¿De verdad? Vale.

–Todos fuera –repitió Norman–. ¡AHORA!

Volvió a la moto para pedir por radio un coche patrulla.

—¡EH!

Era uno de los gordos, el más corpulento. Se acercó corriendo en la medida de lo posible. Iba vestido con un traje verde caro. El traje estaba elegantemente confeccionado para ceñirse a todas sus lorzas de grasa.

—¡Agente! ¡Mire! ¡Se le ha caído una cosa! ¡Suerte que lo he visto! ¡Tome!

Le puso en la mano a Norman seis billetes de cien dólares nuevecitos. Norman miró los billetes, vaciló un momento y se los devolvió.

—Por su bien, voy a fingir que no ha intentado sobornarme.

El gordo dobló los billetes y se los metió en el bolsillo. Sacó un puro, lo encendió con un mechero tachonado de diamantes. Sus ojos —lo que se veía de ellos— se entornaron.

—El caso es que ustedes, los que siguen las normas, no llegan nunca a ninguna parte, no tienen ningún porvenir. Y me refiero a *ningún* porvenir.

Entre tanto, en el Caddy de color marfil, Blanche estaba sentada en el capó. Había encendido otro cigarrillo fino y miraba el cielo intentando localizar la Vía Láctea.

El otro gordo se apeó del coche y caminó hasta la moto. Llevaba un mono naranja y zapatos de piel de canguro. Lucía al cuello una enorme cruz plateada, hueca por dentro pero llena, llena de cocaína. Tenía el ojo izquierdo cubierto casi por completo por una repugnante película, pero el ojo derecho lo escudriñaba, de un verde especioso pero preñado de desastre.

—¿Qué pasa, Eddie, no quiere la pasta?

—Nos hemos topado con un *boy scout*, Marvin.

—Qué triste.

—Es peor que triste. Y es una pena, coño.

Norman cogió el micro para hacer una llamada.

Eddie sacó un revólver chato.

—Deje el micro, agente, haga el favor.

Norman obedeció.

Marvin se colocó detrás de él. Le desabrochó el cinturón. Le cogió el arma. Luego le birló la porra.

Eddie hizo un gesto con el revólver.

—Venga, agente, vamos a dar un paseo hasta el Caddy.

Norman echó a andar hacia el coche pensando: «¿Es que no ve nadie esto?»

¿Dónde coño está la ciudadanía cuando de verdad la necesita un poli?

Por alguna razón recordó la discusión que había tenido con su mujer antes de irse a trabajar. Se había puesto bastante fea. Y había sido por nada. Por dónde iban a ir de vacaciones. Ella quería ir a Hawái. Él, a Las Vegas.

—Alto ahí, *boy scout.*

Se detuvieron mientras Marvin abría el maletero.

Avanzaron hacia el Caddy. Blanche los vio y se levantó del capó. Los pechos casi la hicieron caer de bruces contra el asfalto al recolocarse.

Se echó a reír.

—Vaya, coño, ¿qué tenemos *aquí?* ¿Podemos liquidar la situación?

—Podemos hacer lo que nos dé la gana —señaló Eddie.

Abrió la portezuela de atrás, le echó una mano al culo a Norman y lo empujó dentro. Eddie se montó a un lado, Marvin al otro. Blanche iba al volante. El Caddy se puso en marcha.

—¿Le apetece un trago, agente?

Norman no contestó.

—¿Tú qué quieres, Eddie?

—Whisky, con un chorrito de oporto.

—¿Blanche?

—Yo, sake. Caliente.

—Tenemos un sake caliente estupendo, agente —aseguró Marvin—. ¿Seguro que no quiere un poco?

Norman no contestó.

—Oye, Eddie, ¿no te has fijado?

—¿En qué?

—Todos los polis de tráfico tienen el culo en forma de corazoncito.

—Pues sí. Sí. Creo que tienes razón. ¿Por qué será?

—Los caminos del Señor son inescrutables.

—Desde luego.

Marvin le pasó el sake caliente a Blanche, que se lo bebió de un trago. Lanzó el vaso por la ventanilla.

—Más les vale soltarme —les advirtió Norman.

—Vaya —comentó Eddie—, ¿lo habéis oído?

—Qué triste —dijo Marvin.

—Es peor que triste —añadió Eddie.

—Y es una pena —remató Blanche.

—Suéltenme ahora que todavía están a tiempo —dijo Norman.

—Eres tú el que anda escaso de tiempo —repuso Norman—. Agente, voy a decirle una cosa: el que se ciñe a las normas, vive pobre y muere pobre. Y a menudo, pronto.

Blanche volvió la cabeza.

—¡Anda, deja de molestar al pobre infeliz! Los tipos así, la primera vez que se la menean, van corriendo al confesionario.

—Venga —dijo Marvin—, este tipo es demasiado idiota hasta para meneársela.

—Joder, pues sí que es idiota... —convino Blanche.

—En esta era nuclear, todo es cada vez más idiota. Es triste —dijo Marvin.

—Peor que triste —añadió Eddie.

Entonces el Caddy volvió a tomar la 405, a toda pastilla a través de la noche...

Entraron por un largo sendero de acceso circular, amenazador en la oscuridad silenciosa, flanqueado por árboles con largas ramas cual pulpos; se filtraba entre estos un poco de luna, pero no mucha, y había jaulas, unas llenas de pájaros, otras de animales extraños. Todos ellos —los pájaros, los animales— estaban en silencio, parecían satisfechos en una suerte de espera eterna.

Entonces, llegaron a una verja. Blanche pulsó un botón en el coche. La verja se abrió. Tenía largos dientes, por arriba y por abajo. Y cuando el coche la superó, surgió un gigantesco destello. El coche y todos sus ocupantes fueron transferidos a una pantalla de seguridad de la Era Espacial.

El destello hizo que Norman se irguiera de pronto en el asiento.

—Tranquilo, madero —dijo Eddie—, estás a punto de entrar a formar parte de la historia de este lugar. Vaya antro. Ha tenido muchos propietarios y huéspedes extraños.

—Sí —dijo Marvin—. Winston Churchill lo visitó en secreto una vez, hace mucho, claro.

—Y vieron que cuando Winston bebía, no iba nunca al baño —señaló Eddie—. Se quedaba ahí sentado y bebía litros de alcohol y se meaba y se cagaba en los pantalones.

—Vaya borracho apestoso —comentó Marvin.

—Este puto antro tiene muchas décadas de antigüedad —dijo Eddie—. Babe Ruth, una noche se pilló una curda de mucho cuidado y arrancó todos los retretes de la casa, luego le dio a una de las criadas mil dólares para que le chupara el pelo de los sobacos. Vaya bebedor estaba hecho Babe.

El coche llegó a la entrada y se detuvo.

—Bogart derribó una vez de un puñetazo a un mayordomo que dijo que *Casablanca* era una película banal —dijo Marvin.

—Dicen que Hitler vino aquí después de la Segunda Guerra Mundial —comentó Eddie— y quería carne de serpiente de cascabel para desayunar.

—Hitler murió en el búnker —señaló Norman.

—Fue una manipulación —aseguró Eddie—. Hitler murió en Argentina, el 3 de abril de 1972. ¡Venga, baja del coche!

Se apearon todos.

Era una noche cálida, una noche perfecta. Cuando iban hacia la puerta de la inmensa mansión, Marvin dijo:

—El caso, agente, es que ya es tarde para aceptar los 600 pavos, pero tengo una idea que seguro que usted desearía haber tenido..., ¿a que sí?

—Sí —asintió Norman, sorprendido de que esa palabra hubiera salido de su boca...

Después de atravesar una hilera de guardias de seguridad, ahí estaba: delante de la chimenea. Los troncos ardían suavemente. El tipo más gordo de todos, Big Bernie. Bernie estaba en el sofá. Bernie no se levantaba prácticamente nunca del sofá. Lo hacía todo allí, follaba ahí, se la chupaban ahí, comía ahí, negociaba ahí (por teléfono) y a veces incluso dormía ahí. Había 32 habitaciones más, 27 de las cuales no veía casi nunca, ni falta que le hacía, pues muchas no eran más que puestos de los guardias de seguridad.

Big Bernie tenía 322 años, no tenía hijos, ni amigos. Estaba enganchado a la metanfetamina y solo le interesaba el trabajo y los ingresos, buena parte de estos obtenidos de manera ilegal. Los beneficios se desviaban y se ocultaban a través de negocios legales, encubiertos y dirigidos por algunos de los mejores abogados y contables del mundo.

Big Bernie tenía un aire casi como de Buda. Y caía casi simpático. A veces un poder inmenso hace que los hombres caigan simpáticos. Porque tienden a mostrarse bastante relajados respecto de asuntos de mayor y menor importancia. Big Bernie vio desde el sofá cómo el grupo se le acercaba y luego se detenía.

—Ajá, ¿qué tenemos aquí?

—Tenemos un poli, jefe. Ese del que le he hablado por teléfono.

Big Bernie suspiró:

—¡Vaya, cómo detesto estas cosas! Bueno, soy un hombre justo. Más vale que lo envíe a la tumba feliz. ¡Que no se diga que no tuve compasión!

Big Bernie miró a Blanche.

—Hazle una mamada, Blanche.

—¿Qué? ¡Es un POLI! ¡Un poli mató a mi hermana anoche en un tiroteo en Cleveland!

—Hija mía, me entristeció tanto como a ti, pero hay que seguir adelante. ¡Ahora, bájale la cremallera y dale caña!

—¡Ay, joder! ¿Tengo que *hacerlo?*

—¡Haz lo que te digo, Blanche!

Blanche se puso de rodillas y le bajó la cremallera a Norman.

—¡Joder, lo odio!

—La mitad del mundo funciona gracias al odio, la otra mitad gracias al miedo. Venga.

Blanche se puso manos a la obra. Era una buena trabajadora.

—¿Dónde naciste? —le preguntó Big Bernie a Norman.

Norman no contestó.

—¡Responde o vas a palmar con la polla tiesa!

—En Pasadena, California.

—Bueno, pues no vas a morir allí. ¿Tienes hijos?

–No.

–Eso está bien. Eso está muy bien.

Blanche seguía dándole.

–¿Por qué te metiste a poli?

–El sueldo es bueno.

–¿Ah, sí? ¿En comparación con qué? ¿Dedicarte a atrapar perros?

–¡Ah –dijo Norman–, ah, ah, AH...!

Blanche empezó a mover la cabeza arriba y abajo como una loca.

Norman eyaculó. Blanche le subió la cremallera, escupió en la alfombra, se acercó a la barra y se preparó un *whisky sour*.

Big Bernie se levantó del sofá y se acercó a Norman. Si Buda caminó alguna vez, entonces Big Bernie era Buda. Miró a Marvin, meneó la cabeza con ademán triste.

–Ahora, dos cosas. Tenemos que destruir el Caddy, aunque la matrícula es falsa. Aquí no corremos riesgos. Y tenemos que destruirte a ti. Es la única solución. Tienes que entenderlo.

–Tenemos que hacerlo –dijo Eddie.

–Tenemos que hacerlo –añadió Marvin.

–Lo siento –dijo Big Bernie.

–¡Que le den por culo! –saltó Blanche, a la vez que apuraba la copa–. No es más que un poli.

–No, Blanche –repuso Big Bernie–, los polis tienen sentimientos, miedos, deseos, igual que todos los demás.

–¡Que le den por culo!

–Oigan –dijo Norman–, suéltenme. No diré nada. Lo encubriré todo.

–Ya me gustaría, hijo, pero no puedo arriesgarme. Podrías cargarte un negocio de 20 millones de dólares al año. Tengo a 232 personas trabajando para mí. Puedes destruir todas sus vidas. Tienen familias, hijos e hijas en la universidad, en Harvard, en Yale, en Stanford. Incluso tengo un hombre en el Senado y cuatro en el Congreso. Controlo al alcalde y el consejo municipal. No puedo correr el riesgo de fiarme de tu PALABRA, lo entiendes, ¿verdad?

—Bien —respondió Norman—, pero quiero saber una cosa. Si es usted tan listo, si lo controla todo hasta tal punto, si está tan al tanto de todo lo que está haciendo, ¿por qué coño tiene de ayudante a una PUTA idiota como Blanche? ¡He conocido tías gilipollas de sobra, pero esta se lleva la *palma!* ¡Se pasea por ahí con los pechos al aire y las bragas sucias! ¡Y ni siquiera sabe hacer una mamada decente!

—Blanche —contestó Big Bernie— es mi hija.

—¿QUÉ? ¿Y la ha obligado a chupármela?

—Sé que la chupa de pena, por eso la obligo a practicar, para que algún día llegue a chupármela un poco mejor.

—No puedo creerlo.

—Es verdad.

—¡Está loco!

—¿Lo dices porque quiero que me la chupen mejor?

—¡Es un bicho raro, un chiflado! ¿De qué va puesto?

—De vida —repuso Big Bernie.

Luego les hizo un gesto con la cabeza a Eddie y Marvin.

—Venga, ocupaos de él.

Cogieron a Norman y se lo llevaron por una puerta.

Big Bernie regresó al sofá y se sentó. Volvió la cabeza un poco hacia Blanche.

—Oye, cielo, ponme un whisky doble.

—¿Whisky con agua, papá?

—Solo.

Big Bernie se sentó mirando los últimos troncos que ardían en el hogar. Iba a echar de menos el Caddy marfil. Pero tenía cuatro Rolls. ¿O eran cinco? Sin embargo, el

Caddy marfil le hacía sentir como una especie de chulo de putas de primera. Estaba un poco cansado. Dirigir un imperio era gratificante pero agotador. Todos los días todos los hombres tenían problemillas que había que solucionar. Si no se prestaba atención a esos problemas, los muros se venían abajo. El secreto de las grandes victorias estribaba en una monótona atención a los detalles triviales. Si pasabas por alto las minucias, cuando llegaban los problemas gordos, perdías el culo.

Blanche le llevó la copa. Él sonrió y dijo:

–Gracias.

Un whisky doble era bueno para el alma.

Se lo metió entre pecho y espalda y el invierno tocó a su fin.

UNA SUCIA TRETA CONTRA DIOS

Harry estaba en la bañera y había un botellín de cerveza en la repisa a su espalda. Era un mal sitio, un sitio incómodo, pero era el único lugar donde poder dejarla. Alargó el brazo, cogió el botellín, echó un trago y volvió a dejarlo ahí detrás. A Harry le gustaba beber cerveza en la bañera. Nunca le hablaba de eso a nadie. Aunque no es que conociera a mucha gente, ni puta falta que le hacía. Bastante gente veía en la fábrica todos los días. Era empaquetador. La bazofia llegaba por la cadena de montaje y él la empaquetaba. Llegaba por la cadena de montaje el día entero y él la empaquetaba el día entero. Suponía que podía beber cerveza en la bañera si le apetecía y nadie tenía por qué meter las putas narices. Le gustaba que el agua estuviera caliente, muy caliente, y entonces se metía y le quemaba un poco y entonces tomaba cerveza fría y era de lo más relajante: la fábrica se desvanecía y se sentía casi real otra vez.

Harry compartía el apartamento con Adolph, un tipo muy viejo. Adolph siempre estaba por ahí hablando de la GUERRA con acento levemente alemán. A la mierda Adolph. Pero pagando el alquiler entre dos, Harry podía tener un apartamento bonito. Harry estaba harto de pensiones. Y las pocas veces que Harry se ligaba a una tía, pongamos por caso en un bar, y la llevaba a casa, Adolph lo entendía: se esfumaba un par de horas. Había conocido a Adolph en los servicios del hipódromo. Le había meado en los zapatos a Adolph. Adolph se mostró muy amable al respecto.

–Olvídalo –le dijo–, con todo lo que he pasado, esto no es nada.

Harry le invitó a una copa para compensarle el error y Adolph aceptó.

–Me llamo Harry Greb –había dicho.

–Adolph Hitler –había contestado Adolph.

Una copa llevó a otra y luego Adolph mencionó que tenía una habitación libre en el apartamento. Su amigo había muerto y necesitaba a alguien para compartir el alquiler. Y Harry fue a ver el apartamento y le pareció una ganga por los 195 que le tocaba pagar y ahí se decidió la cosa...

Harry se lavó las axilas y debajo de los huevos, echó otro trago de cerveza. Adolph estaba en la habitación de al lado, viendo la tele por cable. Siempre la ponía muy alta. Y siempre veía las noticias. Lo único que le gustaba aparte de eso eran las reposiciones de Archie Bunker.

–¡EH, ADOLPH, BAJA ESE PUTO TRASTO!

–Ah, sí, perdón...

Adolph bajó el volumen. Harry se hundió en el agua. Igual buscaba otro puto trabajo. Ese puto trabajo lo estaba matando. El siguiente trabajo también lo mataría pero al menos sería un cambio.

Entonces Harry notó que iba a tirarse un pedo. Le encantaba tirarse pedos en la bañera. Las burbujas subían a la superficie y apestaban a base de bien. Le producían una intensa sensación de logro. A veces ocurrían en la vida co-

364

sas extrañas y buenas. Recordó la mañana después de una borrachera enorme de cerveza que había cagado un zurullo de unos 75 centímetros de largo. Nunca había visto nada parecido. Lo contempló durante varios minutos. Tuvo que coger un cuchillo de carnicero y cortarlo para que se fuera retrete abajo.

El pedo fue la hostia. Las burbujas provocaron sacudidas y vibraciones. Harry se volvió y echó un buen trago de cerveza para celebrarlo. Entonces pasó una cosa curiosa: la zona del agua donde había aflorado el pedo, esa zona se estaba volviendo de un color gris pardusco.

«Me he cagado», pensó Harry.

Pero no era eso. Mientras Harry la miraba, la zona empezó a ascender lentamente. Se abrió paso hacia arriba. Empezó a tomar forma.

Harry estaba fascinado. Luego la fascinación se transformó en miedo cuando el borujo ascendente adoptó una forma más definida. El miedo de Harry se aceleró al formarse una cabecita. Luego brazos. Unos bracitos delgaduchos. Luego piernas.

Aquello se mecía arriba y abajo en el agua mirando a Harry. Era gris pardusco, con ojillos azules y pelo rubio mugriento.

Harry y aquello se miraron fijamente.

«Estoy loco –pensó Harry–. Demasiados días en la fábrica, demasiadas noches de borrachera. Esto no es real. Es producto de mi imaginación. No es real.»

Harry alargó la mano derecha para palpar la visión. Se acercó cada vez más aquello con la mano. Luego extendió el índice y lo llevó hasta el rostro de la cosa.

Notó un latigazo de dolor.

¡La cosa lo había mordido!

Harry se miró el dedo. La sangre goteaba sobre el agua.

—¡Hijo de puta! —gritó Harry.

No le hacía ninguna gracia que el pedo que se había tirado le mordiera. Cerró el puño y lo lanzó. Aquello lo vio venir, saltó en el aire y Harry falló. Luego la cosa se sumergió en el agua, buceó hasta quedar detrás de Harry y le mordió el culo.

Harry saltó de la bañera.

La cosa nadaba por la bañera panza arriba. Sus ojillos azules parecían felices. Luego se detuvo, se relajó en el centro de la bañera. Tenía pollita y huevillos.

De pronto brotó una fina espiral de agua de su boca.

Alcanzó a Harry en toda la cara.

—¡ADOLPH! —gritó Harry.

—¿Qué ocurre?

—¡Ven aquí!

Se abrió la puerta y entró Adolph.

—Mira —dijo Harry—. ¡El puñetero pedo que me he tirado se ha vuelto contra mí! ¡MÍRALO!

Adolph se puso de rodillas. Miró aquello en la bañera y empezó a emitir un lloro más bien alegre.

—Ay, Dios mío, *mine gut*...

—¿Qué pasa, Adolph?

—Es..., un hombrecillo..., tal como lo planeamos...

—¿*Quién* lo planeó? ¿De qué coño hablas?

—¡Ay, amigo mío, tenemos que celebrarlo..., esto *ser* el comienzo!

—¿El comienzo de qué?

—Ven. ¡Ven, vamos a celebrarlo!

Adolph se puso en pie y fue a la habitación de al lado. Harry se secó con la toalla mientras miraba a aquel puñetero ser ahí flotando. Luego se puso los calzoncillos y fue a la otra habitación, donde Adolph había descorchado una botella de champán que había sacado de alguna parte.

—¡Amigo mío, es uno de los momentos más grandes de mi vida! ¡Salud!

Adolph levantó la copa para brindar. Henry levantó la suya. Entrechocaron las copas.

Se las bebieron.

Entonces se abrió la puerta del cuarto de baño y la cosa salió caminando. Parecía una esponja con minúsculos apéndices en forma de algas. Cruzó la habitación y se le subió a Adolph al regazo de un brinco.

Adolph abrazó aquello, fuera lo que fuese, y miró a Harry.

—Amigo mío..., acabas de ver..., uno de los inventos más importantes..., más importante que el átomo..., la bomba de hidrógeno..., acabas de ver algo que hará temblar a Dios mismo, ¿sí?

—¡Oye, tío, eso me ha salido del culo! ¡Yo no puedo parir! ¡No soy una mujer!

—Ah, no, amigo mío, no eres una mujer. Pero mira..., los ojos azules, el pelo rubio... Es una monada, ¿sí?

La cosa se acomodó en el regazo de Adolph, mirando fijamente a Harry con esos ojillos azules que parecían asomar desde el borde mismo de la perdición...

Al día siguiente en el trabajo, con una resaca de aúpa, Harry estaba pensando en aquello. Los demás trabajadores seguían dale que te pego, hablando de deportes, alardeando de logros imaginarios; otros estaban en silencio, absortos en el trabajo, hechos polvo.

Harry había pasado casi toda la noche en vela bebiendo con Adolph mientras Adolph hablaba y desvariaba sobre la criatura.

¿Qué era aquello? ¿Era real? ¿Cómo podía pasar algo semejante? De ser real, parecería una sucia treta contra Dios.

Adolph había asegurado que era un «invento» suyo, que él y otros habían pasado décadas trabajando en el asunto... Pero ¿cómo podía crearse algo a partir de un pedo? Un pedo era un gas venenoso, la expulsión de algo malo. ¿Cómo se podía crear algo a partir de eso? ¿Quizá Adolph le había jugado alguna mala pasada? ¿Una especie de ilusión óptica? Era un viejo extraño, Adolph tenía mirada de loco, los ojos le brillaban como a un loco.

Stevenson, el capataz, se acercó a Harry.

—¡Eh, Harry! ¡Parece que estás soñando despierto! ¡Te estás retrasando! ¡Más vale que aprietes el ritmo! ¡Tenemos una papelera llena de números de teléfono de tipos que quieren tu trabajo! ¡E igual no es un gran trabajo, pero para un tipo como tú no hay más! ¡Así que... venga!

—Claro. Voy a apretar el ritmo. No se preocupe.

Stevenson se fue a ver a quién más podía darle la vara. El hijoputa tenía razón. Harry tenía 46 años. La línea entre Harry y un callejón de mala muerte era muy fina, eso seguro. No cabía la menor duda. Hizo el esfuerzo de apretar el ritmo. Los otros empaquetadores habían oído la bronca. Les encantaba. Tener a Harry como cabeza de turco hacía que sus empleos de mierda estuvieran más seguros.

Pero no podía evitar seguir pensando en «aquello». ¿Qué iba a saber Stevenson? ¿Había visto aquella cosa esponjosa con brazos de alga, ojos azules, pelo rubio? Un invento más importante que la bomba atómica, según había dicho Adolph... Y ahora tenían la bomba de hidrógeno y todas las bombas atómicas, bombas atómicas por todas partes, almacenadas y listas. ¿Seguiría desarrollándose la «cosa»? Harry había visto películas sobre «seres», pero aquel era el primero que veía en la *realidad*. ¡Y le había salido del puto culo!

Dejó de empaquetar un momento, bajó la mano y se

tocó el trasero. Fue más bien una reacción nerviosa, con la confusión que le provocaba todo...

Joe, el empaquetador a su derecha, lo vio.

—Qué Harry, ¿tienes hemorroides? ¡Venga, ráscate bien! ¡No se lo voy a contar a nadie!

—Lámeme el culo —dijo Harry.

—Agáchate, déjame ver qué tienes, ¿eh?

—¡Lo que tú quieres, Joe, lo tengo colgando aquí delante! ¡Un buen bocado te llegaría hasta las amígdalas!

Stevenson volvió a la carga.

—¡Venga, tíos, ya vale de chorradas! ¡Si trabajarais con las manos igual que le dais a la lengua, conseguiríamos PRODUCIR algo aquí!

Ya pillaré a estos dos cabrones algún día, pensó Harry. Hacen que un minuto parezca una hora y un día, una semana. Les meteré los huevos en una bolsa de papel y la tiraré a la prensa troqueladora.

Bueno, de algún modo, el día fue pasando, Harry lo sobrellevó sin muchos más rollos chungos, solo el coñazo de siempre que terminó cuando fueron a las taquillas, sacaron las tarjetas y ficharon al final del turno.

A fichar, pensó Harry, a fichar y a tomar por culo lo viejo y lo jodido y lo hastiado.

De camino a casa, Harry se detuvo a cenar en un restaurante de una cadena. Se sentó solo. La camarera llegó. Era indiferente y aun así falsa, un poco gorda y un poco desdichada. Los gordos y los desdichados se enfrentaban entre sí para alcanzar la supremacía. No tenían la menor oportunidad en un sentido ni otro.

Tomó la comanda y se fue.

Entonces Harry se puso a pensar otra vez en aquella cosa. Sin duda estaba viva. Se movía. Parpadeaba. Y los dientes le funcionaban, eso lo sabía.

Esperaba que Adolph supiera domesticar aquello. ¿Qué comería? ¿Comida para perros? Ojalá no fuera caníbal. Harry miró a la gente de su alrededor. Todos parecían feos y cansados. Eran feos y estaban cansados. Eran perdedores. ¿Dónde estaban los ganadores? ¿Dónde estaba la gente hermosa? Todos esos a su alrededor: parecía un crimen estar vivo. Y era uno de ellos.

Harry suspiró y se miró las manos hechas polvo de trabajar. Joder, estaba cansado pero no era un cansancio bueno. Era como si le hubieran timado. Bueno, tenía compañía más que de sobra: un mundo entero.

La camarera le llevó el plato. Lo dejó de golpe en la mesa, le ofreció una horrible sonrisa falsa, dijo «¡BUEN PROVECHO!» con voz áspera y empezó a alejarse.

—Camarera —dijo Harry—, no olvide el café, por favor.

Ella se detuvo, se volvió.

—Ah, sí... ¿Leche y azúcar?

—Solo —respondió Harry.

—¿Más solo que la una? —Forzó una sonrisa, pensando en la propina.

Harry contestó:

—Más solo que la una.

La comida era grasienta y triste. El plato tenía una grieta desde el borde que parecía un pelo largo. El café estaba amargo y desahuciado. Bueno, no se podía hacer otra cosa que consumir el desastre. No se podía vivir del aire. No del aire de ahí fuera. Harry se puso a comer. Toda la gente de su alrededor consumía la comida absorta en una oscura claudicación.

Volvió la camarera a llenarle la taza de café.

—¿Todo bien, señor?

—Sí —respondió Harry...

Luego estaba otra vez en la bañera, el agua tan caliente que humeaba, la cerveza fría. Para Harry, eso era lo más parecido a estar con un ánimo sosegado. Stevenson estaba lejos. Esos momentos eran suyos, por completo. Aunque tampoco es que hiciera nada con sus momentos. Pero por lo menos no los aprovechaba nadie más. Echó un buen trago de cerveza. Ahora era igual que cualquier otro, un presidente, un rey, una estrella de cine, un humorista de la tele. Harry se relajó, se fijó en las grietas del techo. No se había fijado nunca. Las grietas formaban un dibujo. Atinó a verlo. Era muy extraño y maravilloso. O igual solo bonito: un enorme toro embistiendo.

Entonces le entraron a Harry ganas de tirarse un pedo. Lo soltó. Fue uno de los buenos. Salió borboteando del agua. Las burbujas casi tañeron.

Mientras uno pudiera tirarse pedos, aún tenía una oportunidad.

Cómo apestaba.

Harry se volvió a por la cerveza para celebrarlo. La cogió, echó un buen trago.

Entonces reparó en el agua parda en la bañera. Luego..., el tono pardo se volvió gris pardusco. Después..., la zona empezó a ascender... lentamente. Se abrió paso hacia arriba... y empezó a tomar forma.

Se formó una cabecita. Luego brazos. Bracitos delgaduchos. Luego piernas.

El pelo era largo y oscuro, los ojos verdes. La boca formó una sonrisita y el ser empezó a nadar por la bañera.

Harry se fijó en los pechitos. Era una mujercita, un ser femenino con el mismo cuerpo esponjoso y brazos de algas. Nadó por la bañera.

—¡ADOLPH! —gritó Harry.

—¿Qué pasa?

—¡Ven aquí!

Se abrió la puerta y entró Adolph.

—¡Mira —dijo Harry—, mira lo que ha pasado con mi pedo! ¡Ha vuelto a ocurrir! ¿Por qué? ¿Qué coño está pasando aquí? ¡Ni siquiera puedo tirarme un pedo sin que ocurra esta gilipollez!

—¡Ay, Dios que estás en los cielos, LO HEMOS CONSEGUIDO!

—¿Qué habéis conseguido? ¡Saca ese puñetero bicho de la bañera!

Adolph alargó los brazos.

—¡Ven, cariño!

La putilla salió del agua de un brinco, se encaramó a los brazos de Adolph y luego le subió por un brazo hasta el hombro.

—Oye, Adolph, ¿qué está pasando aquí?

—No es más que una cosilla que te puse en la cerveza.

—¡Oye, tío, quiero que dejes de joderme la cerveza!

—¡Ay, ya no hace falta! Con estos dos tenemos suficiente...

Le sonrió a la mujercita que tenía sobre el hombro.

—Ven, cariño, quiero presentarte a un amigo...

Y se fue con la mujercita...

En la fábrica al día siguiente fue más o menos lo mismo. Harry se sentía como una rata de laboratorio corriendo en una rueda giratoria. Daba igual cómo siguieras adelante, nunca llegabas a ninguna parte. Lo único que podías hacer, al final, era morirte. Mientras tanto, seguías adelante, en vano. Joder, ¿no pensaban nunca en eso los demás? Miró a Joe a su derecha. Joe estaba venga a empaquetar productos. Llevaba una gorra con la visera hacia atrás. Mascaba chicle.

Harry miró hacia la cadena de montaje. Todo chicas. Y no había ni una sola guapa en toda la cadena. Las chicas se movían con destreza y agilidad, siguiendo el ritmo de la cadena. Eso se les daba bien. Y no mostraban el menor sufrimiento. Hacían bromitas. Unas veces maldecían, otras se reían. Seguían adelante, un minuto tras otro, un día tras otro. Comida, alojamiento y ropa. Transporte. Subsistencia.

Se acercó Stevenson.

—¿Qué tal va, Harry?

—Bien, señor Stevenson, muy bien.

—Vale, que siga así.

Stevenson se alejó...

Harry decidió no comer esa noche. Fue a un bar cerca del apartamento. Era un sitio inhóspito, lleno de gente sosa y solitaria. El camarero tenía la cara llena de verrugas y emanaba de él un olor tenue, un olor desagradable, algo así como a meados.

—¿Sí? —le preguntó a Harry.

—Cerveza de barril —contestó Harry.

El camarero puso el vaso debajo de la espita, tiró de la palanca y la cerveza salió, solo que era sobre todo espuma, una espuma amarillenta y retorcida, demente. Al empezar a derramarse la cerveza del borde del vaso, el camarero acercó dos dedos de la mano derecha y retiró la que sobraba. Dejó el vaso encima de la barra con un golpe y la espuma resbaló por los laterales mojando la barra y realzando las vetas de madera en las que alguien había tallado de cualquier manera la palabra «MIERDA».

—Bonita noche —comentó el camarero.

—Sí —dijo Harry.

Harry fue bebiendo la cerveza y de algún modo se la terminó. Entre tanto, las conversaciones que oía alrededor no eran precisamente atrayentes. Era casi como si la gente fingiera ser estúpida. Así pues, solo para demostrar que esos cabrones no podían echarlo de allí, Harry pidió otra cerveza. Tenía más espuma que la anterior. Empezó a darle. Vaya existencia. Te jodían vivo en el trabajo y luego cuando salías a gastar el dinero volvían a joderte vivo. Hacían todo lo posible por joderte. No era de extrañar que las cárceles y los manicomios estuvieran atestados, no era de extrañar que los callejones de mala muerte estuvieran llenos a rebosar.

Harry se terminó la cerveza. No tenía otra cosa que hacer que volver al apartamento.

Cuando llegó, se dio una larga ducha caliente. Al carajo con esa bañera. Se secó, se puso ropa limpia y fue a la otra habitación, donde estaba Adolph. Adolph estaba leyendo *The Wall Street Journal*. Harry se sentó, cogió el periódico de la mesita de café. La misma mierda. Guerras de tres al cuarto por todas partes. Tenían miedo de que estallara una grande de verdad. Igual algún día estallaría de todas maneras. Bastaba con el dedo de un solo hombre para que empezara. Parecía imposible que no ocurriera. Vaya cosa en la que ponerse a pensar después de partirte el espinazo en una fábrica todo el día y luego beber cerveza mala. Dejó el periódico.

—¡Eh, Adolph!

—Sí, amigo mío...

—¿Dónde están esas dos cosas?

—En el dormitorio.

—¿Qué están haciendo ahí?

—Amigo mío, no están durmiendo...

—¿No les hace falta dormir?

Adolph dejó el *Wall Street Journal*.

—Esas criaturas... no necesitan dormir. Ni comida. Ni agua.

—¿Cómo obtienen energía?

—¡Ah, eso! Es un secreto. Te lo contaré, aunque una parte la sacan del sol. Sobre otras fuentes, no puedo hablarte...

—¿Tienen que ir al retrete?

—No, no son como nosotros.

—¿Se nos parecen en algún sentido?

—Se nos parecen a la mayoría en dos sentidos, por lo menos.

—¿En qué?

—Se reproducen y acatan órdenes. Se reproducen y obedecen.

—Oye, Adolph, no quiero que esas cosas anden sueltas por el apartamento.

Adolph cogió *The Wall Street Journal* y se puso a leerlo otra vez.

—¡Deja el periódico, Adolph, no he terminado de hablar contigo!

Adolph dejó el periódico y sonrió.

—¿Has tenido un día duro en el trabajo, Harry?

—¡No quiero que esas dos cosas anden sueltas por el apartamento!

—Ah, lo siento mucho, Harry, pero serán *más* de dos. El caso es que esas criaturas se reproducen en un plazo de 2 a 8 horas.

—¿Qué coño me estás contando, Adolph?

—Que este es el milagro más grande hasta la fecha, Harry, ¿es que no lo ENTIENDES? ¡Es el milagro más grande desde que apareció el hombre sobre la tierra! ¡Atrévete a PENSARLO! ¡UNA NUEVA FORMA DE VIDA! ¡Y tú, tú mismo, has contribuido a su evolución! ¿No atisbas la inmensidad de todo ello?

—Pero ¿para qué sirven esas cosas?

—¿Para qué sirven? Esas «cosas» como tú las llamas...,
no necesitan comida, ni agua. Son leales y obedientes.

—Las describes como esclavos.

—¡Esclavos, ja! —De pronto a Adolph le destellaron furiosamente los ojos—. ¡IMAGINA QUÉ EJÉRCITO SERÍAN!

—¿Ejército?

—Sí, y sobrevivirían a un ataque nuclear porque no tienen necesidades. ¿Verdad que es extraña la vida a fin cuentas?

—¿A qué te refieres?

—A que, debido a la carrera armamentística nuclear, la mayoría hemos llegado a pensar que el mundo está condenado a la destrucción, o casi condenado, que no hay alternativa a una destrucción total o casi total. Y ahora hemos creado estas criaturas perdurables y autosuficientes. Ahora hay esperanza.

—Pero no son humanos. ¿Qué pasa con los humanos?

—Deberían quedar unos cuantos seres humanos que se alíen con estas criaturas. Habrá esperanza y reconstrucción *y* una nación superviviente.

—¿Cuál?

—Eso, amigo mío, también es secreto.

—A mí me parece una chorrada pensar que esas putas esponjas puedan hacer algo.

—Ah, amigo mío, si supieras lo minuciosamente que hemos planeado todo esto durante tantas décadas...

—¿«Hemos»? ¿Quiénes?

Adolph entornó la mirada. Por un momento pareció sumamente peligroso. Luego, sonrió.

—¡Venga, Harry! ¡Solo BROMEABA! Solo tengo intención de criar unos cuantos de esos y venderlos a un circo. Una feria de bichos raros, ya sabes. Las Esponjas Andantes. Al público le encantarán.

Adolph cogió *The Wall Street Journal,* miró a Harry por encima de la página y se puso a leer otra vez. Harry se levantó y fue al frigorífico a por una cerveza. Cuando volvió, Adolph ya no estaba. Harry se sentó con la cerveza y puso el programa de Johnny Carson...

Estuvo unas horas viendo la tele mientras bebía un montón de cervezas. Entre la fábrica y Adolph, la vida había empezado a superarlo. Un rato después perdió el conocimiento solo para que luego lo despertara algo. La habitación estaba oscura. Distinguió la silueta de Adolph y entonces Adolph dijo: «¡AHORA!» y cinco o seis esponjas se abalanzaron sobre él. Mandó a una a tomar viento de un buen derechazo. El bicho volvió a ponerse en pie de inmediato y se precipitó contra él de nuevo. Y tenía a las otras encima. Aquellas cosas eran muy fuertes. Notó que lo cogían en volandas y se lo llevaban. Forcejeó pero no sirvió de nada. Se abrió la puerta del apartamento y lo llevaron escaleras abajo hasta el portal. Era como si lo estuviera azotando un tornado.

Luego estaban fuera. Estaban junto a su coche. ¿Cómo lo sabían? Notó que una mano de algas le hurgaba el bolsillo del pantalón en busca de las llaves. Aquello tenía una suerte de presciencia incorporada.

Abrieron las portezuelas del coche y lo depositaron en el asiento del acompañante. El conductor arrancó el coche. La esponja sabía conducir.

Las esponjas llevaron a Harry por una calle nocturna. «Dios —pensó—. Van a darme el paseíllo. Igual que en una peli de gánsteres.»

—¡Eh, mirad —dijo Harry—, no vais a saliros con la vuestra! Vais a parar en un semáforo y alguien verá una *esponja* conduciendo y unas cuantas más alrededor. ¡Os descubriréis!

—Eso es cosa nuestra —dijo el conductor.

—¡Eh, habláis! ¿Cómo es que no habíais hablado antes?

—El habla es el último factor que se desarrolla en nuestra constitución.

—Pero ¿qué sabéis? ¡No *sabéis* nada!

—Estamos programados. Ponnos a prueba.

—¿Quién cosió las 13 estrellas en la bandera americana?

—Betsy Ross.

—Nombrad una gran actriz americana.

—Bette Davis.

—Nombrad un judío negro tuerto.

—Sammy Davis Jr.

Harry se retrepó en el asiento. Iban a llevarlo a algún lugar apartado para matarlo, luego volverían con Adolph y seguirían adelante con su plan maestro. La historia iba con él en su coche de 8 años de antigüedad.

Se detuvieron en un semáforo. Otro coche se detuvo a su lado.

—Como hagas el menor ruido —le advirtió una esponja—, estás muerto.

Harry miró hacia el otro coche. ¡Era Stevenson, por el amor de Dios! Estaba borracho e iba acompañado de una putilla borracha. Stevenson fumaba un puro. Entonces Harry vio que la putilla se inclinaba sobre el regazo de Stevenson, que se quedó mirando hacia delante. La putilla le estaba haciendo una mamada justo ahí en el semáforo.

Cambió el semáforo y la esponja que iba al volante pisó el gas y dejó a Stevenson atrás, ocupado con lo suyo. Harry sabía que no le quedaba mucho tiempo. Tenía que pensar, y rápido.

—Mirad —les dijo a las esponjas—, soy PADRE de dos de vosotros y abuelo de los demás. ¿Os dais cuenta? ¿Queréis matar a vuestro padre?

–¿Quién no quiere matar al padre? –preguntó la esponja que conducía.

–Dostoievski –dijo una de las esponjas que iban detrás.

–Sí, Iván de *Los hermanos Karamazov* –señaló otra esponja.

Luego tomaron la autopista. Era una noche más cálida y espléndida que la mayoría. A Harry le habría gustado más que nada en este mundo estar de nuevo en la fábrica, ser soso y estar aburrido, ser inútil, ser estúpido, ser un esclavo. Quería beber más cerveza espumosa y venenosa. Quería enamorarse de una puta grosera e insensible.

–¿Cómo puedo salir de esta? –les preguntó.

–Es imposible –respondió una esponja–. Sabes demasiado.

–Estás jodido –añadió otro.

–Estás en un aprieto de tres pares de cojones –remató otro.

–Fuimos creados para recrear la historia –explicó el conductor– y tú, amigo mío, no eres más que un cero a la izquierda en comparación con la totalidad.

–Gracias, cabronazo –respondió Harry.

Le daban asco. Su absoluta falta de humanidad. Unos pedos salidos de su propio culo lo estaban llevando hacia la muerte. Qué repugnante. Porque podía tirar de la manta y revelar el secreto de 2.000 años del Reichstag. Y a Stevenson se la estaban chupando en un semáforo. Una oleada de negrura se cernió sobre Harry.

Empezaron a adelantar a un camión cisterna a su derecha y Harry agarró el volante y lo giró hacia la derecha y el coche describió un círculo completo delante del camión. El conductor pisó el freno pero fue inútil.

Se oyó el estrépito del camión cisterna arrastrándose por el asfalto y empotrándose contra el automóvil.

Pareció haber un momento de nada y entonces el coche se adentró en una cortina de llamas. Todavía empujado por el camión.

El conductor logró por fin detener el vehículo, luego dio marcha atrás y salió del fuego en el momento en que un Volks lo embestía por detrás, volcaba y salía rodando por el lateral de la autopista.

El camión cisterna no se incendió.

El conductor desvió el camión hacia el arcén, se apeó con los señalizadores luminosos y los colocó en torno al camión; entonces estalló el coche en llamas. El camión tuvo suerte pero el conductor salió despedido hacia atrás por la explosión. Se levantó, en buen estado salvo por que se le había quemado buena parte de los párpados.

Cuando llegó el coche patrulla le dijo al poli:

—No sé qué demonios ha pasado. Un tipo ha hecho un trombo delante de mí. Eso es lo único que sé...

Dos días después en los dos periódicos principales de esa ciudad apareció un anuncio:

SE BUSCA COMPAÑERO DE PISO PARA COMPARTIR GASTOS EN UN APARTAMENTO MODERNO. TODAS LAS COMODIDADES. TELE POR CABLE, MOQUETA DE PUNTA A PUNTA. INSONORIZADO. SOY DE CARÁCTER AGRADA-BLE Y COMPRENSIVO, AUNQUE DE NATURALEZA RESER-VADA. SE REQUIEREN REFERENCIAS. NO SE ACEPTAN MASCOTAS. PREFERIBLEMENTE CABALLEROS. 195 DÓLA-RES AL MES. CONDICIONES DE IGUALDAD. CONTACTO: A.H., 555-2729, DE LAS 9 A.M. A LAS 10 P.M.

LAS CAMPANAS NO DOBLAN POR NADIE

Cuando llegué a casa del almacén de repuestos mecánicos –bueno, un momento, no era una casa, era una habitación, una habitación en una pensión– abrí la puerta y había dos hombres allí sentados.

–¿Es usted Henry Chinaski? –preguntó uno.

–¿Quiere ponerse un abrigo o algo? –sugirió el otro hombre.

–¿Para qué?

–Se viene con nosotros.

–Cuánto tiempo.

–Mucho tiempo, me parece.

No pregunté quiénes eran. Me pareció que no les haría mucha gracia. Fui al armario y abrí la puerta. Los dos se quedaron mirándome.

–¡Coja el ABRIGO, nada más!

Cogí el único abrigo que tenía.

–Ponga las manos detrás de la espalda.

Lo hice y me pusieron las esposas. Entonces me parecieron cabreados. El tipo que me puso las esposas las cerró bien fuerte, clavándome con saña el acero en las muñecas.

No dije nada. No me leyeron mis derechos como hacían en las películas.

–Bien –dijo uno–, vámonos...

Me sacaron a empujones por la puerta y me llevaron escaleras abajo. A mitad de un tramo, uno me empujó y caí rodando por los escalones. Me golpeé la cabeza contra la pared, pero lo que me dolió de verdad fue rodar con las esposas puestas.

Me levanté y los esperé.

Me sacaron a empujones por la puerta de la calle. Luego, en lo alto de los peldaños que desembocaban en la calle, cada uno me agarró por una axila y entre los dos me levantaron en el aire y me llevaron escaleras abajo, con las piernas colgando. Me sentí como un extraño juguete de madera.

Había un coche ahí abajo, negro. Me dejaron al lado, abrieron una portezuela de atrás y me metieron de un empellón. Fui a parar al suelo del vehículo. Luego me levantaron de un tirón y me pusieron entre los dos hombres que ocupaban el asiento trasero. Los otros dos tipos se montaron delante, arrancaron el motor y nos fuimos.

Uno de los que iban delante, el que no conducía, se volvió y habló con los hombres que iban detrás:

–¡He detenido a muchos tipos en mis tiempos, pero nunca a uno así!

–¿Qué quieres decir?

–Quiero decir que por lo visto no le importa un carajo.

–¿Ah, no?

–No. ¡Seguro que es un gilipollas, un gilipollas de mucho cuidado!

Entonces el que iba en el asiento del copiloto se volvió de nuevo hacia delante.

El que iba a mi izquierda preguntó:

—¿Eres un tipo duro?

—No.

El que iba a mi derecha preguntó:

—¿Te has creído que tu mierda no apesta?

—Mi mierda apesta.

Continuamos un rato en silencio.

Luego se volvió el que iba delante.

—¿Veis a qué me refiero?

—Sí —dijo el que iba a mi derecha—, está sereno que te cagas.

—Este tipo no me gusta —dijo el que iba a mi izquierda.

Vi pasar los edificios conocidos de las calles conocidas.

—Puedo pegarte un puñetazo —dijo el que iba a mi derecha— y no se enteraría nadie.

—Eso es verdad.

—¡Puto listillo!

Describió un arco corto y veloz con el puño que fue a parar al centro de mi barriga. Surgió un destello de oscuridad, un destello de rojo, luego se despejó. Noté llamas en las entrañas revueltas. Me concentré en el sonido del motor del coche como si fuera un amigo mío.

—Qué —preguntó el hombre—, ¿te he pegado?

—No.

—¿Por qué mantienes la puta serenidad?

—No estoy sereno. Ustedes son los mejores.

—¡Es un puto bicho raro —dijo el hombre a mi izquierda—, es un pringao, es un puñetero PRINGAO!

Luego me pegó otro puñetazo en el estómago. Me cortó la respiración. No podía tomar aire, empezaron a lagrimearme los ojos. Entonces me entraron ganas de vomitar. Me subió algo a la garganta —sangre o alguna sustancia—, pero lo retuve. Cuando lo tragué, tuve la sensación de que me calmaba el dolor.

—Ahora, ¿te he pegado?

—No.

—¿Por qué no nos pides que paremos?

—Paren.

—¡Puto pringao!

Uno me cruzó la cara con la mano abierta. Un diente me hizo un corte en la cara interna de la boca y noté un gusto a sangre.

—¿No vas a preguntarnos por qué te hemos detenido?

—No.

—Gilipollas. ¡GILIPOLLAS!

Algo me alcanzó en la nuca. En el interior de mi mente una inmensa cara amarilla me miró y tenía la boca roja torcida en un gesto que era mitad sonrisa, mitad mueca desdeñosa, a punto de echarse a reír. Luego, me sumí en la inconsciencia...

Ya no era por la tarde. Era primera hora de la noche, una noche despejada con luz de luna. Y me estaban llevando por una zona de hierba alta y húmeda rodeada de árboles. La hierba me llegaba hasta la altura de la rodilla y estaba húmeda, me rozaba las piernas y era reconfortante. Me encontraba entumecido. Ya no notaba las esposas contra las muñecas.

Luego pararon. Se dieron la vuelta y se quedaron mirándome.

Los hombres eran todos más o menos de la misma estatura y peso. No parecía haber líder.

—Bien, capullo —dijo uno—, ya sabes de qué va todo esto, ¿no?

—No.

—¡Maldita sea! ¡Cómo odio a este cabrón!

Curiosamente, en ese momento me imaginé en una bañera, una bañera llena de agua muy caliente; me estaba lavando debajo de los brazos mientras miraba las grietitas del techo: grietas en forma de leones y elefantes, y había un tigre grande, en pleno salto.

–Tienes una última oportunidad –dijo uno–, di algo...

–Vacío.

–Esto es el colmo.

–¡Vamos a mutilar a este hijoputa!

–¡Sí, pero antes, vamos a humillarlo!

–Sí.

En la noche se oía el sonido de los pájaros, los grillos las ranas..., un perro ladraba y a lo lejos se oía un tren; todo poseía belleza y plenitud. Alcancé a oler el verde de la hierba, incluso olí los troncos de los árboles y atiné a oler la tierra tal como huele la tierra un perro.

Uno me cogió por el pelo y me tiró al suelo, luego me levantó por el pelo y me vi de rodillas.

–¿Qué tienes que decir ahora, valiente?

–Quítame las pulseras y te doy de hostias.

–Claro que sí, valiente, pero primero tienes que hacer esto...

Se bajó la bragueta del pantalón y se sacó el pene. Los otros rieron.

–Haz un buen trabajo, sin morder, solo lámela y chúpala y trágatela y luego te quitaremos las esposas y veremos qué puedes hacer.

–No.

–¡Vas a hacerlo *de todos modos,* valiente! ¡Porque lo *digo* yo!

–No.

Oí que le quitaban el seguro a una pistola.

–Última oportunidad...

–No.

—¡Joder!

Sonó un disparo. Noté un desgarro ardiente, luego entumecimiento. Después un reguero de sangre. Y luego más sangre que caía de donde había tenido la oreja izquierda... Había pedazos y fragmentos.

—¿Por qué no lo has matado?

—No sé...

—¿Creéis que tenemos al tipo indicado?

—No sé. No se comporta como el tipo que buscamos.

—¿Cómo se comportaría ese?

—Ya sabes...

—Sí.

Aún podía oírlos. Aún podía oír. No notaba dolor por la oreja que me faltaba, solo una sensación de frialdad como si alguien me hubiera puesto un buen pedazo de hielo en el lado izquierdo de la cabeza.

Entonces vi que se alejaban. Se alejaron sin más y me quedé a solas. Estaba más oscuro y hacía más frío.

Me las arreglé para ponerme en pie.

Curiosamente, no me sentía mal en absoluto. Eché a andar sin saber dónde estaba ni adónde podía ir.

Entonces vi un animal delante de mí. Parecía un perro grande, un perro salvaje. Tenía la luna a mi espalda y relució en los ojos del animal. Tenía los ojos rojos cual brasas candentes.

Entonces me entraron ganas de mear. Esposado por detrás, dejé que saliera. Noté la orina caliente resbalándome por la bragueta, por la pierna derecha.

El animal empezó a lanzar un gruñido largo y lento. Surgía de sus entrañas y atravesaba la noche...

Replegó el cuerpo para saltar.

Yo sabía que si reculaba, estaba acabado.

Eché a correr hacia delante, le lancé una patada y fallé,

caí de lado, me volví justo a tiempo cuando el destello que eran sus colmillos sesgó el aire en silencio, me puse en pie y me encaré de nuevo con aquello, pensando que, de una manera u otra, esto debe de pasarle continuamente a todo el mundo...

BIBLIOGRAFÍA

«Un cara amable, comprensiva», inédito, 1948.

«Salva el mundo», *Kauri* 15, julio-agosto, 1966.

«Tal como aman los muertos», *Congress* 1, 1967.

«Escritos de un viejo indecente», *Open City,* 10-16 de agosto, 1967.

«Nada de polvetes rápidos, recuérdalo», *Fling,* septiembre, 1971.

«Escritos de un viejo indecente», *NOLA Express,* 9-23 de septiembre, 1971.

«El pabellón de chiflados», *Fling,* noviembre, 1971.

«Nina la bailarina», *Fling,* enero, 1972.

«Escritos de un viejo indecente», *NOLA Express,* 27 de enero, 1972.

«Escritos de un viejo indecente», *L.A. Free Press,* 25 de febrero, 1972.

«Escritos de un viejo indecente», *L.A. Free Press,* 12 de mayo, 1972.

«Escritos de un viejo indecente», *L.A. Free Press,* 2 de junio, 1972.

«Escritos de un viejo indecente», *L.A. Free Press,* 16 de junio, 1972.

«Escritos de un viejo indecente», *L.A. Free Press,* 28 de julio, 1972.

«Un trozo de queso», *Fling,* marzo, 1972.

«Escritos de un viejo indecente», *L.A. Free Press,* 15 de diciembre, 1972.

«Escritos de un viejo indecente», *L.A. Free Press,* 30 de marzo, 1973.

«Escritos de un viejo indecente», *L.A. Free Press,* 20 de abril, 1973.

«Escritos de un viejo indecente», *L.A. Free Press,* 11 de mayo, 1973.

«Escritos de un viejo indecente», *L.A. Free Press,* 8 de junio, 1973.

«Escritos de un viejo indecente: Un día en la vida del dependiente de una librería para adultos», *L.A. Free Press,* 22 de junio, 1973.

«Escritos de un viejo indecente», *L.A. Free Press,* 6 de julio, 1973.

«Escritos de un viejo indecente», *L.A. Free Press,* 14 de diciembre, 1973.

«Escritos de un viejo indecente», *L.A. Free Press,* 29 de marzo, 1974.

«Escritos de un viejo indecente», *L.A. Free Press,* 14 de junio, 1974.

«Escritos de un viejo indecente», *L.A. Free Press,* 9 de agosto, 1974.

«Escritos de un viejo indecente», *L.A. Free Press,* 27 de septiembre, 1974.

«Escritos de un viejo indecente», *L.A. Free Press,* 20 de diciembre, 1974.

«Escritos de un viejo indecente», *L.A. Free Press,* 27 de diciembre, 1974.

«Escritos de un viejo indecente», *L.A. Free Press,* 3 de enero, 1975.

«Escritos de un viejo indecente», *L.A. Free Press,* 21 de febrero, 1975.

«Escritos de un viejo indecente», *L.A. Free Press,* 28 de febrero, 1975.

«Escritos de un viejo indecente», *L.A. Free Press,* 8-14 de agosto, 1975.

«Escritos de un viejo indecente», *L.A. Free Press,* 14-20 de noviembre, 1975.

«Escritos de un viejo indecente», *L.A. Free Press,* 2-6 de enero, 1976.

«Una aventura de muy poca importancia», *Hustler,* mayo, 1978.

«Un allanamiento», *Hustler,* marzo, 1979.

«El avión es el medio de transporte más seguro», inédito, 1979.

«Surcar los cielos acogedores», *Oui,* enero, 1984.

«La mujer de las piernas», *Hustler,* julio, 1985.

«¿No quieres ser mi corazoncito?», *Oui,* junio, 1985.

«Una sucia treta contra Dios», *Oui,* abril, 1985.

«Las campanas no doblan por nadie», *Oui,* septiembre, 1985.

ÍNDICE

Prólogo: *La ficción gráfica y pulp de Charles Bukowski,*
    por David Stephen Calonne   7

LAS CAMPANAS NO DOBLAN POR NADIE
Una cara amable, comprensiva   25
Salva el mundo   31
Tal como aman los muertos   35
El pabellón de chiflados   71
Nina la bailarina   77
Un trozo de queso   129
Un día en la vida del dependiente de una librería
    para adultos   179
Una aventura de muy poca importancia   295
Un allanamiento   307
El avión es el medio de transporte más seguro   321
Surcar los cielos acogedores   331
La mujer de las piernas   341
¿No quieres ser mi corazoncito?   351
Una sucia treta contra Dios   363
Las campanas no doblan por nadie   381

Bibliografía   389

Impreso en
Black Print CPI Ibérica, S. L.
Torre Bovera, 19-25
08740 Sant Andreu de la Barca